新编新译
世界文学
经典文库

新编新译
世界文学
经典文库

ADVENTURES

O

F

哈克贝利·芬恩
历险记

Mark Twain

HUCKLEBERRY

[美] 马克·吐温 著

严蓓雯 译

作家出版社

F I N N

新编新译
世界文学
经典文库

编委会

代　　　　　　　序

经 典， 作 为 文 明 互 鉴 的 心 弦

陈众议　　　　　　　　　　　　2020 年 11 月 27 日于北京

"只有浪子才谈得上回头。"此话出自诗人帕斯。它至少包含两层意义：一是人需要了解别人（后现代主义所谓的"他者"），而后才能更好地了解自己，恰似《旧唐书》所云："夫以铜为镜，可以正衣冠；以古为镜，可以知兴替；以人为镜，可以明得失"；二是人不仅要读万卷书，还要行万里路。读万卷书难免产生"影响的焦虑"（布鲁姆语），但行万里路恰可稀释这种焦虑，使人更好地归去来兮，回归原点、回到现实。

由此推演，"民族的就是世界的"（据称典出周氏兄弟）同样可以包含两层意思：一是合乎逻辑，即民族本就是世界的组成部分；二是事实并不尽然，譬如白马非马。后者构成了一个悖论，即民族的并不一定是世界的。拿《红楼梦》为例，当"百日维新"之滥觞终于形成百余年滚滚之潮流，她却远未进入"世界文学"的经典谱系。除极少数汉学家外，《红楼梦》在西方可以说鲜为人知。反之，之前之后的法、英等西方国家文学，尤其是20世纪的美国文学早已在中国文坛开枝散叶，多少文人读者对其顶礼膜拜、如数家珍！究其原因，还不是它们背后的国家硬实力、话语权？福柯说"话语即权力"，我说权力即话语。如果没有"冷战"以及美苏双方为了争夺的推重，拉美文学难以"爆炸"；即或"爆炸"，也难以响彻世界。这非常历史，也非常现实。

同时，文学作为人类文明的重要组成部分，是人类进步不可或缺的标志性成果。孔子固然务实，却为我们编纂了吃不得、穿不了的"无用"《诗经》，可谓功莫大焉。同样，马克思主义的经典作家向来重视文学，尤其是经典作家在反映和揭示社会本质方面的作用。马克思在分析英国社会时就曾指出，英国现实主义作家

"向世界揭示的政治和社会真理，比一切职业政客、政论家和道学家加在一起所揭示的还要多"。恩格斯也说，他从巴尔扎克那里学到的东西，要比从"当时所有职业的历史学家、经济学家和统计学家那里学到的全部东西还要多"。列宁则干脆地称托尔斯泰是俄国革命的一面镜子。这并不是说只有文学才能揭示真理，而是说伟大作家所描绘的生活、所表现的情感、所刻画的人物往往不同于一般的抽象概括、冰冷的数据统计。文学更加具象、更加逼真，因而也更加感人、更加传神。其潜移默化、润物无声的载道与传道功能、审美与审丑功用非其他所能企及，这其中语言文字举足轻重。因之，文学不仅可以使我们自觉，而且还能让我们他觉。站在新世纪、新时代的高度和民族立场上重新审视外国文学，梳理其经典，将不仅有助于我们把握世界文明的律动和了解不同民族的个性，而且有利于深化中外文化交流、文明互鉴，进而为我们吸收世界优秀文明成果、为中国文学及文化的发展提供有益的"他山之石"。同样，立足现实、面向未来，需要全人类的伟大传统，需要"洋为中用""古为今用"，否则我们将没有中气、丧失底气，成为文化侏儒。

众所周知，洞识人心不能停留在切身体验和抽象理念上，何况时运交移，更何况人不能事事躬亲、处处躬亲。文学作为人文精神和狭义文化的重要基础，既是人类文明的重要见证，同时也是一时一地人心、民心的最深刻，也最具体、最有温度、最具色彩的呈现，而外国文学则是建立在各民族无数作家基础上的不同时代、不同民族的认识观、价值观和审美观的形象体现。因此，外国文学，尤其是外国文学经典为我们接近和了解世界提供了鲜活的历史画面与现实情境；走进这些经典永远是了解此时此地、彼时彼地人心民心的最佳途径。这就是说，文学指向各民族变化着的活的灵魂，而其中的经典（包括其经典化或非经典化过程）恰恰是这些变化着的活的灵魂。亲近她，也即沾溉了从远古走来、向未来奔去的人类心流。

此外，文学经典恰似"好雨知时节"，"润物细无声"，又毋庸置疑是各民族集体无意识和作家、读者个人无意识的重要来源。她悠悠地潜入人们的心灵和脑海，进而左右人们下意识的价值判断和审美取向。还是那个例子，我们五服之内的先人还不会喜欢金发碧眼，现如今却是不同。这是"西学东渐"以来我们的审美观，乃至价值观的一次重大改变。其中文学（当然还有广义的艺术）无疑是主要介质。这是因为文学艺术可以自立逻辑，营造相对独立的气韵，故而它们也是艺术化的生命哲学；其核心内容不仅有自觉，而且还有他觉。没有他觉，人就无法客观地了解自己。这也是我们有选择地拥抱外国文学艺术，尤其是外国文艺经典的理由。没有参照，人就没有自知之明，何谈情商智商？倘若还能潜入外国作家的内心，或者假借他们以感悟世界、反观自身，我们便有了第三只眼、第四只眼、第N只眼。何乐而不为？！

且说中华民族及其认同感曾牢固地建立在乡土乡情之上。这显然与几千年来中华民族的文化发展方式有关。从最基本的经济基础看，中华文明首先是农业文明，故而历来崇尚"男耕女织""自力更生"。由此，相对稳定、自足的"桃花源"式的小农经济和自足自给被绝大多数人当作理想境界。正因为如此，世界上没有其他民族像中华民族这么依恋故乡和土地（柏杨语）。同时，因为依恋乡土，我们的祖先也就相对追求安定、不尚冒险。由此形成的安稳、和平性格使中华民族大抵有别于西方民族。反观我们的文学，最撩人心弦、动人心魄的莫过于思乡之作。如是，从《诗经》开始，乡思乡愁连绵数千年而不绝，其精美程度无与伦比。"昔我往矣，杨柳依依；今我来思，雨雪霏霏"(《诗经》)；"露从今夜白，月是故乡明"(杜甫)；"举头望明月，低头思故乡"(李白)；"春风又绿江南岸，明月何时照我还？"(王安石)。如此等等，不一而足。当然，我们的传统不尽于此，重要的经史子集和儒释道，仁义礼智信和温良恭俭让，以及少数民族文化等皆是中华传统文化的组成部分。而且，这里既有六经注我，也有我注六经；既有入乎其内，也有出乎其外，三言两语断不能涵括。诚然，四十多年，改革开放、西风浩荡，这是出于了解的诉求、追赶的需要。其代价则是价值观和审美感悦令人绝望的全球趋同。与此同时，文化取向也从重道轻器转向了重器轻道。四海为家、全球一村正在逼近；城市一体化、乡村空心化不可逆转。传统定义上的民族意识正在淡出。作为文学表象，那便是山寨产品充斥、三俗作品泛滥。与此同时，或轻浮或狂躁，致使伪命题及去心化现象比比皆是；文学语言简单化 (却美其名曰"生活化")、卡通化 (却美其名曰"图文化")、杂交化 (却美其名曰"国际化")、低俗化 (却美其名曰"大众化") 等等，以及工具化、娱乐化等去审美化、去传统化趋势在网络文化的裹挟下势不可挡。

正所谓"彼亦一是非，此亦一是非"，如何在全球化这把双刃剑中取利去弊，业已成为当务之急。"不忘本来，吸收外来，面向未来"无疑是全球化过程中守正、开放、创新的不二法门。因此，如何平衡三者的关系，使其浑然一致，在于怎样让读者走出去，并且回得来、思得远。这有赖于同仁努力；有赖于既兼收并包，又有魂有灵，从而在人类命运共同体的旗帜下复兴中华，并不遗余力地建构同心圆式经典谱系。毫无疑问，唯有经典才能在"熏、浸、刺、提""陶、熔、诱、掖"中将民族意识与博爱精神和谐统一。让《红楼梦》《三国演义》《水浒传》《西游记》等中国文学经典的真善美成为全世界共同的精神财富吧！让世界文学的所有美好与丰饶滋润心灵吧！这正是作家出版社与中国社会科学院外国文学研究所精心遴选，联袂推出这套世界文学经典丛书的初衷所在。我等翘首盼之，跂予望之。

作为结语，我不妨援引老朋友奥兹，即经典作家是好奇心十足的孩子，他用手指去触碰"请勿触碰"之处；同时，经典作家也可能带你善意地走进别人的卧室……作家卡尔维诺也曾列数经典的诸多好处；但是说一千、道一万，只有读了你才知道其中的奥妙。当然，前提是要读真正的经典。朋友，你懂的！

通　　　　　　　　　告

关于这个故事，谁想找动机，就会被起诉；谁想找寓意，就会被驱逐；谁想找情节，就会吃枪子。

受作者之命发布

军械局局长格兰特将军[1]

1　也许指美国内战时期的尤利西斯·S.格兰特将军（1882—1885），彼时马克·吐温正在出版其回忆录。——译注，本书所有随文注释均为译注。

说 明

这本书里用了不少土话，比方说密苏里黑人土话、最难懂的西南边地方言、派克县"普通话"及其四个变种。这不是一时兴起赶时髦，或是主观臆测，而是费了九牛二虎之力，它拥有可靠的指导，作者本人也相当熟悉这些说话方式。

我做出这个解释，是怕很多读者以为，书里的人拼命想说话都一个腔调，结果却没做到。

作者

目　录

第 一 章

　　要是你没读过那本《汤姆·索亚历险记》，肯定不知道我是谁，不过没关系。那本书是马克·吐温先生写的，说的基本上都是真事儿。虽然里头有些添油加醋，但大概齐是那么回事儿。就算加点料也没什么。我没见过从来不胡说八道的人，一回两回总是有的。不过波莉姨妈是个例外，可能还有寡妇，玛丽兴许也算。波莉姨妈就是汤姆的那个波莉姨妈，她和玛丽，还有道格拉斯寡妇，都在那本书里头提到了，那几乎就是一本实打实的书，只加了一些些料，我前头说了。

　　现在我们来说说那本书是怎么结尾的：汤姆和我找到了强盗藏在山洞里的钱，发财了。我们各分到六千块，全是金币，拢在一起，那叫一个壮观！撒切尔法官拿着这笔钱去利滚利，这一下我们每个人每天都能挣一块钱，一年下来，都不知道该咋花。道格拉斯寡妇收养了我，说要把我培养成文明人，可是成天待在那房子里，日子真是太难过了，想一想吧，那寡妇平时多闷呀，规矩又那么多，末了我忍无可忍，决心弃暗投明。我换上破破烂烂的旧衣服，又住回到那个装糖的大木桶里头，才总算自由自在、心满意足了。不过汤姆·索亚找到了我，他说他要成立一个匪帮，只有我肯回寡妇家，成为一个高尚的人，才有资格加入。我只好又回去了。

　　寡妇冲我哭哭啼啼，叫我"可怜的迷途羔羊"，还用一大堆其他称呼喊我，不过绝对没有什么恶意。她又给我换上了新衣服，我浑身上下被捆住一样，除了不停出汗，没别的辙。然后老套路又开始了。寡妇一摇吃晚饭的铃，你就得赶着时间报到。到了桌边还不能马上吃饭，得先等她缩起脑袋对着饭菜叽里咕噜一通，当然，那些饭菜没有任何问题，一点儿也没有，只是每样都是单独做的，跟一大桶烩菜没法比，要各种吃的搅和在一起，汤汤水水的才好吃。

吃过晚饭，她会找出她的书，给我讲摩西和纸莎草箱（摩西生下来后被母亲放在纸莎草箱里，埃及法老的女儿救了他，把他抚养成人，他长大后带领希伯来人逃离埃及前往迦南）的故事，听得我直冒汗，就想搞清楚摩西到底是何许人，但她慢慢才说明白，摩西老早老早就死掉了。打那以后，我对摩西就再也提不起兴趣了，我才没工夫管死人的事儿呢。

过了一会儿，我想抽烟，求寡妇允许，可她不肯，说那是一个陋习，不卫生，我必须戒了。这就是某些人的行事风格，还都不知道咋回事呢，就把它贬得一无是处。你看，摩西跟她既不沾亲也不带故，对谁也没啥用处，还是个死人，她却叨叨个没完，瞎操心，而我要做些对自己有好处的事情，她却挑鼻子挑眼。再说了，她自己还吸鼻烟呢，那当然是可以的，她是她嘛。

她的妹妹沃森小姐最近搬来跟她一起住，是个老处女，戴眼镜，精瘦精瘦，这会儿拿着识字课本，坐我旁边教我念书。她折腾了我一个钟头，寡妇才让她放过我。真让人受不了。可接着又是一个钟头，闷得要死，根本坐不住。沃森小姐会说，"哈克贝利，不许跷脚"！要么"哈克贝利，甭缩头缩脑，腰挺起来"！没过一会儿，她又说，"别打哈欠伸懒腰，哈克贝利，你能不能规矩点"？她跟我大谈特谈地狱的事情，我说，我情愿在那里。她气疯了，可我说这个不是要怼她，我只不过想去什么地方，生活来点儿变化，我可不挑剔。她说我说的话是罪过，她是无论如何也不会那样说的，她活着就是要上天堂。可我看不出来去她要去的地方有啥好的，便打定主意不费这劲儿。不过我永远也不会把这话说出来，因为那样只会带来麻烦，对我一点儿好处也没有。

既然开了头，她就继续跟我掰扯天堂的事儿。她说人要到了那地方，整天只用逛来逛去，弹弹琴唱唱歌，永永远远这样下去。我觉得更没意思了。但是我永远也不会把这话说出来。我问她，根据她的判断，汤姆·索亚能不能去那里，她说不太可能。太好了，我就想汤姆跟我在一起。

沃森小姐老是挑我毛病，真烦透了，我孤家寡人，也没地儿去说。一天结束的时候，他们把黑奴叫进来，一起做祈祷，然后各自回房睡觉。我上楼回到自己的房间，把手里的蜡烛放到桌上，在窗边的椅子上坐下，使劲想能让自己开心起来的事情，可没什么用。我好孤独，真想死掉算了。窗外星光闪烁，林子里的树叶悲伤地沙沙作响，远处猫头鹰在嘎嘎笑，有人死了（民间传说，猫头鹰一笑就暗示着会有人去世），一只夜鹰、一条土狗也在哀嚎，又有人要死了。风悄悄想告诉我什么，我却听不懂，它只好让我浑身打起冷战。我还听见林子深处有什么动静，那是鬼在叫吧，它想说出自己的心事，又没法叫人听明白，所以不得安生，每天晚上都要从墓里头爬出来哀哀叫唤。我又慌又怕，满心盼着能有个伴儿。就在这时，一只蜘蛛爬到了我肩膀上，我一弹，它掉在蜡烛上，没等我起身，便烧成了灰。不用别人说，我就知道这是个坏兆头，会给我带来霉运。我吓坏了，浑身发抖，差一点儿把衣服都抖了下来。我站起身，原地转了三圈，每转一圈都在胸前画个十字，然后拿了一根细绳把我的一绺头发扎了起来，听说这能驱邪。不过，我心里也没谱。要是你找到一块马蹄铁，没有把它钉在门上，反而弄丢了，你就得这么做，但我从来没听说过，弄死一只蜘蛛的时候，也可以这样做。

我重新坐了下来，还在浑身发抖，就拿出烟斗抽了一口。整个屋子都睡死了，寡妇不会知道的。好久好久，远远地从镇上传来钟声，当！当！当……敲了十二下，然后一切归于寂静，比之前还要安静。不久，我听到黑乎乎的树丛里一根树枝折断的声音，有东西在动。我坐着没动，仔细听着。不一会儿，我隐约听见下头传来了"喵！喵！"的叫声。太好了！我也尽可能轻轻地应道"喵！喵！"，然后吹灭蜡烛，从窗子爬到外头的屋棚上，再滑到地上，猫着腰，钻进了树丛。没错，果然是汤姆·索亚在那里等我。

第　　二　　章

我们沿着林子里的小路，蹑手蹑脚往寡妇花园的尽头走去，尽量猫着腰，不让树枝蹭到脑袋。经过厨房时，我被树根绊了一下，弄出了点声响，连忙蹲下不动。沃森小姐那个叫杰姆的大块头黑奴，正坐在厨房门口，身后亮着灯，我们看他看得很清楚。他站起身，探出脑袋，听了一会儿，问道："谁在那旮旯？"

他又听了会儿，然后蹑手蹑脚走了下来，正好站在我俩中间，几乎伸手就可以碰到他。时间真是漫长，四下没有一点儿声音，我们就这样紧紧挨着。我脚跟那儿有点痒，却不敢挠，没一会儿耳朵也痒痒起来，再接着是后背，就在肩胛骨中间，要是不挠上一挠，感觉就要死掉了。没错儿，我注意到这情况发生过好多回。比方和文明人在一起，要么在葬礼上，要么就是不困却一定得睡着的时候，反正都是些不能挠痒痒的场合，身上就开始成千上百个地方感到痒痒。过了一会儿，杰姆说道："说吧，你是谁？你在干吗？我刚才要说啥都没听见，那才是见了鬼。好吧，我知道该咋办了——我偏要坐在这里，非得听到动静再说。"

于是，他背靠着树，坐在地上，就在我和汤姆中间，然后伸直了腿，有一条腿差点碰到了我。我的鼻子开始痒痒，眼泪都要掉下来了，可我还是不能挠。接着鼻子里头也开始痒，再接下来鼻子下头也痒了起来，我真不知道怎样才能忍住不动。就这样熬了六七分钟，但感觉比六七分钟要长得多。眼下我身上总共有十一个不同的地方在痒痒。真是再多一分钟都忍不了了，不过我还是咬紧牙关，努力撑住。就在这时，杰姆的呼吸粗重起来，接着打起了呼噜，我终于舒坦了。

汤姆轻轻嘘了一声，给我发了一个信号，我们便手脚并用，向前爬了起来。等到离开杰姆十英尺远，汤姆悄悄对我说，他想开个玩笑，把杰姆绑在树上。我说那可不行，他说不定会醒过来，闹出什么动静，她们就会发觉我不在屋里了。汤姆又说他没带够蜡烛，要溜进厨房再拿几支。我也不肯让他那样做，我说杰姆可能会醒过来，回到厨房里。可汤姆还是想冒一下险，所以我们溜进厨房，拿了三根蜡烛，汤姆留下五毛钱，算是蜡烛钱。然后，我们离开厨房，我已经急得不行了，可架不住汤姆非要爬回到杰姆那里逗他玩。我等啊等，好像等了好久，四下没人，静得很。

汤姆一回来，我们便抄近路，绕过花园篱笆，爬上屋子另一头那座山丘的陡峭山顶。汤姆说，他悄悄拿走杰姆的帽子，挂在他头顶正上方的树枝上，当时杰姆稍微动了一下，但没有醒过来。后来杰姆这样描述道：有女巫对他施了魔法，叫他迷了魂，然后骑着他游遍全州，最后又把他送回到树下，把他的帽子挂在树枝上，好叫人知道，是谁捣的鬼。不过，等到杰姆又说起这件事时，他说女巫们骑着他一直南下到了新奥尔良。这之后，他每回说起这件事情，跑的地方都会越说越远，最后，他说她们骑着他走遍了全世界，累得他要死，背上到处都是马鞍勒出来的水泡。因为这件事，杰姆得意得很，其他黑鬼全不在他眼里。有些黑鬼不远万里跑来听他讲这个故事，他成了这地方最受人尊敬的黑鬼。其他地方来的黑鬼，站在他身边，张大了嘴巴，把他从头到脚看了个遍，活像看一个奇迹。晚上，黑鬼们总是围在厨房的炉火边谈论女巫，但凡有人在言语间表示自己对这类事物也知道不少，杰姆就会插嘴说："哼，你知道什么女巫！"说话的黑鬼便闭上嘴，退一边去了。杰姆把那个五毛钱硬币用线穿起来，挂在脖子上，说这是魔鬼亲手交给他的护身符，魔鬼告诉他，他可以用硬币治好任何人的病，还可以随时召唤女巫，只要对硬币说点啥就行了，但说的是啥，他从来没告诉过别人。黑鬼从四面八方赶来，自己有什么都给杰姆，就为了看一眼那个五毛钱硬币，他们不敢碰，因为魔鬼用手碰过。杰姆到处跟人说他怎么见过魔鬼，女巫怎么骑着他到处跑，几乎荒废了用人这门事业。

言归正传，当汤姆和我来到山顶坡上，向下俯视村庄，有三四处灯光正在闪烁，也许是哪家有人病了。星星在我们的头顶晶莹发光，照亮了下面流过村庄的那条河流，它足有一英里宽，无比沉静壮丽。我们下了山，找到了乔·哈珀和本·罗杰斯，还有其他两三个男孩，他们都藏在那间老皮革厂里。我们解开一条小船，顺着河流划了两英里半，在山坡的断崖前上了岸。

我们进了一片灌木丛，汤姆让每个人都发誓保守秘密，然后带大家去看了一个山洞，就在灌木最密的地方。我们点着蜡烛，手脚并用往洞里爬。大约爬了两百码，山洞豁然开朗，汤姆在岔路口探了一下路，很快闪进一堵岩壁后头，那地方有个隐蔽的洞口，几乎注意不到。我们沿着狭窄的洞口，钻进了一个房间一样的地方，里头又湿又冷。我们停下脚步，汤姆说道：

"从现在开始，我们匪帮正式成立，名字就叫汤姆·索亚帮，谁想加入，就要宣誓，然后用血写下自己的名字。"

所有人都想加入，于是汤姆拿出一张纸，上头已经写好了誓言，他读了一遍。誓言里说，每个人都要忠于帮会，决不泄露任何秘密。要是有人伤了帮会成员，那么无论命令谁去杀死那个仇人或他全家，这人就得遵命行事，而且，在没杀死那些人并在他们胸口刻下一个十字之前，不能吃饭，也不能睡觉。刻十字是帮会标记，非帮会人员不得使用，用了要被警告，再用就处死。帮会人员若泄露秘密，会被切开喉咙、烧死扬灰，他的名字会用血从名单上涂掉，再也不得提及，带着诅咒永被遗忘。

大伙儿都说这份誓言写得太棒了，是不是汤姆用自己的脑袋瓜子想出来的。他说，有些是他自己想的，其余的是从海盗和匪徒的故事书里头找来的，每个大牌匪帮都有这样的誓言。

有人说最好把泄密的也**全家**灭门。汤姆说，这是个好主意，于是他拿出一支笔，将这个条款也写了上去。本·罗杰斯就说：

"哈克·芬恩没有家里人，那怎么处置他？"

"他不是有个老爹吗？"汤姆·索亚说道。

"是的，他是有个老爹，可眼下谁也找不着他呀。以前他常醉醺醺的，躺在皮革作坊的猪群里，可有一年多没见着他在那里露面了。"

他们就此事讨论了一会儿，想要开除我，因为他们觉得每个孩子都应该有个家里人或什么人可以被杀掉，不然对其他人不公平。可是谁也想不出来该怎么办，都被难住了，待着没吭声。我几乎要哭了出来，但忽然灵机一动，把沃森小姐贡献了出来，他们可以杀了她呀。每个人都说：

"对啊，她可以！这样就行了，哈克可以入伙了。"

随后，大家都用一个大头针扎进自己的手指头，沾血签上了名字，我也在纸上留下了自己的记号。

"好了。"本·罗杰斯说道，"我们这个帮派打算做哪一路生意？"

"除了抢劫和杀人，还能做什么？"汤姆说。

"可我们去抢什么？是抢房子、牲口还是……"

"什么屁话！偷牲口这种事情可算不上抢劫，那只是小偷小摸，"汤姆·索亚说道，"我们可不是小蟊贼，那种做法不上道。我们是车匪路霸，要戴着面具，拦截马车，杀了车里的人，拿走他们的手表和钞票。"

"我们总是得把人杀掉吗？"

"当然了，那样最好。有些大人物会有不同想法，但是大多数人还是觉得最好杀了，除非有些你带到这里，留着他们勒索赎金。"

"勒索赎金？这是啥？"

"我不知道，但别人都是这样做的。我在书里头看到过，所以我们当然也要这样做。"

"可我们连勒索赎金是什么都不知道，又怎么做？"

"啊呀该死的，我们就**得**这样做。我没跟你们说吗，书里头就是这么说的。难道你们不想照着书里头说的做，非把事情全搞砸了？"

"哎，汤姆·索亚，你**说得**倒是好听，但要是不知道怎么做，又怎么去勒索那些人？我就是想弄明白这个。你快点给个准话！"

"我确实不知道。不过，假使一直关着他们直到被勒索赎金，那意思就是我们得一直把他们关到死掉为止。"

"这样一说，听着**像**回事儿了。这就对了。你为啥不早点说？我们就是要把他们关起来，关到他们被勒索到死；不过，他们也会成为大麻烦，不光吃光所有东西，还老是想着要跑。"

"本·罗杰斯，你这是什么话？他们怎么逃跑呀？有人看守的，只要他们敢动一动，就开枪崩了他们。"

"看守！这**想法**不错。可这样的话，就得有人通宵站岗，睡不了觉，就为了看住他们。我觉得这太蠢了，干吗不叫人拿着棍棒，他们一来，就马上勒索赎金？"

"因为书里头不是那么说的，这就是为什么。得了，本·罗杰斯，你做事的时候是想有根有据，还是反着来？这是关键。你以为那些写书的人不知道怎么做才对吗？你还以为**你**可以教他们怎么做？绝对不可能。行了，先生，我们还是照规矩勒索赎金吧。"

"行吧，我没意见。可我总觉得这个做法太傻。还有，我们是不是要把女人也给杀了？"

"唉，本·罗杰斯，我要是像你这么没脑子，可不会冒充懂行。杀掉女人？不，没人在书上看到过这样的事情。你把她们抓到山洞里后，要对她们彬彬有礼，慢慢地，她们就会爱上你，再也不想回家了。"

"好吧，要真是这样，我就没意见，可我不相信这种事情。用不了多久，这些山洞就会挤满女人，还有等着被勒索赎金的男人，我们强盗都没地儿待了。不过你继续，我也没啥好说的了。"

这时候小汤米·巴恩斯已经睡着了，等到别人把他叫醒时，他吓坏了，哭着喊着要回家找妈妈，他不想再做强盗了。

大家都开始笑他，叫他爱哭宝宝，把他气得不行，说这就把所有秘密都说出去。不过汤姆给了他五毛钱叫他闭嘴。汤姆说，我们都回家去，下星期再碰头，然后就去抢东西，再杀掉几个人。

本·罗杰斯说，平常他没太多机会出门，除了礼拜天，所以他想在下个礼拜天开始行动，可其他孩子都说，礼拜天干这种事情太罪过了，这下礼拜天就不考虑了。大家都同意再次聚会，尽快定下一个日子来。然后选了汤姆·索亚做帮会大当家，乔·哈珀做二当家，之后就各自回家了。

天快亮的时候，我爬上顶棚，钻进了窗户。新衣服沾满了油渍和尘土，我累成了狗。

第　　　三　　　章

　　因为衣服，早上我自然被沃森小姐狠狠骂了一通，不过寡妇没有责备我，只是帮我把衣服上的油渍和尘土刷洗干净，她看上去很难过，我想我以后还是尽量乖一点儿吧。随后，沃森小姐领我去了小房间祷告，不过没什么效果。她叫我每天都要祷告，这样我想要什么就可以应验。可没这回事儿。我试过，有一回我搞到了一根鱼线，可没有鱼钩。没有鱼钩，鱼线就没啥用。我试着祷告了三四回，想要鱼钩，就是不灵。后来有一天，我请沃森小姐帮我祷告，她却说我是个傻子。她没说为啥，我也实在想不通其中的奥妙。

　　有一回我坐在林子里头，想了很久。我对自己说，要是一个人能靠祷告要什么有什么，那迪肯·韦恩为啥要不回他在猪肉上亏的钱？寡妇为啥要不回她被偷的银鼻烟壶？沃森小姐为啥胖不起来？没用，我对自己说，祷告根本没用。我跑去告诉寡妇这个发现，寡妇说，一个人通过祷告得到的东西，是"精神上的礼物"。这对我来说太难懂了，不过，她告诉我她的意思是，我应该尽量去帮助别人，始终关心他们，永远不要考虑自己。我想这别人也包括沃森小姐吧。我又跑到林子里头，翻来覆去想了很久，可还是没发觉这么做有什么好处，大概只对别人有好处，最后我想还是不要再为这种事情伤脑筋了，随它去吧。有时候，寡妇会把我叫到一边，跟我说上帝的事情，听得人直流口水；可是，也许就是第二天，沃森小姐又会说起她那套，把寡妇说的全给推翻了。我想可能有两个上帝，在寡妇的上帝面前，一个可怜的穷小子还有一点点机会，但要是碰上的是沃森小姐的上帝，那保准没啥指望。思前想后，我终于想通了，要是寡妇的上帝想要我，那我还是跟了他吧，尽管我搞不明白他要我有什么好处，毕竟我什么也不懂，是粗人，脾气又坏。

我老爹已有一年多没见着人了，这正好，反正我是不想再见到他了。以前他只要没喝醉，伸手够得着我，就会出手揍我；因此他在的时候，我就会躲到林子里头去。这阵子有人说他淹死了，就在镇子往北十二英里的一条河里。反正他们认定那就是他，说那个淹死鬼身板跟他差不多，衣服破破烂烂，头发长得要命，说得都像我老爹。但是他们看不清他的脸，因为尸体在水里泡了太久，根本认不出来了。他们说，尸体仰面浮在水上，他们就捞了上来，埋在岸边。可我也没高兴很久，因为我忽然意识到一件事情。我清楚地知道，男人淹死是不会仰面浮在水上的，而是脸朝下。那个人肯定不是我老爹，而是一个穿着男人衣服的女人。我又心慌了，那个老家伙迟早还是会出现的，尽管我希望他别再露面了。

我们不时玩一把强盗游戏，大概玩了一个月，我退出了。所有男孩都退出了。我们没有抢劫过一个人，也没有杀死过任何人，都是装样子。我们经常会从林子里头蹿出来，扑向猪倌或者坐马车去市场卖菜的妇女，但我们从来没有绑架过他们中的任何一个。汤姆·索亚称那些猪为"元宝"，萝卜青菜为"珠宝"，随后我们会去山洞举行仪式，列举我们的所作所为，计算我们杀了多少人，刻了多少个十字。可我看不出这事情有任何好处。有一回，汤姆叫一个男孩拿着一根燃烧的棍子，绕着镇子跑，说这是一个信号（用来召集帮众），然后他说他从探子那里得到了一个绝密消息，第二天会有一整队西班牙商人和阿拉伯富豪打算在霍洛山洞扎营，他们随身带了两百头大象、六百头骆驼和上千头萨姆特骡子，上头驮满了钻石，而他们的卫队只有四百个士兵，所以我们要来一回所谓的伏击，把那些人全杀了，抢走那些货物。他说我们一定要擦亮刀枪，做好准备。他连一辆运萝卜的车都没追上过，却总叫我们擦亮刀枪，而那些刀枪不过是些木棍和扫帚柄罢了，就算擦烂了，也就值一嘴巴灰，比原来强不到哪里去。我不信我们打得过一群西班牙人和阿拉伯人，不过我想去看看骆驼和大象，所以第二天，也就是礼拜六，我参加了伏击。当我们得到冲锋的命令后，就冲出林子，冲下了山。可哪里有什么西班牙人，也没有阿拉伯人，没有骆驼，没有大象。除了主日学校的野餐会和一群小学生，什么也没有。我们冲翻了野餐会，把那些小孩赶进山谷，可抢到的只有甜甜圈和果酱，尽管本·罗杰斯拿到个破娃娃，乔·哈珀得到一本赞美诗和一本宣传册，然后主日学校的老师冲了过来，叫我们放下所有东西滚蛋。我没见到一颗钻石，我对汤姆·索亚说。他说，当然有很多钻石，还有阿拉伯人和大象等等。我说，那为啥我们都没见着？他说，要是我不这么蠢，读过一本叫《堂·吉诃德》的书，就会明白，不用问。他说一切都被施了魔法。那里有成百上千的士兵，也有大象和财宝什么的。可是我们面对的敌人是魔法师，他们心怀恶意，把所有东西都变成了幼稚的主日学校。我说，那好，接下来我们就去抓那些魔法师吧。汤姆·索亚说我完全是个榆木脑袋。

"哎呀，"他说，"一个魔法师能召唤出一大群妖怪，你还没说完你是杰克·罗宾逊这句话，他们就已经把你剁成肉泥了。他们有树那么高，教堂那么大。"

"那么，"我说，"要是我们也能找到妖怪愿意帮**我们**，不就能打败其他妖怪了？"

"你怎么找到他们呢？"

"我不知道。**他们**是怎么找到他们的？"

"噢，他们会摩擦一盏旧锡灯或者一个铁戒指，然后电闪雷鸣、烟雾翻滚，妖怪们就会冒出来，魔法师说什么，他们就做什么。他们想也不想就把一座炮楼连根拔起，抡在主日学校校长或管他是谁的头上。"

"是谁让他们冒出来的？"

"还用说？当然是擦灯或者擦指环的人喽。妖怪们听命于那个擦灯或擦指环的人，他说什么，就做什么。假使他让他们用钻石造一座方圆四十公里的宫殿，里头装满了口香糖或任何你想要的东西，甚至从中国抓一个公主来跟你结婚，他们都会帮你去办，而且没等第二天太阳出来就办妥了。还有，他们会把宫殿搬到任何你想要去的地方，这下你明白了吧？"

"这样啊，"我说道，"照我看，妖怪是一群没脑子的家伙，都不知道把宫殿留给自己，偏要那样受你们愚弄。再说了，要我是一个妖怪，我情愿去天边见一个不相干的人，也不会放下自己的事情，跑去为那个擦锡灯的人做事。"

"你在说啥呀，哈克·芬恩。唉，只要他一擦灯，你就**只好**过来，不管愿不愿意。"

"凭什么呀！我可是有树那么高，有教堂那么大啊！行，我**会**来，可我打赌我会把那人吓得爬到最高的树上去。"

"扯淡！跟你真是无话可说，哈克·芬恩。咋回事儿呢，你好像什么也不懂，完全是个笨蛋。"

我把这事翻来覆去想了两三天，决定要亲眼看一下，是否真的有古怪。我弄来一盏旧锡灯和一个铁戒指，跑到林子里头，搓了一遍又一遍，像印第安人那样汗流浃背，打算造一座宫殿出来，再把它卖了，可是毫无动静，没有一个妖怪出来找我。我想，所有这些故事全是汤姆·索亚编出来的。他可以相信有阿拉伯人和大象，我可不买账。种种迹象都表明，那就是一次主日学校的野餐。

第　　　四　　　章

　　三四个月过去，到了冬天。我几乎每天都去上学，拼读写都会了一点儿，乘法表也能说出个六七三十五了，我想就算我能一辈子活着不死掉，也背不出更多了，反正我对数学不感冒。

　　起初我挺讨厌学校的，可慢慢也能待得住了。就是一觉得累，便会逃个学，当然第二天会挨顿抽。挨抽对我也有好处，可以叫我打起精神来。我在学校里头待的时间越来越长，日子也没那么难过了。家里头寡妇的那一套我也开始习惯了，不再觉得浑身难受。不过，住在房子里，睡在床铺上，总是叫我浑身不自在，天冷下来之前，我常常会溜出去，有时还会睡在林子里，放松得很。我最喜欢的还是过去的那种生活方式，不过对新的生活方式也有一点儿喜欢了。寡妇说，我虽然进步得慢，但确实在进步，这让她很欣慰。她说不再为我觉得丢脸了。

　　有天早上，吃早饭的时候，我不小心碰翻了盐罐子，我想尽快抓起一撮，往左肩膀后头撒，好把坏运气赶走，可沃森小姐拦在我面前，说："把手拿开，哈克贝利，你老是把事情搞得一团糟！"寡妇为我说了些好话，但这没法把坏运气赶跑，我心知肚明。吃完早饭，我出了门，提心吊胆，不知道坏运气什么时候会落在我头上，又会是什么样的坏运气。有些坏运气有办法挡住，这个不行，所以我也没试图去挡它，只是无精打采地东游西逛，心里提防着。

　　我来到房子前院的花园，走上台阶，翻过了高高的篱笆墙。地上积了一英寸厚的新雪，上头有一串脚印。脚印是从采石场那边过来的，在台阶周围停留了一会儿，然后才绕过了花园的篱笆墙，继续往前。这有些奇怪，脚印在台阶这里转悠了一圈，却没有进来。我百思不得其解。里头肯定有什么奥妙。我打算追踪这些脚印，不过先蹲下来察看了一番。起初，我也没看出什么名堂，但不久就有发现。靴子的左后跟用大钉子钉了一个十字架，这是用来驱邪的。

我连忙小跑着下了山，一边跑，一边不时回头张望，但没瞧见任何人。我用最快速度跑到撒切尔法官家里。他说道："怎么啦？我的孩子，上气不接下气的，你是过来拿利息的吗？"

"不是，先生。"我说道，"你是要给我利息吗？"

"哦，是的，半年的利息昨晚到账了，有一百五十多块呢。你发财了。你最好把它交给我，跟你原来的六千块一起，拿出去投资。要是你自己拿走了，你会把它花掉的。"

"好的，先生，"我说道，"我没想过要把它花掉。我压根儿就不想要，还有那六千块。我想你都拿去吧，我想把它们都送给你，包括六千块和其他所有的钱。"

他看上去有些惊讶，好像搞不清楚状况。他说道：

"怎么啦，孩子，你这是什么意思？"

我说："请别问了，只管拿去，好吗？"

他说："哎呀，我被你搞晕了。出了什么事情吗？"

"请拿去，"我说道，"不要问我任何问题，这样我就没必要撒谎了。"

他想了一会儿，然后说道：

"哦哦！我想我明白了，你是想把你所有财产**卖**给我，不是送给我。这想法不错。"

他在一张纸上写了些什么，看了一遍后，说道：

"你看一下，这里写的是'作为回报'，也就是说，我已经从你这里付钱买下了它。这是付给你的一块钱。现在你签一下字吧。"

我签了字，离开了。

沃森小姐的黑鬼杰姆有一个毛球，拳头那么大，是从一头公牛的第四个胃里取出来的，他常用它来变魔术。他说毛球里有个鬼，它无所不知。那天晚上我找到他，告诉他我老爹又来了，我看见了他留在雪地里的脚印。我想知道的是，他要来干什么？是否打算留在这里？杰姆拿出毛球，对着它说了些什么，然后举起毛球让它落到地上。毛球稳稳落下，只滚出了一英寸。杰姆又试了一回，然后又一回，每回结果都一样。杰姆跪了下来，耳朵贴在上头，可什么也没听到，他说鬼不肯说话。他说，有时候要是不给钱，鬼就不会说话。我告诉他，我有一个旧硬币，两毛五，但是假的，不能用，表面的镀银已经裂开，露出了里头的铜，而且，就算没有露出铜，也瞒不过人，因为它滑溜溜的，像抹过油一样，用一回就会穿帮一回。(我想我不能告诉任何人我从法官那里拿到一块钱。)我说这是假钱，品质很差，可毛球或许会收，因为它不见得分得清楚。杰姆闻了闻那枚硬币，咬了咬，又搓了搓，说，他会想办法让毛球以为硬币是真的。他说他会剖开一个白马铃薯，把硬币夹在里头，放它一个晚上，第二天早上就看不到铜了，摸上去也不滑溜溜的了，这样的话，城里人都会收下它，别说毛球了。唉，我之前就晓得可以用土豆，可这会儿忘记了。

杰姆把硬币放在毛球下头，又俯下身子听。这一回他说毛球肯开口了。他说只要我想知道，毛球就能说出我全部的命运。我说，那就往下说吧。于是毛球和杰姆交谈起来，杰姆又把谈话的内容告诉了我。他说：

"你老爹还是不晓得该做些什么。有时候他说要走，一会儿又说要留。最好随他去，让那老家伙照着自己的路子混。有两个天使在他脑袋上转悠，一个白闪闪，一个黑麻麻。白天使会让他走一会儿正道，但黑天使会跑来搞破坏。没人知道最后是哪个天使能把他拿住。不过你没啥事儿。你这辈子麻烦不少，可开心事也很多。有时候你会受伤，有时候还会生病，可每回都能逢凶化吉。你这辈子会碰上俩姑娘，一个白，一个黑；一个有钱，一个很穷。你会先和穷的那个结婚，然后再娶那个有钱姑娘。你要记得尽量离水远一些，不要去冒险，因为你的命书里说，你会被吊死。"

那天晚上我点上蜡烛，上楼去我的房间，老爹竟坐在里头，不是他还有谁！

第　　五　　章

我关上门转过身时，他就已经在房间里了。我一直都很怕他，他老揍我。现在当然还是很怕，可我马上意识到我错了，也就是说，一开始，我吓得连呼吸都停止了，他的出现太出人意料了，但在这最初的惊慌之后，我很快就发觉没什么好怕的。

老头快五十了，看上去也是。长头发油腻板结，像藤蔓一样披下来，你可以看到他的眼睛在后头闪闪发光。他的头发全是黑的，没有一根白头发，又长又乱的胡子也是。他的脸上没有一丝血色，面色苍白，但跟其他人的白不一样，是雨蛙和鱼肚白那种白，叫人恶心得浑身起鸡皮疙瘩。他的衣服也好不了多少，就是一堆破布。他跷着二郎腿，脚上的靴子已经破了，露出两个脚指头，还不时动一动。他的帽子扔在地板上，是一顶宽边黑软帽，帽顶塌了下去，像个大馅饼。

我站在这边看着他，他坐在那边看着我，椅子微微后仰。我放下蜡烛，注意到窗户开着，他应该是顺着顶棚爬进来的。他一直从头到脚打量我，然后说道：

"上过浆的衣服就是挺括。你觉得自己是个人物了，**是不是**？"

"也许是，也许不是。"我说。

"甭跟我嘴硬，"他说道，"自打我离开，你架子可真是大了不少。看来在我教你做人之前，得先煞煞你的威风。他们说，你受了点教育，能读会写了。你觉得你已经比你老子强了，是不是，他啥也不会？**我会**帮你扒掉这层皮的。谁说你可以瞎搞这些自以为了不起的蠢事的，嗯？谁说你能这样的？"

"是寡妇，她说可以。"

"哼，是寡妇？那是谁告诉寡妇，她可以把手伸到不归她管的事情上头去的？"

"这不用别人告诉她。"

"很好，那我倒要去教教她该怎么管闲事。现在给我听着，别给我上学了，听到了吗？我得教训教训他们，哪能这样教孩子，让他骑到他老子头上去，还真以为自己是个啥了。别再叫我看见你在学校里头瞎逛，听见了吗？你娘就不认字，也不会写，到死都不会。**我们**家的人，到死都不会，我也不会，到你这儿就膨胀成这样子了？我这人可受不了这鸟气，听见了吗？好啦，让我来听听你念书。"

我拿起一本书，开始念华盛顿将军和独立战争的事情。我才念了半分钟，他就一巴掌把书打飞到了房间另一头。他说：

"行了行了。你是有这本事。刚才你告诉我的时候，我还不信来着。好了听着，别再给我端个臭架子。我不吃那一套。我会看紧你的，小鬼头。要是叫我在学校里捉到你，我会好好抽你一顿。转眼你还会信教去了呢。没见过你这样的儿子。"

他拿起一张图片，上头用黄蓝两色画着牛群和一个牧童，说道：

"这是啥？"

"我读书读得好，他们奖我的。"

他撕了，说道：

"我要给你更好的东西，一顿牛鞭。"

他坐在那里，叽里呱啦乱吼一通，然后说道：

"你这样子**不成了**又香又甜的小鲜肉了吗？有床，有铺盖，有梳妆镜，地板上还有一块地毯，可你老爹却要跑去制革作坊，跟猪睡在一块。我从没见过你这样的儿子。我发誓，我非把你这些臭架子都扯掉才算完事。你为啥就不能不装腔——对了，他们说，你发财了，咋回事？"

"他们在说谎，就这么回事。"

"听着——跟我说话你可注意点，我已经忍无可忍了——所以不要再跟我顶嘴。我在镇上待了两天，别的没听说，就听说你发财了。我在河下游那里也听说这事了。我就是为这来的。明天就把钱给我，我要钱！"

"我一分钱也没有。"

"说谎！撒切尔法官拿到了钱，你给他的。我要这笔钱。"

"我告诉你，我一分钱也没有。你去问撒切尔法官吧，他也会这样跟你说的。"

"行，我会去问他的。我会让他把钱交出来的，不然我倒要问问他有什么理儿。说吧，现在你口袋里头有多少钱？都给我。"

"我只有一块钱，我想用它——"

"你想用它干什么一点儿不重要。你就给我痛痛快快交出来。"

他拿走了那一块钱，还咬了一下，看是不是能用，然后说他要去镇上弄点威士忌喝，说他一整天都没喝。等他爬到窗外的顶棚上，又把脑袋伸了回来，骂我摆谱儿，想在他面前显示优越感；等我以为他已经走了，他又回来，把脑袋桙进来，叫我记得退学，他会等着，要是我没退学，就揍我一顿。

第二天他喝醉了，跑去撒切尔法官那里恐吓他，想让他放弃那笔钱，但没成功，于是他发誓要跟法官打官司，逼他就范。

法官和寡妇去了法院，要求法庭解除我们的父子关系，由他们中的一个当我的监护人，可那个法官是新来的，不了解那老家伙，所以他说，不到万不得已，法庭是不会干预家事、拆散家庭的；他说，他决不会把孩子从他父亲身边带走。撒切尔法官和寡妇只好作罢。

这下老家伙高兴坏了，他说要是我不能给他弄点钱来，他就用牛鞭抽到我浑身没一块好肉。我从撒切尔法官那里借来三块钱，老头拿去喝了个烂醉，然后敲着铁皮锅，在镇上到处转悠，吹牛、骂人、胡嚷，一直闹到三更半夜。他们把他关进了牢里，第二天送上法庭，判了他一个礼拜监禁。可他却说**他**很满意，说自己管教儿子有方，会叫**他**学乖的。

等他出狱时，那位新来的法官说，要让他重新做人。他把他带回自己家，收拾得干干净净，让他和家里人一起享用一日三餐，对他好得不行。吃过晚饭，法官跟他说起了戒酒什么的，把那老家伙给说哭了。他说自己一直糊里糊涂，荒废了时光，不过从今往后，他要为自己的人生掀开新的一页，做一个没人会瞧不起的人，他希望法官能帮帮他，不要看轻他。法官说，听了这番肺腑之言，他要给他一个拥抱，法官哭了，他老婆也哭了。老爹说，他以前总被别人误解，法官说他相信是这样。老家伙说，时运不济的人最需要的就是同情，法官说确实如此，他们又哭了起来。到了上床睡觉的时候，老家伙站起来，伸出手说道：

"女士们、先生们，看看这只手吧，请握一握吧。这只手以前是猪蹄，可从今往后再也不是了；这只手的主人要开始重新做人了，哪怕死，也不会再走回头路了。你们记下这些话吧，别忘了是从我嘴里头说出来的。现在它是一只干净的手了，握一握，不要害怕。"

于是，大家围着他，一边哭泣，一边一个接一个地握那只手。法官太太还亲了亲它。随后，老家伙签署了一份保证书，也就是说，画了个押。法官说，这是有史以来最神圣的时刻，或差不太多。接着他们把老家伙安顿进了一个漂亮的客房，晚上，老家伙觉得非常口渴，便爬到门廊屋顶上，顺着廊柱滑下来，用新外套换了壶"四十码"（一种廉价威士忌，酒劲很烈，据说喝后走上四十码就会醉倒在地或死去），然后沿原路爬回房间，重温了一遍美好的旧时光。天快亮的时候，他又爬了出去，因为醉得稀里糊涂，从门廊顶上滚了下来，左手摔断了两处，等天大亮有人看见他，他躺在地上，奄奄一息。他们跑去客房，都乱得没处可以下脚了。

法官心里有点刺痛。他说，看来只有给这老家伙来一枪，才能让他改邪归正，除此之外别无他法。

第　　　六　　　章

好了，没过多久，老家伙又开始神气活现，到处闲逛，不但把撒切尔法官告上了法庭，要他交出那笔钱，还跑来找我的茬，因为我没退学。有好几回他抓到我，打了我一顿，可我还是照样去上学，就是会尽量躲开他，要么跑得比他快。以前我倒没那么想上学，可现在为了气老爹，就非去不可。走法律程序是个漫长的过程，好像永远都开不了头，所以我只好时不时地去跟法官借上两三块钱，免得挨那老家伙的牛鞭。老家伙拿到钱，就会喝个烂醉，一喝醉，就会在镇子里大吵大闹，一大吵大闹，就会被关进监狱。他就是那德行，这一套正合他胃口。

他开始不断在寡妇家附近冒头，最后寡妇告诉他，他要是还这样不停转悠，就会要他好看。好吧，**他肯定**是疯了，才会说：他倒要叫大家瞧瞧，谁才是哈克贝利·芬恩的爹。于是，春天里，有一天，他候了个正着，逮住了我，带我乘船逆流而上三英里，在伊利诺伊对岸上了岸，进了林子。那地方除了一栋旧木屋，什么也没有，林子很密，要是你不知道木屋在哪，根本找不到。

他时刻都把我拴在身边，我没机会逃跑。我们住在那个旧木屋里，到了夜里他就会锁上门，把钥匙压在脑袋底下。他还有一把枪，我猜是偷来的。我们靠着钓鱼打猎维持生计。时不时地，他会把我关在家里，自己跑到三英里外的渡口，用打来的鱼和猎物换威士忌，然后把酒带回家，一边喝个高兴，一边揍我一顿。不久，寡妇打听到我的下落，派人过来，想带我回去，可老爹拿枪把那人给赶跑了。没过多久，我就习惯了待在这里，除了挨鞭子，我喜欢上了这种生活。

这是一种懒洋洋里透着喜悦的生活，可以舒舒服服地躺上一整天，抽抽烟，钓钓鱼，不用念书，也不用学习。两个多月就这样过去了，我的衣服变得又破又脏，我开始搞不懂，之前我为啥会喜欢待在寡妇家里，又要洗漱干净，又要用盘子吃饭，还得梳头，除了按时睡觉按时起床，还要不停地念书，老姑娘沃森小姐又没完没了地挑刺儿。我不想再回去了。因为寡妇不喜欢我骂人，我已经好久没说骂人话了，不过现在我又开始骂了，反正老爹不反对。总之，在林子里的生活很开心。

不过，没多久，老爹那根山桃木棍子就挥得越来越溜，我遍体鳞伤，扛不住了。而且，他离家出走的时间也越来越频繁，每回都把我关在屋里。有一回，他把我关屋里后，三天没回来，真闷得人发慌。我心想他可能被淹死了，那我也没办法离开这屋子了。我吓坏了，下决心要想办法逃走。我试了好多回，要逃出去，可一直没找到法子。屋子连一条狗能进出的窗洞都没有。我也没办法钻进烟囱往上爬，太窄了。门也很厚，是橡木做的门板，很结实。老爹出门的时候很小心，刀啊什么的都不会留在屋子里。我把屋子翻了一百来遍，因为没有别的事可干，只好这样打发时间。不过我终于还是找到了一样东西，在房梁和屋顶的墙板之间，我找到了一把没有把手、旧得生锈的锯子。我给它抹了点油，开始干活。屋子那头角落，有一张桌子，桌子后头的木头墙上钉着一块马毯，那是防止墙缝漏风吹灭蜡烛的。我钻到桌子底下，掀起马毯，想把墙根那根大圆木锯掉一截，大小正好够我钻出去。这活儿很费工夫，不过就快大功告成的时候，我听见老爹在林子里开枪。我连忙收拾掉干活的痕迹，放下马毯，藏好锯子。没多久，老爹就进了屋。

老爹心情不好，这是常态。他说去了镇上，什么都不对劲。他的律师说，要是早点开庭，他早就赢了官司，拿到那笔钱了，可现在官司一拖再拖，而且撒切尔法官很懂得搞这一套。律师又说，那伙人正在另起炉灶，想把我从老爹身边带走，带回寡妇那里，由她做我的监护人，估计这回能赢。这让我很是心烦意乱，因为我不想再回到寡妇身边，接受她们的紧箍咒和所谓的教养。这时候，老家伙开始骂骂咧咧，想到什么就骂什么，翻来覆去，保证谁也没漏掉，那之后，他又笼统骂了一遍，包括那些他不知道名字的家伙，骂到了就称他们"那谁"，然后继续骂下去。

他说他倒要看看，寡妇能怎样把我抢走。他说他会处处留个心眼，要是他们敢对他耍把戏，他知道六七英里外有个地方，可以把我藏起来，到时候就算他们费尽九牛二虎之力，也甭想找到我。这又让我心神不定了，不过也就一小会儿，我心想，等到他有那机会，我应该早就溜之大吉了。

老家伙要我去船上，把他搞到的东西拿来。这些东西包括一袋五十磅重的玉米粉、半片咸猪肉、弹药、四加仑装的威士忌、一本旧书、两张用来包东西的报纸和一些麻绳。我先搬了一批回屋，然后回到船上，坐在船头歇了一会儿。我思前想后，觉得等逃跑时，要带上枪和钓鱼线进林子。我想，我不能在一个地方久留，应该去全国游荡，我会走很多夜路，要靠打猎钓鱼为生，而且，我要跑得远远的，去老家伙和寡妇再也找不到我的地方。我决定今晚就实施这个计划，只要老爹喝得够醉，他也一定会喝醉的。我想得太入神，都没注意到在船上待得太久，老家伙开始咆哮，骂我是睡着了，还是淹死了。

我把剩下的东西都拿回木屋，天也黑了下来。我做饭的时候，老家伙不时灌上一两口，渐渐就喝高了，开始发酒疯。他在镇上已经醉过一场，在沟里躺了一整晚，样子不堪入目，因为浑身是泥，乍一看还以为是亚当复活了呢。只要喝高，他就开始骂政府，这回他这样骂道：

"这就叫政府！真的，看看它啥样！竟然有这样的法律，要让儿子离开老子，那可是老子的亲儿子，老子吃了多少苦，受了多少罪，花了多少钱，才把他拉扯大！是，就等他总算把儿子养大，可以干活来孝敬**他**，让他能歇歇，法律就跑来了，把他儿子给要走了。他们就管**那**叫政府！这还不算完！法律还给那个老法官撒切尔当后台，帮他抢走我的财产。这都是法律干的好事：法律把一个兜里有六千块的人，塞进一个笼子一样的小木屋，让他穿着连猪都没法穿的衣服到处跑。这就是他们说的政府！这样的政府是不可能让人拥有他的权利的。有时候我真想离开这个国家，一走了之！是的，我就是这么跟他们**说**的，当着撒切尔的面我也这么说。很多人都听到了，可以复述我的话。我就是这样说的，我要离开这个该死的国家，再也不会回来了！这就是我说的话。我说，瞧瞧我戴的帽子吧（要是它还叫帽子！），只有帽顶是杵着的，其他的全耷拉到我下巴下头了，这根本不是帽子，这是我的脑袋从一节烟囱里硬挤了出来呀。我说，好好瞧瞧，我就戴这样的破帽子，可要是我能得到我的权利，我也是镇上的一个阔佬呢。

"唉，这真是一个奇葩的政府，真的奇葩。不信？我们来瞧一瞧。有个俄亥俄来的自由奴，是个黑白杂种，却比白人还像白人。他穿的衬衫是你见过的最白的，帽子那样光鲜，镇上没人穿得比他好，他还戴着金表和金链子，拄着银头拐杖，全州上下，就他最拉风最有派，真是土豪。你觉得他会是什么来头？他们说，他是大学里的教授，会说全世界所有的话，没有什么是他不知道的。这还不是最糟糕的，他们说，他在他的家乡还有**投票权**呢。真的，我被搞糊涂了，这个国家以后会变成啥样儿呀？那天是选举日，要不是我醉得走不了路，真想亲自去投一票；不过，当他们告诉我，这个国家有一个州可以让黑鬼投票，我马上就不想蹚这趟浑水了。我说我再也不会去投票了。我话就摆在这，他们都听见了，这国家烂透了，只要我还活着，我就再也不会去投票。你就瞧瞧那黑鬼摆谱的样子，哎呀，要不是我把他推一边去，他都不给我让路。我跟人说，为啥不把这黑鬼给卖了？我就想知道这个。你猜猜他们怎么说？他们竟然说，他要在这个州待够六个月后，才可以被拍卖，现在时间还没到。瞅瞅，这事情够典型了吧，这就是所谓的政府，都不能卖掉一个自由的黑鬼，非得让他待上六个月才能卖。这种政府还能管自己叫政府，还能假装自己是政府，还能自以为是政府，还要装聋作哑等上六个月，才能去抓那个到处晃悠、偷鸡摸狗、无恶不作、穿白衬衫的自由黑鬼，还有……"

老爹叨叨个没完，都没有注意到两条软绵绵的老腿把他带到了哪里，结果一头栽倒在咸肉桶上，膝盖下头都擦破了，于是他的长篇大论就只剩下怒骂，绝大多数都是骂黑鬼和政府的，自然也会连带着骂一骂那只咸肉桶。他在小屋里蹦来跳去，一会儿用这条腿跳，一会儿用那条腿，一会儿揉揉这只膝盖，一会儿揉揉那只，最后突然一脚踢了出去，木桶上发出了一声脆响。这动作可不太明智，因为有几根脚指头露在靴子外头，他发出一声让人毛发直竖的惨叫，倒在地上，握着脚指头打起滚来，可还在叫骂，劲头比以往任何时候都凶。后来他自己也这么说。他说见过老索尔伯利·哈根正当年骂人的样子，自己已经盖过了他，可我觉得那就是吹。

吃过晚饭，老爹拿起了酒壶，说他的威士忌足够他醉两回疯一回了。这是他的老调调。我想最多一个钟头，他就会醉到两眼一抹黑，然后我就去把钥匙偷到手，要么锯开木板逃之夭夭，怎样都行。老爹一口接一口，不久就倒在了他的毯子上。可运气没光顾我，老头没睡死，只是难受得很。他呻吟着、咕哝着，翻来覆去，折腾了很久。最后我自己倒先困了，眼皮子都睁不开，还没来得及做点什么，就已经睡着了，蜡烛都没吹灭。

不知道睡了多久，我突然被一声尖叫声惊醒。老爹看上去像是发了疯，四处乱窜，嚷嚷着"蛇蛇蛇"。他说蛇爬到了他腿上，然后他一边跳一边叫，说有条蛇咬了他的脸。可我一条蛇也没看见。他开始在屋里绕圈子乱跑，大叫："把它弄走！把它弄走！它在咬我脖子！"我从来没见过人的眼里流露出这样疯狂的模样。没多久他就筋疲力尽，倒在地上直喘粗气，然后以不可思议的速度打起滚来，双脚乱蹬，双手在空中又是打又是抓，尖叫他被魔鬼抓住了。过了很久，他才消停下来，一动不动地躺了一会儿，呻吟着。再之后就没有一点儿动静了。我听见远处林子里猫头鹰和狼群在嚎叫，周围静得吓人。老爹躺在角落里，过了一会儿，他支起身体，侧耳倾听，轻声说：

"咔嚓……咔嚓……咔嚓，这是死人的脚步声；咔嚓……咔嚓……咔嚓，他们来找我了；可我不想去。噢，他们到这儿来了！别碰我！把手拿开，太冷了，让我走！噢，放过我这个可怜鬼吧！"

他四肢并用，连滚带爬，求他们放过他，把自己裹在毯子里，打着滚躲到了那张旧松木桌子下头，还是在哀求，最后哭了起来。我隔着毯子都能听见。

没过多久，他又从桌子下头滚了出来，满脸惊恐地站起身，看见了我，朝我冲来。他手里拿着折刀，嘴里喊着我是死亡天使，绕着屋子追赶我，说要杀了我，这样我就不会再找他麻烦了。我苦苦哀求，告诉他我是哈克呀；可他笑得**那样**瘆人，咆哮着，喝骂着，不肯放过我。我转身要从他胳膊底下闪过，他一把抓住，攥着我的衣领不放，我以为自己要完了，不过还是闪电一样来了个金蝉脱壳，救了自己一命。没过多久，老头筋疲力尽，背靠着门瘫软下来，他说他要休息一会儿，然后再来杀我。他把刀子放在身下，说睡一小会，等体力恢复了，再来瞧瞧我们谁是谁的爹。

他很快就睡着了。又过了一会儿，我搬来那张旧柳条椅子，小心翼翼地爬了上去，尽可能不发出一点儿声音，取下了那杆枪。我将通枪条伸进枪管，看看是否装了弹药，随后把枪架在萝卜桶上，对准了老爹。我在枪后头坐了下来，等着老爹醒过来。时间过得好慢呀。

第　　七　　章

"起来！你这是要干啥？"

我睁开眼，看了看四周，努力想知道自己在哪里。天已经大亮，我应该睡得很熟。老爹堵在我面前，病恹恹的样子，没好气地说道：

"你拿枪干什么？"

我看他已经完全不记得昨晚发生的事情了，便说："有人想闯进来，我在这儿守着呢。"

"干吗不叫醒我？"

"我叫了，叫不醒；推你也推不动。"

"好好，行啦，别站在这儿叨咕个没完，上外头瞧瞧，看有没有鱼上钩来给我们当早饭。我一会儿也会过去。"

他打开门锁，我连忙跑到了河堤上。一些树枝什么的正顺流而下，还有一些树皮，在水里不时冒一冒头，我知道开始涨潮了。要是我现在还在镇上，那一定很爽了。六月份的潮水总是能给我带来好运，这地方只要开始涨潮，就会有大块的木头漂下来，还有散架的木排——有时候还是十几根木头拴在一起的；你只用捞起木头，卖给木场或锯木作坊就行了。

我顺着河堤往上游走，一边留心老爹，一边盯着潮水带来的东西。哦耶，忽然漂来个小划子，漂亮得很，大概有十三四英尺长，像鸭子一样浮在高高的水面上。我像青蛙一样，一头从河堤上扎了下去，衣服都没顾得上脱，奋力朝它游去。我猜可能会有人躺在划子上，因为常有人用这法子愚弄别人，等某个家伙划着小船追上来时，他们就会挺起身子，嘲笑对方。不过这回不是这样。这肯定是条漂走无主的划子，我爬了上去，把它划到岸边。

我想老家伙要是看到小划子，一定会乐得屁颠屁颠，毕竟值个十块钱呢。不过，等我划到岸边，却没看见老爹，便将划子划进了小河沟。那是个河湾，到处是藤蔓和柳条，我突然生出了一个念头：我要把它藏好了，那样等我逃跑的时候，就不用躲进林子，靠两条腿奔波了，我可以划船，顺流而下五十英里，再找个好地方待下来。

河沟离木屋很近，我老觉得听得见老家伙的声音，不过，我还是把小划子藏在了那里。然后我走出河沟，在柳树丛里四处察看了一下，老家伙正顺着小路过来，用枪瞄准一只鸟儿，所以他什么也没看见。

老头过来的时候，我赶紧忙着拉扯钓线。他只是骂了我几句，说我做事太不利索。我知道他能看出我身上湿了，会盘问我，便说我掉河里了，这才耽搁了。我们从钓鱼线上取下五条鲶鱼，回了家。

吃过早饭，我俩都累了，便躺下睡觉。我突然想，要是我能找到个法子，让老爹和寡妇都不会再来找我，那肯定要比靠着运气远走高飞更加稳妥。你知道，这世上不定会发生什么事呢。可我想了好一会儿，也没想出什么办法来，过了一会儿，老爹又起身喝了一筒水，然后说道：

"下回再有人想摸进来，你要叫醒我，听见了吗？那家伙肯定没想干好事，我会一枪崩了他。下回要叫醒我，听见了吗？"

说完他躺了下来，又睡着了，可他的话倒正好给我出了个主意。我心想，这下我有办法了，没有人会再来找我了。

十二点钟左右，我们出了门，去了河堤。河水涨得很快，很多浮木随着涨水顺流而下。不久漂过来一截木排，一共有九根木头绑在一起。我们划着小船，把它拖到岸上，然后吃了午饭。除了我老爹，换谁都会在岸边守上一天，那样可以多捞点东西，可这不是我老爹的风格，对他来说，一回能捞到九根木头就够多的了，他得马上去镇上卖掉。于是他又将我锁了起来，划着船拖着木排离开了，这时候大概三点半。我觉得他晚上应该不会回来了。我等着，直到确信他已经划得够远，才取出锯子，开始锯那块木头。他还没到对岸，我就从那个锯开的洞里头爬了出来，这时老爹和他的船已经成了远处水面上的一个小黑点儿。

我拿着那袋玉米粉，到了我藏小划子的地方，扒拉开盖在船上的藤蔓和树枝，将玉米粉放到上头。然后我又依样画葫芦，搬去了那半斤咸肉，接着是那壶威士忌，还拿走了所有的咖啡、白糖和弹药，还有通枪条，我还拿走了水缸和水瓢，长柄勺和马口铁杯，还有我的旧锯子和两条毯子，加上平底锅和咖啡壶。然后我又拿走了钓鱼线、火柴和其他但凡值点钱的东西。我几乎把那地方给清空了。我还想要一把斧子，但屋子里头没有，外头的柴火堆上倒是有一把，我把那把斧子留了下来，这么做是有原因的。等我把枪也取了出来后，一切才算大功告成。

我从那洞口爬进爬出，又拖了那么多东西出来，屋里的地给磨光了一大片。我便从外头往洞里撒了好些土，尽可能盖住了磨平的痕迹和锯末，又把那块锯下的木块塞回原处，因为木块有些弯曲了，碰不到地面，我就在下头垫了两块石头，再搬了一块石头顶住。要是站在四五尺远的地方，根本看不出它已经被锯开了，甚至都不会留意；再说了，这里是木屋背后头，没人会来这地方瞎转悠。

从这地方到小划子，一路都是草地，所以我没有留下一个脚印。我顺着这条路又察看了一下。接着我站在河堤上，眺望了一下河面。一切都妥妥的。我拿起枪，往前走了一段，进了林子，我打算打几只鸟，却看见了一头野猪，肉猪只要从牧场里跑走，没多久就会变野。我开枪打死了那家伙，把它拖回了住处。

我拿起斧子，开始劈门，使劲劈，把它劈烂了。然后我把那头猪拖进屋子，一直拖到桌子那里，用斧子砍进它的喉咙，再把它放倒在地面上，让它躺在那里流血。我之所以说地上，因为那确实是地，是压得紧实的地，不是地板。干完这一切，我又拿来一个旧麻袋，尽可能往里头装了很多大石头，只要我拖得动，然后从猪躺的地方出发，拖着麻袋经过房门，穿过林子，来到河边，把它扔进了河里，它沉了下去，一会儿就消失不见。一路上你很容易就能看出有东西从地面拖过。我真希望汤姆·索亚也能在这里，我知道他会对这种事情感兴趣，还会往里头加进他的妙招。对这类事情，汤姆·索亚最擅长发挥他的风格。

我扯下一些头发，让斧子沾上血迹，把头发粘在斧子背面，接着把斧子扔在了角落。然后我提起那头猪，用外套兜着（这样就不会往下滴血了），抱着它走到离屋子很远的地方，才把它沉进了河里。这时我又想到了另一件事。我跑到小划子那里，取出那袋玉米粉和那把旧锯子，拿回了屋。我把玉米粉放到原来的地方，因为屋里没有刀叉（老爹做饭时切什么东西都会用他那把折刀），我只好用锯子在袋子底上掏了个洞。然后我扛着那袋玉米粉，穿过屋子东头的草地和柳树丛，走了大约一百多码，来到一个五英里左右宽的浅湖。湖面长满了灯芯草，在这个季节，水面上到处都是鸭子。在湖的另一头有一片沼泽，或者说一片小河湾，一直往外延伸，足有好几英里，我不知道它通向哪里，但肯定不是大河。玉米粉从袋子里漏了出来，沿途留下一点儿一点儿痕迹，一直到湖边。我把老爹的磨刀石也丢在了那里，看上去好像只是不小心丢的。然后我用线将袋子上的洞扎了起来，不让玉米粉再漏，拿着袋子和锯子又回到小划子那里。

天差不多暗了下来，我把小划子停在被岸边垂柳遮住的河道上，等着月亮升起。船被我拴在柳树上，我稍微吃了点东西，然后在船上躺了下来，边吸烟边盘算。我心想，他们会跟着那袋石头留下的痕迹，来到河边，然后在水里打捞我。他们还会跟着玉米粉的痕迹找到湖边，沿着河湾搜寻那些杀死我并拿走所有东西的盗贼。他们会在河里寻找我的尸体，而且很快就会厌倦，不再搭理我的下落。这正好，这样我就能去任何我想去的地方了。杰克逊岛对我来说再好不过。我很了解那个岛，没有人会上那儿去。然后我可以在夜里划船到镇上，偷偷溜达一圈，弄些我要的东西。好，就去杰克逊岛。

我实在太累了，一头睡下，万事不知。等我醒来，一时半会儿竟想不起来身在何处。我坐起来，四下看了看，心里有点儿害怕。好在我马上就回过了神。河水看上去绵延万里，月光那么亮，我都数得清离岸边几百码远的河里漂过的浮木，它们黑乎乎的，好像一动不动。周围万籁俱寂，应该很晚了，**闻**着也是。我想你明白我的意思，我不知道该怎么说。

我打了个哈欠，伸了个懒腰，打算解开缆绳上路，就在这时，水面上传来声音。我听了听，很快就明白了。那是在这样安静的夜里会传来的沉闷而规律的划桨声。我透过柳枝偷偷朝外望去，那是一条小船，在远处水面上。我看不清船上有几个人。它朝我漂来，等和我擦肩而过时，我终于看清上头只有一个人。也许那人就是老爹，我想，尽管我并没有盼着是他。他从我的面前顺流而下，晃晃悠悠地在静水里头往岸边划去。他经过的时候，和我离得那样近，我只要举起枪来，就能碰到他。没错，**就是老爹**，我非常肯定，而且，从他挥桨的样子看，竟然还没喝醉呢。

我没有浪费时间，立刻借着岸边的阴影，顺着溪流悄悄飞速而下。这样划了两英里半后，我开始朝河中央划去，一气划了四分之一英里，因为要不了多久会经过渡口，到时候也许会有人看见我，跟我打招呼。我把船划到浮木中间，然后躺了下来，任由小船随波逐流。我就这样躺着，好好休息了一番，一边抽着烟斗，一边眺望天空，那里没有一朵云彩。躺在月光下仰望天空，天空是那么深远，我以前可从来不知道。而且，在这样的夜晚，躺在河面上，一个人竟能听到那么远的地方传来的声音！我能听见人们在渡口交谈，还能听见他们交谈的内容，甚至能听见他们说出的每个字儿。有个人说，现在白天变长，夜晚变短了，另一个说，他觉得**今天晚上**不会变短，然后两人笑了起来，那人又说了一遍，两人又笑了起来；他们叫醒了另一个人，一边笑，一边把这句话说给他听，但那人没有笑，骂了一句狠话，叫他们不要烦他。第一个开口的人说道，他要把这话说给他老太婆听，她一定觉得很妙，不过他又说，这话完全比不上他年轻时说的那些金句。我还听见其中一人说道，快三点了，可别让他等上一个礼拜再天亮呀。接着，说话声越来越远，我再也听不清说话的内容，只依稀听见叽里咕哝，时不时还夹杂着笑声，船显然已经漂远了。

这会儿我已经离开渡口，在它下游了。我站起身来，杰克逊岛就在下游两英里半的地方，上面全是树林，它矗立在河道中央，又大又黑又结实，像一艘熄了灯的汽船。岛的顶头完全看不见沙滩，都淹没在水面下了。

我很快就到了那里。水流很急，带着我飞速越过岛屿顶头，然后我进入了缓流，在朝着伊利诺伊的那一侧靠了岸。我把小船划进一处我知道的深湾；我得拨开那里的垂柳，才能让船进去。我把船拴好，从外头没有人看得见。

我上了岸，坐在小岛北头的一根木头上，望着宽阔的河面，和河上黑乎乎的浮木，还有远处三英里外的镇子，那里有三四处灯光在闪烁。上游一英里远的地方，有一个巨大的木排正顺流而下，木排中央亮着一盏灯。我看着它慢慢地漂过来，和我擦肩而过时，有人在说："尾舵使劲，船头往右！"那声音听上去很清晰，好像说话的人就在我身边。

这会儿天有点蒙蒙亮了，我便钻进林子，去打个盹再吃早饭。

第　　八　　章

　　醒来时，太阳正高，应该过了八点了。我躺在草地的阴凉地儿，想着心事，感觉自己休息够了，身体舒爽，心满意足。透过一两处树荫的缝隙，能看见太阳，但更多是大树和大树间的阴影。光线穿过树叶，在地上洒下一串串光斑，光斑有些晃动，显示微风轻袭。一对松鼠栖息在一根树枝上，友好地冲着我叽叽喳喳。

　　我浑身慵懒，舒服极了，都不想起来做早饭。就在我打算再打个盹的时候，上游传来一声低沉的"轰隆！"。我猛地起身，胳膊支起身体，侧耳倾听。不久，又是一声"轰隆！"。我跳了起来，紧走几步，透过树缝往外张望，上游很远的地方，大概就在渡口那里，一缕青烟正从水面升起。那是一艘渡船正满载着乘客顺流而下。我立刻明白怎么回事了。轰隆！白烟从船的侧面喷出。看到了吧，他们正在朝水上开炮，想把我的尸体震出来呢。

　　我真的很饿，可又不能点火做饭，那样会叫人瞅见炊烟的，所以，我只能坐在这里，看着火炮冒烟，听着轰隆声响。这里的河面只有一英里宽，在这夏天的早晨，看起来非常美丽，我一边看着人们搜寻我的尸体，一边感到非常满足，就是要能有口吃的，哪怕一口，就更好了。就在这时候，我忽然想起来，人们通常会把水银灌进面包，然后让它们在水上漂浮，因为面包总是会一路漂到浮尸边上停住的。于是，我喃喃自语，我得盯紧了，要是那些面包漂到我身边，我得给它们一个表现的机会。我走到小岛靠近伊利诺伊的那一边，想看看我的运气如何。果然没让我失望。一个特大的面包漂了过来，我用一根长棍去够，几乎就要得手，不巧脚下一滑，它漂得更远了。我正好站在急流离岸最近的地方，我很清楚这一点。不过，没等太久，又一个面包漂了过来，这回行了。我拔掉塞子，抖掉里头的一小坨水银，然后大快朵颐。这可是面包师傅烤出来的面包，是文明人吃的，不是你们那种乡巴佬吃的玉米饼。

我在林子里找了个好地方，坐在一根木头上，一边大口吃着面包，一边看着那艘渡船，非常满足。然后我突然想到一件事情。我自言自语道，或许这会儿寡妇、牧师或者其他什么人正在祈祷这个面包能找到我，它也真的找到了。毫无疑问，这种事情真的会灵验的，也就是说，当寡妇或者牧师之类的人祈祷时，事情就有可能成真，但换我这样做，就不行，我想正常人使这招，它都不灵。

我点上烟斗，美美地吸了一大口，然后继续看戏。渡船正顺着河流往下漂，我决定给自己一个机会，去看看船上都有些什么人，因为那艘船会跟面包一样，离我越来越近。等到渡船朝我靠来的时候，我掐灭烟斗，走到刚才打捞面包的地方，就是靠近岸边的那一小片开阔地，趴在一根大树桩后头，透过树桩的分叉偷偷往外瞟。

不久，渡船过来了，近在咫尺，搭块木板就可以上岸。几乎所有人都在船上。老爹、撒切尔法官、贝西·撒切尔、乔·哈珀、汤姆·索亚和他的老波莉姨妈、西德和玛丽，还有其他许多人。大家都在谈论那个凶手，但船长打断话头，说道：

"现在看仔细点儿，急流离这里最近，他有可能被冲到岸边，缠在河边的灌木丛里头。反正我希望如此。"

我可不希望如此。他们全都挤了过来，身子压在栏杆上，几乎贴到了我的脸。他们凝神静气，使劲搜寻。我能清楚地看见他们，他们却看不见我。这时，船长大喝一声：

"闪开！"随后大炮就在我面前猛地炸开，我的耳朵差一点儿被震聋，眼睛也被烟迷瞎了，真怀疑自己已经一命呜呼。要是他们装了弹头，那就真会找到他们要找的尸体了。还好，谢天谢地，我发觉自己没有受伤。渡船继续往前漂，从小岛凸角绕了过去，看不见了。我还不时能听见轰隆声，渐行渐远，慢慢地，一个钟头后，就什么也听不见了。小岛有三英里长，我估计他们到了小岛南头就会放弃。可他们还是坚持了一会儿。他们绕过小岛南头，沿着密苏里这边的河道逆流而上，一边行进，一边不时开上一炮。我也跑到了这一边来观察他们。等到他们过了小岛的北头，就不再开炮，而是往密苏里岸边驶去，回到了镇上。

我知道现在算是万事大吉，没有人会再来找我了。我把行李从小划子上搬了出来，然后在林子深处给自己搭了个不错的营地。我用毯子搭了个大概齐的帐篷，把所有东西都放在里头，这样就不会被雨水淋湿了。我钓到一条鲇鱼，用锯子把它剖开，太阳落山后，我生火，吃晚饭。然后又放好鱼线，好让鱼上钩当早饭。

天黑后，我坐在篝火边，吸着烟，心里的满足无以言表。可没过多久，我就觉着有些寂寞。于是，我坐到岸边，听着水流拍岸，数着天上的星星，还有河里漂过来的木头和木排。这样过了一会儿，我就去睡了。当你孤单一人时，这样打发时间最好，你不会老是这样的，很快就会习惯的。

这样过了三天三夜。日子一成不变，一直老样子。不过，到了第四天，我开始在小岛上探路。我是岛上的老大，可以说，它完全属于我，我也想完全了解它。当然主要还是为了打发时间。我找到很多草莓，不仅熟透了，而且品质一流，还有青提子和绿树莓，另外还有刚刚长出来的黑莓，还青着的。我觉得用不了多久它们就能随手摘了吃了。

我在林子深处到处闲逛，一直往南，差不多到了岛的最南头。我总是带着我的枪，但没开过一枪，只是用来防身，回去路上还可以打点野物。大概就是这时候，我差一点儿一脚踩在一条大蛇身上。蛇很快溜进了花草丛，我追过去，想要一枪毙了它。我走得很快，突然，我踩到了篝火堆，还冒着烟呢。

我的心都要蹦出来了。都没来得及看个究竟，我就拉开枪栓，踮着脚尖，尽可能快地往回退。时不时地，我在茂密的树丛中停下，想听听动静，可我的呼吸那么急，除了它，我什么也听不到。我又蹑手蹑脚地走了一段，然后再听，然后再跑，再停，再听。要是撞见一根木桩，我会以为那是一个人影；要是踩断一根树枝，我会吓得喘不上气。

等我回到营地，才稍稍安下心来，可胆儿已经差不多吓破了。我想，不能再瞎耽误工夫了，于是赶紧把行李都搬回小船，那里没人看得见。我还灭了篝火，把烟灰都撒了，让这地方看上去就像是去年的旧营地，然后爬到了一棵树上。

我在树上待了两个钟头吧，虽然没看见任何东西，也没有听见任何声音，但还是**觉得**自己听到了一千种声响，看到了一千种情形。唉，我总不能在树上待一辈子呀，所以最后我还是下来了，不过一直藏在茂密的树丛里头，时刻保持警惕，能吃的只有草莓和早饭剩下的东西。

到了夜里，我实在饿了，就趁着天黑，月亮还没出来，离开河岸，划船去了伊利诺伊那一边，大概有四分之一英里远。我下了船，上岸进了林子，做了一顿晚饭，并决定整晚都待在那里。可就在这时，我听到一阵啪嗒啪嗒的声音，心想那是马跑过来了，之后又听到了人声。我以最快的速度把所有东西都搬上船，然后在林子里悄悄走过去，想看看发生了什么。没走多远，就听见有人在说：

"要能找个好地方，还是露营吧。马儿都累坏了。我们四处瞅瞅。"

我没有再等下去，赶紧跑路，划着船离开了。我把船系在了老地方，心想只能在船上睡了。

我没怎么睡。不知怎么搞的，就是睡不踏实，一直东想西想。每回醒过来，都觉得有人掐住了我的喉咙。所以睡觉一点儿用也没有。我心想，这样下去不行，我得去搞清楚，除了我，还有谁也在这个岛上。要么搞清，要么完蛋。好了，这下我觉得好多了。

于是，我拿起桨，从岸边稍稍顶开，让小船在阴影里顺流而下。月光如水，出了阴影，就几乎像白天一样亮了。我划了一个钟头，一切都像岩石那样寂静，陷入沉睡。最后我差不多划到了小岛的南头。微风徐来，凉爽宜人，仿佛在说长夜将尽。我挥桨掉头，让船头靠岸，然后拿起枪，离开小船，进了林子。我坐在一根木桩上头，透过树丛向外张望。月光渐渐消退，黑暗开始罩住河面。没过多久，我就看到一抹白鱼肚掠上树梢，天要亮了。我拿起枪，朝着我曾经路过的那堆篝火摸了过去，每走一两步就停下来听动静。不过我的运气始终不太好，似乎找不到那地儿了。

还好，过了一会儿，千真万确，我瞥见远处有火光从树丛间透了出来。我循着火光，小心翼翼地慢慢摸了过去。不久就近得可以看清了，那儿躺着个大男人，吓了我一大跳。那人用毯子蒙住脑袋，脑袋又与火堆凑得很近。我待在灌木丛后，离那人大概六英尺，目不转睛地看着他。天快亮了，没过多久，那人打了个哈欠，伸了个懒腰，掀开了毯子。哎，竟然是沃森小姐的杰姆！我发誓，看见是他，我高兴坏了，说道：

"你好啊，杰姆！"我从灌木丛中跳了出来。

他猛地跳了起来，惊慌地看着我，然后跪了下来，双手合十，说道："请别害我！别害我！我可从来没害过鬼啊。我一直很喜欢死人的，为他们做了好多事呢。请你回河里去吧，你是河里的，不要纠缠老杰姆，他一直是你的朋友。"

好啦，没花多少时间，我就让他明白，我没死哪。我从来没有像现在这样，看到杰姆真是高兴。我终于不再孤单单一个人啦。我告诉他，我才不怕**他**告诉别人我在这里呢。我说个没完，可他只是坐在那里看着我，一句话也没说。然后我说："天亮了，我们吃早饭吧。把你的篝火烧旺些。"

"把火烧旺了能干什么，煮草莓什么的吗？不过，你有枪，是吧？我们可以去搞一点儿比草莓更好的东西。"

"草莓什么的？"我说，"你一直都在吃这些吗？"

"我只能搞到这些。"他说。

"哎呀！你在这岛上待了多久，杰姆？"

"就是你被杀了后那天晚上过来的。"

"什么？一直到现在？！"

"是呀，是的。"

"除了那些乱七八糟的东西，你就没吃过别的？"

"是的，先生，没吃过别的。"

"哎呀，那你一定饿瘪了！"

"我觉得我能吃下一头马。我想我真的吃得下。你来岛上多久了？"

"从我被杀掉那晚到现在。"

"不会吧！哎呀！那你靠什么活着？当然，你有枪。噢，是的，你有一把枪。这很好。你现在去打些什么来，我来把火烧旺。"

于是，我们去了小船那里，杰姆在树林间开阔的草地上生起一堆火，我拿来了玉米粉、咸肉和咖啡，还有咖啡壶、平底锅、糖和铁杯，那黑鬼一屁股坐在地上，以为全是魔法变出来的。我还去抓了一条好大的鲶鱼，杰姆用小刀把它收拾干净，烤熟。

早饭做好后，我们懒洋洋地靠在草地上，趁着食物还在冒热气，大吃了一顿。杰姆一阵狼吞虎咽，因为他快要饿死了。我们吃得饱饱的，懒懒地躺了下来。过了一会儿，杰姆说道：

"可是，哈克，要是小木屋里被杀掉的人不是你，那又是谁？"

于是我把整件事情都告诉了他，他直夸我聪明。他说，汤姆·索亚也想不出比我更好的点子来。然后我说：

"你怎么会来这里的，杰姆，你怎么来的？"

他看上去很不自在，沉默了好一会儿，才说道：

"我还是不说为好。"

"为啥，杰姆？"

"嗯，那自然是有原因的。可要是我告诉你，你会告发我吗，哈克？"

"要是我告发你，就不得好死，杰姆。"

"好吧，我相信你，哈克。我……我是**逃出来**的。"

"杰姆！"

"喂，别忘了，你说过你不会告发的——你得记得你说过你不会告发的，哈克。"

"当然，我记得。我说过不会，就一定会坚守诺言。我会像印第安人那样忠诚。以后大家会管我叫下贱的废奴主义者，还会因为我没告发你而瞧不起我，不过那都没关系。我不会说出去的，反正我也不会再回镇上去了。好了，现在你把事情经过告诉我吧。"

"好吧，你知道的，是这样的。老姑娘……就是那个沃森小姐……她老是挑我毛病，对我很粗暴。她说不会把我卖到新奥尔良，可近来我留意到，有个奴隶贩子老上家里来，我心里就不踏实。有天晚上我偷偷溜到门口，很晚了，门没关严，我听到老姑娘告诉寡妇，她打算把我卖到新奥尔良去。她不想这么做，可我能卖个八百块，那么大一笔钱，她没法子拒绝。寡妇劝她不要这样做，可告诉你吧，我没等到听完，就赶紧跑了。

"我跑出寡妇家，跑到山下，盼着能到镇子上游偷条船出来，可那地方老有人，于是我就藏在那家箍桶铺里，就是那家快要垮掉的旧铺子，等着所有人都离开。唉，我等了一整晚，还是老有人在附近晃悠。早上大概六点钟，有小船从那地方经过，到了八九点钟，所有经过的小船上的人都在说，你老爹去镇上时，你被人杀掉了。最后来了几条船，坐满了太太先生们，要去出事的地方看一看。他们在过河前，有时会停在岸边休息，我从他们话里头知道了你被杀掉的事情。听说你被杀了，我很难过，哈克，不过现在不难过了。

"我一整天都躲在刨花堆下头，很饿，但也不害怕。我知道老姑娘和寡妇吃过早饭后要去参加野营布道会，会在那里待上一整天，她们也知道我白天会出去放牛，没指望在家里看见我，所以天黑之前，她们是不会想起我来的。其他用人也一样，只要那俩老太太一出门，他们就会跑出去逍遥，压根儿想不起我。

"天黑了以后，我就从铺子里头跑了出来，沿着河边的小路，跑了两英里多，到了没有人家的地方。接下来要做什么，我心里头已经有了主意。你瞧，要是我一直走路，狗会追踪到我。要是我偷一条船，渡过河去，他们也会发觉船不见了，你知道，他们就会知道我在对岸哪个地方上了岸，也一样会找到我。所以，我就想，我要找一个木排，这样就不会**留下**痕迹了。

"一会儿，我看到一线光从河道拐弯的地方照过来，便下了河，推着身子前头的一根木头，游到河中央，然后藏在浮木里头，脑袋压得很低，逆着水流朝前游，直到漂来了一个木排。我游到木排后头，紧紧地抓住了它。当时，云拢了过来，天一下子很黑，我便乘机爬了上去，躺了下来。木排上的人都聚在中间，那里亮着灯。河水开始上涨，水流很急，我估摸到早上的时候，应该就能漂到下游二十五英里外的地方了，到那时候，我再下水，趁天没亮，游到岸上去，躲进伊利诺伊那边的林子里去。

"可我运气实在不好。就在快到小岛南头的时候，有人提着吊灯往木排后头过来，我知道等下去也没用，就从木排上滑进水里，往小岛那里游。一开始我还以为哪里都可以上岸，可是不行，河岸太陡了。我一直游到差不多最南头，才找到一个可以上岸的好地方。我进了林子，心想我以后再也不会傻乎乎地待在木排上了，他们老是提着灯笼瞎转悠。我把我的烟斗、一块板烟和几根火柴藏在了帽子里，它们没被弄湿，还算好。"

"这么说，你这些日子都没吃过面包和肉？你为啥不去抓个土鳖来吃？"

"用啥去抓？总不能偷偷过去直接拿手抓吧？用石头怎么打得中？晚上啥也看不见怎么打？白天我又不能在岸边露面。"

"好吧，说得也没错。你当然只能一直躲在林子里。你听到他们开炮了吗？"

"噢，听见了。我知道他们是在找你。我看见他们经过小岛了，从灌木丛里偷看到的。"

这时，几只小鸟飞了过来，飞一两码就会停一下。杰姆说，这是要下雨了。他说小鸡这样飞，就会下雨，小鸟应该也一样。我想去抓几只鸟来，杰姆不让我这么干，说这是在找死。他说他爹有一回病得很重，他们有人抓了一只鸟，他奶奶就说他爹要死了，他果然死了。

杰姆又说，不能去数做饭时用到的东西，会招霉运。太阳落山后抖桌布也一样。他说要是有人有一窝蜜蜂，那人死了，那么一定要在第二天早上太阳出来之前让蜜蜂知道，不然蜜蜂也会病倒，不干活，最后也死了。杰姆说，蜜蜂从来不叮白痴；我不信，我试过好多回，它们都不叮我。

我以前也听过这些说法，不过没这么全。杰姆知道所有兆头。他说他几乎什么都知道。我说，我怎么觉得什么兆头都是说人要倒霉，有没有关于好运的兆头呀。他说：

"很少很少，而且**它们**对人没有用处。你为啥想知道好运什么时候来？是想躲开啊？"然后他又说，"要是你手上和胸口毛都很密，就说明你会发财。好吧，这样的兆头还是有点儿用，因为它说的是很久以后的事。你知道，也许你会穷上好长一段时间，要是不知道以后会发财，说不定就丧气得自杀了。"

"杰姆，你胳膊和胸口上有毛吗？"

"这还用问？你瞧不见呀？"

"好吧，那你有钱吗？"

"没有，不过，我以前阔过，我还会再阔的。我以前有过十四块钱呢，可拿去投资，全赔光了。"

"你去做什么投资了，杰姆？"

"嗯，起初我买了能赚钱的货。"

"什么货？"

"哎，活的货呀，一头牛。我花了十块钱买了一头奶牛。不过，我不会再冒险拿钱去做投资了，那头牛一到手就死掉了。"

"所以你赔了十块钱。"

"也没全赔。只赔了九块。我把牛皮和牛尾巴卖了，卖了一块一毛。"

"那你还剩下五块一毛。你没有再去投资？"

"投啦。你认识那个瘸腿黑鬼吗？就是布拉迪斯老先生手下那个。他开了家银行，说只要在银行里存一块钱，年底就能拿到四块。所有黑鬼都去存了，可他们没什么钱。我钱最多。所以我说，年底给我的钱要比四块钱多，不然我自己开家银行。那个黑鬼自然不想让我抢他生意，他说要是有两家银行，大家都没生意做，所以他说，要是我能存五块钱，年底他就给我三十五。

"我同意了。然后我想，我要把这三十五块再拿去投资，可以利滚利。有个叫鲍勃的黑鬼，搞到了一条木头平底船，他的主人不知道这回事；我从他手上买下了这条船，告诉他年底的时候会付给他三十五块。可那天晚上有人把那条船给偷走了，第二天，瘸腿黑鬼又告诉我，银行破产了。结果我们谁也没拿到钱。"

"那剩下的一毛钱你是怎么用的，杰姆？"

"是这样的，本来我打算花掉算了，可我做了一个梦，这个梦叫我把钱送给一个叫巴伦姆的黑鬼，就是大家都叫他巴伦姆驴的那个；你知道的，他是个傻瓜。可大家说，他运气不错，我呢，我知道我运气不好。那个梦说，要是我把那一毛钱给巴伦姆，他会加倍奉还。就这样，巴伦姆拿走了那笔钱，他去教堂，牧师说，谁把钱给了穷人，就等于是给了上帝，就能得到百倍的回报。于是巴伦姆就把那一毛钱给了穷人，然后就静静等结果了。"

"那么，等来什么结果了吗，杰姆？"

"什么也没等来。我没法收回那笔钱，巴伦姆也收不回。以后要是没担保，我再也不会把钱借出去了。肯定能得到百倍的回报，那牧师在说什么呢？！要是我能拿回那一毛钱，谢天谢地，我一定会说老天有眼。"

"好吧，这也没什么，杰姆，你以后肯定会阔的。"

"是啊，我现在就阔得很呢。你要这样看，我手上有我自己呀，我可值八百块呢。我就希望我能有这笔钱，多了也不要。"

第　　　　九　　　　章

我想去一个地方，在小岛正中间，是以前探路时候发现的，我们便动身，没多久就到了，毕竟这个岛只有三英里长一英里宽。

这地方是个又长又陡的山坡，或者说山脊，大概有四十英尺高。山坡很陡，灌木丛生，我们费了老大劲才爬上了顶。然后一路跋涉，翻过山脊，没多久，在岩石间找到了一个很大的山洞，靠近山顶，对着伊利诺伊。山洞有两三个房间那么大，杰姆可以站直了。洞里很凉快，杰姆提议马上把行李都搬过来，可我不想老是这么爬上爬下的。

杰姆说，要是我们把小划子藏到一个好地方，然后把行李都搬进山洞，那么就算有人上岛，我们也能很快逃进洞里，只要他们没带着狗，就永远甭想找到我们。他还说，那些小鸟都说马上要下雨了，难道我们想让那些东西被淋湿吗？

于是，我们回到老地方，找到小船，划到和山洞并排的地方，从那里往上，把行李都搬进了洞里。之后我们又在附近找了个地方，把小划子藏在茂密的柳树丛里。我们从钓鱼线上取下一些鱼，把钓鱼线又放了回去，开始准备晚饭。

山洞入口很大，都可以滚进一个大木桶。洞口一边，地面平坦，是个生火的好地方。我们在那里生了火，开始做晚饭。

我们把毯子铺在山洞里，当地毯用，然后坐在上头吃晚饭。其他东西都被放到了洞后头方便拿的地方。没过多久，天就黑了下来，电闪雷鸣；这样说来，小鸟说得对啊。果然，马上就下雨了，雨势很猛，我从来没见过风刮得那么厉害。这是夏天常见的暴风雨。天那么黑，几乎成了蓝黑色，很美；雨滴密集地打在不远处的树上，迷迷蒙蒙就像蜘蛛网。一阵大风吹来，树都吹弯了，叶子的浅色背面翻转过来，紧跟着又是一阵狂风，枝条翻飞乱舞。接下来，天最蓝最黑的时候，唰！一下亮得晃眼，你可以看见远处的树梢在暴雨中乱晃，有好几百码远呢，以前你可从来看不到那么远；可下一秒，天又一下子乌漆麻黑，你听见一声惊人的炸雷，然后是轰隆，呼隆，轰隆，从天空砸到世界的另一头，就好像空木桶从楼梯上滚下来，楼梯长得很，它们会咚咚咚滚上好一阵。

"杰姆，这地方真好，"我说道，"我哪儿也不想去了，就待在这里。再给我块鱼和热乎乎的玉米面包。"

"就是嘛，要不是遇到我，你就不会来这地方，你还会在山下的树林里，没得晚饭吃，说不定还被淹死了呢，准保淹死了，宝贝。小鸡都知道什么时候会下雨，小鸟也知道，孩子。"

河水接连涨了十一二天，最后淹没了河岸。小岛低处，还有伊利诺伊河岸，河水有三四英尺深，河面有好几英里宽，但小岛离密苏里对岸还是老样子，半英里，因为密苏里河岸就是一堵高耸的峭壁。

白天，我们划着船在小岛里转悠。外头的太阳再毒辣，林子深处还是很阴凉。我们常在树林间绕进绕出，有时候因为藤蔓太密，只能退回来另寻出路。每一棵枯朽倒下的老树上，我们都能看见兔子、蛇什么的；小岛水漫金山这一两天，它们都乖了，估计是饿坏了，你可以直接划船靠近，用手去摸；不过蛇和土鳖不在此列，它们会溜进水里。我们山洞所在的那道山脊上，全是这些小动物。要是我们愿意，都可以开个宠物园了。

有天晚上，我们捞到一截木排——都是上好的木板，十二英

063063063

063063063

063063063

063

寸宽，十五六英寸长，露出水面有六七英寸高——上头既结实又平整。有时候，大白天的，我们会看见木头顺流而下，可我们随它们漂走，我们白天不露面的。

还有天晚上，就在天刚亮之前，我们去了小岛北头，看到西边漂下来一个木屋。它有两层高，歪得很厉害。我们划了小船出去，上了木屋——从楼上窗户爬进去的。可是太黑了，什么也看不见，于是我们把小划子系在木屋上，坐在船里头等天亮。

还没到小岛南头，天就亮了。我们便朝窗户里头看去。可以看到一张床、一个桌子、两把旧椅子，地上散落着不少东西，墙上还挂着衣服。远处角落地板上，有什么躺在那里，好像是个人。杰姆便喊：

"喂！喂！"

但没动静。我也喊了一声，杰姆说：

"那人不是睡着了——他死了。你等着，我过去瞧瞧。"

他过去，弯下腰看了看，然后说：

"是死了。肯定死了，还没穿衣服。背上中了一枪。我猜死了得有两三天了。过来，哈克，不过别瞧他的脸——吓人得很。"

我根本没敢看那人。杰姆扔了一些破布盖在他身上，他没必要那么做，我根本不想看。地板上到处是油乎乎脏兮兮的扑克牌，还有旧的威士忌酒瓶，另外还有两块黑布做的蒙面布，墙壁上用粉笔画满了粗俗无聊的字和画。墙上挂着两件又旧又脏的布裙，一顶遮阳帽，还有一些女人的衬裙，也有男人的衣服。我们把好多东西都放到了小划子上——可能用得上。地板上有顶小孩的旧草帽，上头斑斑点点的，我也拿上了。还有只奶瓶，塞着布头奶嘴。我们想把瓶子也拿走，可惜破了。屋里还有个破旧的柜子，一只旧皮箱，但合页都断了。它们敞开着，里头什么值钱的也没有。看这一副乱七八糟的样子，我们猜屋里头的人一定走得很匆忙，慌里慌张，没有把东西全带上。

　　我们找到一盏铁制的旧提灯，还有一把没柄的切肉刀，一把全新的巴罗刀，上哪儿卖都值点钱，还有许多牛油蜡烛，一个铁烛台，一只葫芦，一个铁杯，从床上耷拉下来的旧棉被，装着针线、蜂蜡、纽扣等等的小手包，一把小斧头，一些钉子，一根像我小指头那么粗的钓鱼线，上头的鱼钩大得吓人，还有一卷鹿皮，一个牛皮做的狗项圈，一个马蹄铁，几瓶药，上头没有标签。就在我们要离开的时候，我还找到一把相当不错的马梳，杰姆找到一把旧的小提琴弓和一根木头假腿，虽然上头的皮带已经断了，但真是不错，就是我用着长，杰姆用着短，我们又找了一圈，找不到另一根。

　　就这样，总的来说，我们收获颇丰。等我们准备往回划，已经离岛有四分之一英里了，天也大亮了；我叫杰姆在小划子里躺下，给他蒙上被子，因为他要是坐着，老远就看得出是一个黑奴。我往伊利诺伊州河岸划去，划了半英里才到。在岸下方的静水里，我悄悄往前划，没碰到什么事，也没见着什么人。我们安全地回来了。

第　　十　　章

吃了早饭，我想聊聊那个死人，猜出他是怎么给杀掉的，可杰姆不想聊，他说那会把霉运又给招回来的，再说了，他说，他会回来缠住我们，他说，一个人要是没入土为安，就会变成鬼，四处游荡。听上去很有道理，我也不再说啥了；但我还是在琢磨这件事，想知道是谁开枪打死了那个人，又为啥要打死他。

我们把弄来的衣服都掏了一遍，在一件旧呢子大衣的内衬里头找到了八块钱。杰姆说，大衣也许是那个屋子里的人偷来的，要是知道里头有钱，他们肯定不会扔下不要。我说，估计就是他们杀了那人，可杰姆不想谈这件事。我说：

"你说是霉运；那前天我在山坡顶上找到蛇皮时你怎么说的？你说，我碰了蛇皮，那是世界上最倒霉的事儿了。好了，这就是你说的倒霉事儿！我们捞了这一大堆东西，还有八块钱呢。我真希望我们每天都能碰到一些这样的倒霉事儿，杰姆。"

"你先别说这些，宝贝，先别说。别高兴得太早。霉运就要来了。我可告诉你，就要来了。"

它也的确来了。说这话的时候，是礼拜二。好，到了礼拜五，吃了中饭，我们躺在山坡顶上的草地上，烟草没了，我去洞里拿，看见一条响尾蛇，便弄死了，还把它盘成一团，放在杰姆的毯子那儿，整得像活的一样，心想要是杰姆发现了肯定很好玩。到了晚上，我把蛇的事儿全给忘了，我点火的时候，杰姆一头躺倒在毯子上，结果蛇的同伙在那里，咬了杰姆一口。

他大喊一声跳了起来，火光里就看见那条毒蛇伸长脖子，准备咬第二口。我立刻一棍把它打死，杰姆抓过老爹的威士忌酒壶，大口大口灌了下去。

他光着脚，蛇正咬在他脚后跟上。我太傻了，忘了要是把一条死蛇留在那里，它的伴儿肯定会来找它，围着它躺下。杰姆叫我把蛇的头砍下来扔掉，然后剥了蛇的皮，烤一块蛇肉。我照办了，他吃了蛇肉，说，这能帮他祛毒。然后他又叫我剥下蛇鳞，缠在他手腕上。他说这样管用。之后我悄悄溜出去，把两条蛇远远地扔进了灌木丛，我不想让杰姆知道这都是我的错。

杰克不停地喝酒，脑子糊里糊涂的，时不时地东倒西歪、大喊大叫，不过，每回回过神来，他就又开始喝。他的脚肿得厉害，腿也是。最后，他终于醉了，我想应该没事了，但我情愿被蛇咬一口，也不要喝老爹的威士忌。

杰姆躺了四天四夜。肿胀慢慢都消了，他又清醒了过来。我打定主意再也不碰蛇皮了，我算是知道它怎么招霉运了。杰姆也说，再来一回我就会相信他了。他还说，碰蛇皮会倒大霉，我们的霉运还没到头呢。他情愿往左回头看一千遍新月，也不愿去碰蛇皮。好吧，我也这么想，尽管在我看来，往左回头看新月，是最粗心最愚蠢的事情。老汉克干过一回，还吹嘘说没事儿，可不到两年，他喝醉了，从炮楼上摔了下来，四仰八叉，就像一张烙饼。他们说，他们把他侧着塞进两扇谷仓门做的棺材里，埋了，我没瞧见。老爹告诉我的。可不管怎么说，那都是像个傻瓜那样子看月亮招来的。

日子一天天过去，河水又退到河岸下头，我们第一件事就是用剥了皮的兔子，挂在大鱼钩上做饵，扔进河里，一条人那么大的鲶鱼上钩了，有六英尺两英寸长，两百多磅。我们当然搞不定，它能把我们一下子甩到伊利诺伊去。我们就坐在那里，看着它噼啪翻腾，最后终于死掉了。我们在它肚子里找到一颗铜纽扣、一个圆球，还有许多垃圾。我们用小斧头把球砍开，里头有个线轴。杰姆说，它老早吞下了线轴，后来越包越厚，最后成了个圆球。我心想这应该是密西西比逮到的最大的鱼了。杰姆也说他没见过更大的。要是搁村里卖，肯定能卖出大价钱。那里的市场按磅卖鱼，每个人都会买上一点儿，鱼肉像雪一样白，油煎后非常好吃。

第二天早上，我说日子过得好慢呀，没劲得很，应该整点儿花样。我要去河对面，看看那里有啥事儿没。杰姆觉得这主意不错，可他说，我得天黑了再去，留点神儿。他琢磨了一会儿，又说，要不我穿上他们留下来的旧衣服，扮成个姑娘？这是个好主意。我们便把一条花布裙子剪短了，我把裤腿卷到膝盖上，穿上了裙子。杰姆用钩子扣紧我衣服后背，衣服就显得合身了。我戴上遮阳帽，帽带在下巴下系好，谁想看到帽子下的脸，得费老劲儿了，就像往烟囱里瞅。杰姆说这样谁也认不出我了，就算大白天也难。我练了一整天，掌握扮姑娘的窍门，没多久就练熟了，只是杰姆说，我走路还不像个姑娘，他还说，我也不能老撩起裙子去摸裤兜。我意识到了这点，就扮得更像了。

天一黑，我便划着小划子，往伊利诺伊那边去。

我从渡口下游那里开始横穿，朝镇子划去，湍湍水流把我带到了镇子南头。我把划子系好，沿着河堤往前走。有个小屋亮着光，那屋子看起来很久没人住了，我心想是谁把那儿给占了。我悄悄走近，偷偷往窗户里瞧。有个四十来岁的女人坐在里头织东西，旁边的松木桌上放着一支蜡烛。我不认得她的脸，应该是个生人，因为这镇上的人，没一个我不认识的。我运气挺好，因为这会儿我还不太自信，怕人听得出我的声音，认出我是谁。这女人在这样一个小镇待上两天，我想打听什么，她应该都知道，能打听出来，于是我敲了敲门，心里暗暗想，千万别忘了，自己可是个姑娘。

第 十 一 章

"进来,"女人说,我便进了屋。她说:"坐。"

我坐下了。她亮闪闪的小眼睛把我全身打量了个遍,说道:

"你叫什么名字?"

"莎拉·威廉姆斯。"

"你住哪儿呀?附近吗?"

"不是,太太。我住在胡克威尔,南面七英里。我一路走过来的,累坏了。"

"也饿了吧。我给你找点吃的。"

"不用,太太。我不饿。之前我饿坏了,就在南边两英里的一个农场停下吃了点,现在不饿了。也是因为这个我耽搁了。我娘病了,家里没钱了,什么也没有了,我得去找艾伯纳·摩尔姨夫。我娘说,他住在这个镇子北边到头。我以前没来过这里。你认识他吗?"

"不认识,我还谁都不认识呢。我住这里还没到俩礼拜。镇子北头还远,你晚上就留这儿吧。把帽子摘了。"

"不了,"我说,"我想我休息一会儿就走。我不怕黑。"

她说她不会让我自个儿去,她老公一会儿就回来了,大概还有一个半钟头,到时候派他送我去。接着她就开始说起她老公,还有她上游的亲戚、下游的亲戚,说他们原来过得多好,却身在福中不知福,搬到这个镇子,完全不着边儿,她没完没了地说啊说,我正担心自己不该来找她打听镇子上的事,好在没多久她就聊到了老爹和谋杀,这下我就很愿意听她唠叨下去了。她告诉我,我和汤姆·索亚找到了六千块(她以为是一万块),她还说起老爹的各种事情,说他是个坏胚,我也是个坏胚,最后,她说到了我被杀那件事。我说：

"谁干的？这事情我们在胡克威尔也听说了一些，可不知道是谁杀了哈克·芬恩。"

"哦，我猜**这里**不少人都想知道是谁杀了他。有人觉得是老芬恩自己干的。"

"不是——是这样吗？"

"每个人开头都这么想。老芬恩都不知道自己差一点儿就要被私刑处死了。不过到了晚上，大伙儿想法变了，觉得是那个叫杰姆的逃奴干的。"

"什么，**他**——"

我停下嘴，觉得还是不出声为妙。她继续说着，根本没注意到我插过嘴：

"就是那个黑奴，他在芬恩被杀那天晚上逃走了。现在追缉他的赏金有三百块呢。追捕老芬恩也有赏金，两百块。瞧，芬恩被杀了后，第二天早上老芬恩来到镇上，报了案，跟着大家一起坐船去找尸体，可一上岸他就跑了。到了晚上，他们想私刑处死他，他已经不见了。到了第二天，大家发觉黑奴也不见了，而且自打谋杀案那晚十点后他就不见了，于是就怀疑凶手是他；正说着呢，第二天老芬恩回来了，还上撒切尔法官那里闹了一通，问他要钱，说要去伊利诺伊追捕那个黑奴。法官给了他一点儿钱，那个晚上他又喝醉了，和几个看上去很吓人的陌生人一直耍到半夜，然后跟着他们走了。那以后就再没回来，大伙儿觉得，不等这事情消停了，他是不会回来的，应该是他杀了那娃，然后故意让人觉得是强盗干的，这样他就不用花时间打官司，便可以拿到哈克的钱了。大伙儿说，他干得出这事儿。嗯，我也觉得他就是个滑头。只要熬上一年不回来，这事儿就算过去了。你没有他一点儿证据，到时候事情平息了，他就可以轻轻松松拿到哈克的钱了。"

"是啊，我想也是，太太。他那样一点儿也不费事。大家都觉得是那黑奴干的吗？"

"哦，倒也没有，不是每个人都那么想。有好多人觉得是他干的。不过他们马上就会抓住那个逃奴了，到时候可以吓唬他从实招来。"

"什么，他们还在追他吗？"

"啊呀，你还真没脑子！有三百块在那里，你不去捡？有些村里人觉得那黑鬼没跑远。我就这么想，不过我也没到处说。几天前，我和隔壁棚屋一对老夫妻聊天，他们碰巧在说，没人去过那边那个小岛，就是大家说的杰克逊岛。那儿没人住吗？我说。没人，他们说。我没再说什么，就是心里嘀咕了一下。就一两天前，我肯定见过那儿冒烟，就在小岛头上，我心想，那黑奴不会藏那儿了吧，不管怎么说，值得花工夫上那儿去搜一搜。那以后我没再看见冒烟，要是那个人是他，他兴许也已经跑了，不过我老公跑去找了——他，还有一个人，他们一起去的。之前他去河对岸了，不过今天回来以后，我马上告诉了他这件事，大概两个钟头前吧。"

我听了后，急得坐不住。我得干点啥，所以从桌上拿起一根纺针，开始织东西。我手抖得厉害，织得乱七八糟。女人停下话头，我抬起头，她饶有兴趣地看着我，微微笑着。我放下针线，做出很好奇的样子，当然我也的确好奇，我开口说：

"三百块可是个大数目啊。我希望我娘也能拿到那笔钱。你老公今晚就要去那里吗？"

"是呀。他和我提到的那人去镇上了，他们去找船，看看是不是能再借把枪。过了半夜，他们就上小岛去。"

"等到白天去不是看得更清楚吗？"

"是啊。不过，黑奴不也看得更清楚了，是不？过了半夜，他肯定睡觉了，他们就可以偷偷穿过林子，要是他生了营火，找到他就更容易了。"

"我没想到这个。"

那女人还是很好奇地看着我，叫我很不自在。过了一会儿，她说：

"你说你叫啥，宝贝？"

"玛——玛丽·威廉姆斯。"

我没敢抬头，想起来好像我之前说的不是玛丽，是莎拉，我心里有点慌，担心在脸上也露出来了。我盼着那女人继续说点别的，她越沉默我越不安。她终于开口说道：

"宝贝，我记得你刚进门时说你叫莎拉？"

"哦，是的，太太。我是那么说的。我叫莎拉·玛丽·威廉姆斯。莎拉是我的名字，有些人叫我莎拉，有些叫我玛丽。"

"哦，是这样子叫的？"

"是的，太太。"

我觉得自在了一些，不过我好想离开。我还是不敢抬头。

还好，那女人开始说起日子怎么不好过，他们怎么穷，老鼠怎么横行霸道，好像这里是它们的地盘啥的，我慢慢放松下来。

关于老鼠，她说对了。每过一会儿，你就会看见一只老鼠从洞里探出鼻子。她说，她一个人待着的时候，只好手边放一些东西，可以顺手砸它们，不然它们不给她一刻安宁。她给我看一根铅条拧成的铅块，说她一般拿它砸，命中率很高，可是前两天她胳膊扭了，不晓得还能不能砸中。不过，她瞅准一个机会，直接朝一只老鼠砸去；可惜差太多，胳膊还伤了，她大叫一声"哎哟"。她说，等会儿再看到老鼠，让我来试试。我想在那老先生回家之前离开，但当然我没有表露出来。我拿起铅块，看老鼠一露鼻子，就朝它扔了过去，它没动，肯定是只病鼠。她说我手艺一流，下回一定打得中。她跑过去把铅块拿了回来，还顺手带回一卷纱线，叫我帮她打毛线。我举起双手，她把纱线绕在我手上，继续说起她和她老公的事情。不过，她停下说：

"你盯着那些老鼠。最好把铅块放膝盖上，顺手。"

说着她便把那个铅块放在我膝盖上，我马上双腿并拢夹住铅块。没多久，她取下毛线，直直地看着我，和颜悦色地说道：

"好了，现在告诉我你到底叫什么吧。"

"什——什么，太太？"

"你真名儿是什么？是比尔，还是汤姆，还是鲍勃？——是什么？"

我肯定像叶子那样抖个不停，完全不知道该怎么办。不过我说：

"请别开我这样一个可怜姑娘的玩笑，太太。要是我在这里碍事，我就——"

"没，你没碍事。坐下来待着。我不会伤害你，也不会告发你的。你就把你的小心思告诉我，相信我。我会保守秘密的，而且我还会帮你。我那口子也会帮你的，要是你想让他帮忙的话。我说，你是个逃跑的学徒吧？是吧。这没什么。你这么做没什么。他们对你很坏，你就不干了。上帝保佑你，孩子，我不会告发你的。好了，现在把事情原委告诉我，那才是个好孩子。"

于是我就说，再装下去也没什么用了，我会把一切都原原本本告诉她，但她不能收回承诺。然后我说，我爹娘都死了，法庭把我判给了村子里一个凶狠的老农夫，离这里三十英里，他对我很刻薄，我再也受不了了，就瞅着机会偷了他闺女的一些旧衣服，跑了出来，我一连跑了三个晚上，跑了三十英里。我晚上赶路，白天躲起来睡觉，从家里带出来的一袋面包和肉够我这一路吃的，还剩不少呢。我说我觉得我姨夫艾伯纳·摩尔会收留我的，所以就跑这个戈申镇来了。

"戈申镇，孩子？这不是戈申镇呀。这里是圣彼得斯堡镇。戈申镇还在河上游十英里呢。谁跟你说这是戈申镇的？"

"啊，天亮时候我遇到一个人，他告诉我的，那会儿我正往林子里钻，要找地儿睡觉呢。他跟我说，到岔路的时候就往右手边走，走上五英里，就到戈申镇了。"

"他喝醉了吧，我想。正好说反了。"

"嗯，他看上去是像醉了，不过现在说啥也没用了。我得继续赶路了。天黑前我得到戈申镇。"

"等等。我给你装点吃的。你路上兴许要吃。"

她便给我装了点吃的，又说道：

"你说，要是母牛躺倒了，起身的时候哪头先起来啊？马上回答——不要想。哪头先起来？"

"屁股，太太。"

"很好，那马呢？"

"脑袋，太太。"

"苔藓长在树哪边啊？"

"北边。"

"要是十五头牛在山坡上吃草，有多少头脑袋冲着一个方向？"

"十五头全冲着一个方向，太太。"

"好吧，我想你的确是住乡下。我是怕你兴许又在骗我。那么，你真名叫啥？"

"乔治·彼得斯，太太。"

"好了，那你要记住了，乔治。别忘了，别走的时候又跟我说你叫亚历山大，之后逮着你，你又说自己叫乔治·亚历山大。还有，别穿那件花布裙子在女人堆里跑。你装女孩子装得太不像了，糊弄糊弄男人或许还行。保佑你，孩子，你拿出线要穿针的时候，别抓着线不动，拿针眼去凑；你要拿着针不动，拿线往针眼里戳；女人都这么干的，可男人老是另一套。还有，你朝老鼠或别的什么扔东西的时候，要踮起脚，尽量笨手笨脚地举过头，不能打中，至少要差着六七寸。拿东西的手从肩膀往上举，就好像肩膀是轴，胳膊可以在那里转，这是姑娘的样子；而不是用手腕和胳膊肘甩胳膊，那是男孩。还有，提醒你，要是姑娘想接住膝盖上的东西，她会张开膝盖；她不会并拢夹住，像你夹住那个铅块那样。哎，你穿线的时候我就看出来你是个男孩了，所以又想出了其他一些事情让你做，确定一下。好了，去你姨夫那里吧，莎拉·玛丽·威廉姆斯·乔治·亚历山大·彼得斯，要是你碰上麻烦，就派人递信儿给茱蒂丝·洛夫特斯太太，也就是我，我会尽力帮你的。沿着河一直走，下回再走长路，要穿上鞋和袜子。河边那条路全是石子儿，我猜等你到戈申镇，两只脚肯定不成样子了。"

我沿着河岸往北走了五十码，然后折返回来，偷偷溜回小划子，这里离那栋屋子已经老远了。我跳进小划子，赶紧划船，逆流而上，划了很远，一直到小岛北头，然后横过来朝它划去。我摘了遮阳帽，因为不用再挡住脸了。划到一半，我听见钟开始敲响，我停下来仔细听；钟声在河那边响起，很轻，但很清晰——十一点了。等我划到小岛北头靠岸，已经累得气喘吁吁，但我没停下来喘口气，而是马上钻进我们曾经扎营的林子，在干燥的高处点起了火。

　　然后我又跳上小划子，拼命往我们待的地方划去，就在下游一英里半的地方。之后上了岸，跌跌撞撞地跑进林子，爬上山脊，进了山洞。杰姆躺在地上睡得正香呢。我叫醒他，说道：

　　"快起来跑路了，杰姆！一分钟都不能耽搁，他们追我们来了！"

　　杰姆什么也没问，什么也没说；可他接下来半个钟头忙活的样子，谁都看得出来他吓坏了。这半个钟头里，我们把我们在这世界上的所有家当都装上了木排，它已经准备好从藏身的柳树湾里出发了。我们第一件事就是熄灭洞里的篝火，之后在外头也没再露出一点儿烛光。

　　我划着小划子，离开河岸，四下看了看，不过要是有船我也看不清，因为星光微弱，暗影重重，什么也看不清。然后我们把木排划了出来，在阴影里往南漂流，经过了死寂小岛的最南头——什么话也没说。

第 十 二 章

我们终于离开小岛最南头的时候，得半夜一点了，木排真的超慢。要是有船追来，我们打算就上小划子往伊利诺伊岸上逃；不过好在没船追来，因为我们没想到要在小划子里放上枪或钓鱼线，而且什么吃的也没放。我们当时急得冒汗，想不到那么多，现在看，**什么**都放在木排上不是什么好主意。

要是那些人上了岛，像我预料的那样，找到了我生的营火，应该会在那里守一晚上，等杰姆来，这样我们就离他们远远的了。可要是我生的火没能糊弄住他们，那我也没办法，我可是尽量对他们出损招了。

第一线晨光洒下来的时候，我们把木排系在伊利诺伊河岸一个大河湾的浅滩上，然后用斧子砍了些杨木树枝，盖在木排上，让它看上去就像是河岸的一个凹洞。浅滩就是水流冲击沙土形成的沙洲，上头长满了杨木，像耙子的耙齿密密麻麻。

密苏里河岸都是山峦，而伊利诺伊这边就全是浓密的树林，这一片，航道都在密苏里河岸那边，所以我们不用担心有人会追过来。我们在沙洲上躺了一整天，看各种木排和汽船顺着密苏里河岸往下漂流，而上行的汽船在河流当中拼命往前。我把和那女人说的话全告诉了杰姆，他说她很聪明，要是她亲自来追我们，肯定不会坐下来守着营火——不会的，先生，她会带条狗去的。好吧，我说，那她不会告诉她老公带条狗去？杰姆说，男人们出发之前，她肯定还没想到，之后他们应该就去镇上找狗了，这样才把时间全耽误了，不然我们哪会躺在这里的沙洲上，离着村子十六七英里远——不会的，我们肯定又被抓回老镇了。我说，只要他们没抓着我们，管它为啥没抓着。

天暗了下来，我们从密林里探出脑袋，四下打量了一番，没什么异样，杰姆便用木排上的一些上好木板，做了一个舒舒服服的窝棚，日晒雨淋的时候可以躲在里头，放的东西也不会淋湿。杰姆还给窝棚铺了地板，这样毯子啊还有其他东西就沾不着汽船掀起的水花了。窝棚正中间，我们摆上五六寸高的泥土，四周用木头架子固定住，这是潮湿阴冷的天气里生火用的，窝棚挡着，外头看不见火光。我们还多做了一支备用的舵桨，原来那支说不定撞到什么就折断了。我们还支好一根带叉头的木棍，挂上旧的提灯，看到汽船顺流而下，我们就点亮提灯，不然它们经过时一下子就把我们撞翻了。不过，要是上行的船经过，我们就不用点灯，除非我们漂进了"横水"。河里水位还挺高的，有些低洼的河岸还在河面下，所以上行船并不总是走中间航道，而是在两边静水里前行。

第二个晚上，我们的木排走了七八个钟头，顺着急流每钟头跑四英里。我们钓鱼，聊天，时不时地下水游一会儿，驱走睡意。顺着沉静的河水漂流而下，有股庄严的气息，我们躺在木排上，仰面朝天，看着头顶的星星，不想大声说话，也不开口大笑——只是低声窃笑。天气通常都特别好，一切顺顺当当——那晚是这样，第二晚、第三晚都是。

晚上我们漂流经过村镇，有些在远处黑乎乎的山腰上，什么也看不清，只有点点灯光，看不见一栋房子。第五个晚上，我们经过圣路易斯，那里像是全世界都亮着灯。在圣彼得斯堡，大伙儿说，圣路易斯有两三万人，我还不信，直到我看见这样安静的夜里，半夜两点灯火通明。那里悄无声息，所有人都在熟睡。

每天晚上，我都在十点钟左右悄悄上岸，去一些小村子，买上一毛钱或一毛五分钱的大米、咸肉或别的吃的，有时候还会顺走一只没在窝里好好待着的小鸡。老爹总说，有机会你就逮鸡，因为就算你自己不想要，也很容易找到想要的人，你做了好事，往后好心总有好报。我从来没见过老爹自己不想要鸡的，不过他就是这么说的。

有时候天还没全亮，我就悄悄溜进玉米田，借只西瓜，或香瓜，或南瓜，或新玉米，或这样那样的东西。老爹总说，要是你以后打算还，那就可以借；可寡妇说，这就是"偷"，不过说得好听点儿罢了。杰姆说，他觉得寡妇说得有点儿道理，老爹说得也有点儿道理，对我们来说，最好的法子就是从中挑出两三样东西，说我们以后再也不会借了，然后，借点儿其他的也就没啥问题了。所以，有天晚上，顺河漂流而下，我们聊起这事儿，决定是扔西瓜呢，还是香瓜、南瓜，或者别的什么。可到了早上，我们满意地决定扔掉野苹果和柿子。之前我们觉得这样做不对，可现在心里踏实了。我也很高兴我们做出了这样的决定，因为野苹果不好吃，柿子嘛，还得等上两三个月才能熟呢。

我们还时不时地打中一只起得太早或没有早早回窝的水鸟。总的说来，我们过得很是快活。

第五个晚上，过了圣路易斯，半夜我们遇到了一场大风暴，雷电交加，雨水像石片那样砸下来。我们躲在窝棚里，让木排自己顺流漂下。闪电照亮天空时，我们看见眼前一条笔直的大河，两岸悬崖耸立。一会儿，我说："**啊哈**，杰姆，看那里！"有艘汽船触礁了。我们朝它漂去。闪电把它照得清清楚楚。船侧翻着，上层甲板一半在水面上，闪电亮起时，你可以清清楚楚看见拴烟囱铁索的每一个铁环。一个大铃铛旁有张椅子，一只帽子耷拉着，挂在椅背上。

在暴风雨之夜，一切那么神秘，看到河中央的失事轮船那样凄惨，那样孤寂，我的心情跟所有男孩一样。我想爬上船，偷偷看看船上有什么，便说：

"我们上船瞧瞧去，杰姆。"

起初杰姆死活不肯。他说：

"我可不想上出事的船上去瞎晃。我们挺好的，而且最好自个儿好就行，好书上都这么说。再说了，那出事船上或许还有人看更呢。"

"看你奶奶的更啊，"我说，"那里没啥可看着的了，除了顶舱（即船长室，为船长活动区域，是船上最大的舱房，占据了汽船的上层甲板，驾驶室要么在船长室前方，要么在它顶上）和驾驶室，什么都没了。你以为有人会在这样一个晚上，不要命守着顶舱和驾驶室吗？这船随时会散架，被河水冲跑的。"杰姆没话说了，就没有反驳。"再说了，"我说，"说不定还可以从船长室里借点儿值钱的东西。雪茄呀，我打赌会有——每根值五毛钱呢，真金白银。汽船船长都很有钱，每个月可以领六块钱薪水，**他们**想要什么东西，才不在乎要多少钱。兜里放根蜡烛，杰姆，不好好上船搜一搜，我心不定。你以为汤姆·索亚会放过这样的事情吗？他肯定不会的。

他管这个叫冒险——他就是这么说的；就算最后是死，他也会上船的。再说了，难道他不会秀一秀他的范儿？——他不秀一下自己，反倒什么都不干？哎，你就想象一下，这可是克里斯多夫·哥伦布发现了新大陆呀。我真希望汤姆·索亚**这会儿**就在这里。"

杰姆嘟囔了几句，算是同意了。他说，我们尽量不要再说话了，要说也要把声音放低。闪电又一回及时地照亮了沉船，我们靠近右舷吊杆，把木排系在上头。

甲板非常高。黑暗里，我们顺着甲板斜面，朝左舷甲板滑下，一边用双脚慢慢探路，一边伸手挡开铁索，太黑了，一点儿都看不见铁索的影子。没多久，我们就碰到了驾驶室天窗前面，爬了上去，钻进了驾驶室；下一步我们就摸到了船长室的舱门，门开着，天哪，在顶舱大厅的尽头，我们看到了灯光！而就在那时，我们似乎也听见了那里有低低的说话声！

杰姆低声说，他觉得很难受，叫我跟他一起离开。我说行，一起去木排吧；不过，就在那时，我听见有人大声哀号，叫道：

"哦，别这样，伙计！我发誓我不会说出去的！"

另一个声音大声说道：

"你撒谎，杰姆·特纳。你以前就那样干过。分东西的时候你总想多要点儿，你也总能多要，因为不给你，你就说要去告发。不过这回，你就多此一嘴了。你这个最下流、最阴险、最卑鄙的家伙。"

杰姆已经往木排那里去了。可我太好奇了，心想，要是汤姆·索亚，这会儿他肯定不会离开，所以我也不走，我要去瞧瞧是怎么回事。我在过道里趴下身子，在黑暗中飞快往前爬，一直爬到离十字厅只隔一个舱房的地方。然后我看见一个人躺倒在地，手脚都被绑了起来，另外两个人站在他身边，其中一个提着昏暗的提灯，另一个举着手枪。那个人把枪一直指着地上那人的脑袋，说道：

"我真**想**一枪毙了你！我也该毙了你——无耻的混蛋！"

那人缩成一团，喊道："哦，别杀我，比尔！我决不会说出去的。"

每回他这么喊，那个提灯的人都会笑道：

"你当然**不会**啦！我敢说你没说过比这更实诚的话了。"有回，他还说："你听他求饶！要不是我们制住了他，把他绑了起来，他会把我俩都杀了。**为了啥**？啥也不为。就因为我俩要**我们该得**的那份——就为了这。不过我打赌，你可再也威胁不了任何人了，杰姆·特纳。**收了枪**，比尔。"

比尔说：

"我不想收手，杰克·帕卡德。我要杀了他——他不也那样杀了老哈特菲尔德了吗——他不罪有应得吗？"

"我不**想**杀了他，我有我的理由。"

"上帝保佑你说了这些好话，杰克·帕卡德！我这辈子都不会忘了你的！"地上那人哭叫。

帕卡德根本没理他，而是把提灯挂在钉子上，朝着我的方向走了过来，示意比尔跟上。我赶紧往回缩，可船斜得厉害，我爬不快，所以，为了不被他们撞上抓住，我爬进了上层甲板的一间舱房。帕卡德在黑暗中摸索着前进，等他摸到我在的舱房，便开口说道：

"这里——进这里。"

他进来了，比尔跟在后头。他们进来之前，我被逼得只好爬上了上铺，很后悔自己进了这间房间。他们站在那里，手搭在上铺边沿，说着话。我看不见他们，但闻得着他们喝的威士忌，可以知道他们在哪儿。我很高兴我没喝威士忌；不过就算喝了也没什么，他们也发觉不了我，我大部分时候都没敢出气。我吓坏了。再说，一个人**不**出气，才能听见他们说什么。他们急切地低声交谈。比尔想杀了特纳，他说：

"他说了他会说出去，就会说出去。我们吵了一通，又这样对他，**现在**再说把我们那份给他也已经没用了。他肯定会去自首的，然后把我们都供出去；现在你听**我**的。我要他一了百了。"

"我也是这么想的。"帕卡德很平静地说。

"他妈的，我还以为你不这么想呢。那就行了。我们去干掉他吧。"

"等等。我话还没说完，你听我说。打死他是可以，但要**解决**这事，还有更安静的方法。我的意思是：去法庭找死可不是什么好主意，要是你能用其他法子达到你的目的，又不用冒风险，何乐而不为呢？是不是？"

"也是。可你打算怎么做？"

"嗯，我的想法是这样：我们再到处找找，把舱房里我们漏掉的东西都拿上，然后上岸，把东西藏好。接着我们就等。我想，不出两个钟头，这船就会散架，被水冲走。懂了吗？那样他就会被淹死了，没人好怪，只怪他自己。我想，这样比杀了他，样子好看些。要是有别的办法，我不倾向于杀人；杀人不好，不道德。我说得对吧？"

"我想你说得对吧。可要是这船**不散架，没**被河水冲跑怎么办？"

"那我们可以再等上两个钟头看看，是不是？"

"那行，走吧。"

他们走了，我也一身冷汗，偷偷溜出来，往上爬。一片漆黑，我低声喊道："杰姆！"他咕噜着应了一声，就在我胳膊肘下，我说：

"赶紧，杰姆，没时间瞎晃瞎咕噜了。那里有一伙杀人犯，要是我们不赶紧找到他们的船，松开它让它顺河漂走，让这伙人没法离开沉船，他们中间有个人可就情况不妙了。不过要是我们找到他们的船，就可以把他们**全**困在这里——警长会抓住他们的。快点——赶紧的！我找左舷那边，你找右舷。从木排那里开始找起，然后——"

"啊，我的老天，天哪！**木排**呢？木排不见了！绳子断啦，它漂走了——我们走不掉了！"

第　十　三　章

　　我大口喘气，快晕过去了。就这样跟一伙强盗一起给困在沉船上了！不过没时间心潮起伏了，我们**得**赶紧找到那条船——得把它据为己有。我们便摇摇晃晃向右舷跑去，也跑不快——跑到船尾感觉过了一个礼拜。没有一条船的影子。杰姆说他再也跑不远了，他吓得一点儿力气也没啦。但我说，快点，要是我们留在船上，我们就死定了。所以我们又开始搜寻。我们往顶舱尾部摸去，摸到了，然后跌跌撞撞往驾驶室天窗上爬，抓着百叶窗往上，因为窗沿已经没在水里了。等我们快爬到顶舱十字厅门口的时候，我们看见了一条小船，肯定是！我差一点儿就没看见。谢天谢地。我正要上船，就在那时候，门开了。有个人探出脑袋，离我就几寸远，我想我完了，可他又缩了回去，说道：

　　"把那盏该死的灯扔了，比尔！"

　　他扔了一袋什么东西到船上，然后自己也上了船，坐了下来。是帕卡德。接着**比尔他**也出来了，上了船。帕卡德低声说：

　　"行了——开船！"

　　我吓得四肢瘫软，几乎抓不住百叶窗。但比尔说：

　　"等等——你搜过他身没有？"

　　"没有，你呢？"

　　"也没。那他身上还有他那份钱呢。"

　　"那好，我们去，光拿东西不拿钱太傻了。"

　　"你说，他会不会疑心我们要干的事情？"

　　"也许不会。不过我们一定要去拿钱。走。"

　　他们离开小船，又上了沉船。

　　因为是在倾翻的一侧，门嘭地自己关上了，下一秒我就上了船，杰姆也连滚带爬跟在后头。我拿出刀，切断绳索，赶紧开船！

我们没划桨，也没说话没嘀咕，甚至都没出气儿，顺着河水迅速漂下，无声地漂过船身，漂过船尾；没一会儿就离沉船一百码远了，黑暗把它吞没，再也看不见了，我们安全了。

顺流而下三四百码后，我们看见那盏提灯像朵小火花在甲板上闪了一下，我们知道，那伙歹徒应该已经发觉船丢了，开始明白他们和杰姆·特纳一样有大麻烦了。

杰姆开始划桨，我们往木排那里划去。我头一回开始担心起那些人来——之前我没时间想到这个。我开始想，多可怕啊，就算是杀人犯，被困在那里也很吓人吧。我心想，难说有天我也会变成杀人犯呢，到时候我会怎么样？于是我跟杰姆说：

"我们一看到灯火，就在它下游或上游一百码的地方靠岸，找一个你和小船能躲好的地方，然后我会编套什么瞎话，找人去救那伙人，那样他们到该死的时候，就可以被绞死了。"

这主意没能行通，因为暴雨又下了起来，这回来势更猛。雨水瓢泼浇下，什么光亮也看不见，我想每个人都在床上睡觉。我们顺着河流飞速而下，一边留意灯火，一边找寻我们的木排。过了很久，雨才小了一点儿，但仍然乌云密布，雷电交加，一会儿，一道闪电照出前头有什么黑乎乎的东西在漂浮，我们便向它划去。

正是我们的木排，我们爬了上去，高兴坏了。然后，我们看见右边下游岸边有灯火。我说，我要过去。小船里几乎装满了强盗从沉船上偷来的东西。我们把它们搬到木排上，码成一堆，我叫杰姆顺水往下漂，估摸着漂出两英里就点个火，让蜡烛烧着，一直到我回来；我呢，划桨往灯火那里划。等我靠近，火光多了三四处——都在半山腰上。那是个村子。我在亮着灯火的上游往岸边靠去，放下桨橹，任它漂浮。等我漂过，我看见那是一盏提灯挂在双层渡船的船头旗杆上。我四下瞅了瞅，找那个看船的，不知道他睡在哪里，过了一会儿，我看见他在前头缆柱那里休息，头埋在膝盖里头。我摇了摇他肩膀，哭了起来。

他惊醒过来，吓了一跳，可看见光我一人，就打了个长长的哈欠，又伸了伸懒腰，说道：

"哎呀，怎么了？别哭啦，宝贝。出什么事儿了？"

我说：

"我爹，我娘，我姐，还有——"

我大哭起来。他说：

"啊呀，别哭，**别**这样子；我们都会碰上事儿，最后都会解决的。他们怎么了？"

"他们——他们——你是看守这船的吗？"

"是呀，"他说道，很自得的样子，"我是船长，也是船主，是大副，也是舵手，是看更的，也是水手，有时候我还是货物和乘客呢。我没有老杰姆·霍恩巴克那样有钱，没法像他那样对张三李四那么大方，那么阔气，也没法像他那样捞钱；不过我告诉过他很多回，我可不愿跟他调换位置，因为我说了，我生来就是水手的命，要是叫我住在离镇子两英里远的地方，那里屁事没有，那我就是死人一个，把他所有的钱全都给我，再加上一倍，我也不干。我说——"

我插嘴说道:

"他们遇上可怕事儿了,而且——"

"**谁**?"

"啊,我爹我娘还有我姐呀,还有胡克太太,要是你可以把你的渡船划那儿去——"

"去哪儿?他们在哪儿?"

"在沉船上。"

"什么沉船?"

"啊,就是那艘沉船啊。"

"什么,你是说沃尔特·司各特号?"

"是的。"

"老天!他们上**那儿**去干吗?老天爷!"

"嗯,他们不是有意去的。"

"我想他们也不是有意去的。哎,老天,他们要不赶紧下船,就没机会了!啊呀,他们怎么落到这步田地了?"

"很简单。胡克小姐上那儿去,要去对面镇子做客——"

"是的,去布斯渡口——说下去。"

"她去了布斯渡口,天快黑的时候,她和她的女黑奴在布斯码头乘运骡马的渡船过河,打算在朋友家过夜,那朋友叫什么什么小姐,我想不起来名字了——可是,渡船的舵桨不见了,船转了一圈往下漂,船尾朝前,漂了大概两英里,撞上了沉船,船夫和女黑奴,还有骡马,都掉进河里不见了,胡克小姐伸手抓住船沿,上了沉船。天黑后,过了一个钟头,我们的运货驳船经过那里,天太黑了,我们都没注意到沉船,等看见了已经撞上了,所以我们的船也撞翻了。好在我们都得救了，除了比尔·惠普尔——哦，他真**是**个好人——我真希望是我死了，真的。"

"我的天！我从来没听说过这样糟糕的事。那**然后**你们怎么了？"

"我们大声呼救，可那里很空旷，谁也听不见。所以我爹说，得有人上岸，找人来帮忙。我是唯一会游泳的，就赶紧游过来了，胡克小姐说，要是找不到人，就到这里找她姨夫，他会帮忙的。我在下面一英里的地方上了岸，在那边转，想找人帮忙，可他们说：'什么，天这么黑，水这么急，怎么救？找我们没用，去找渡船。'所以，要是你去——"

"老天，我也**想**去，该死，我不知道该不该去，可我会去的，不过谁**付钱**啊？你觉得你爹——"

"**那**没问题的。胡克小姐**特别**关照我，她姨夫霍恩巴克——"

"太好了，**他**就是她姨夫？你瞧，你往那边亮灯的地方走，到了以后往西，再走四分之一英里就到酒馆了；告诉他们你要找杰姆·霍恩巴克，他会付钱的。你可别再瞎逛了，他会想知道这消息的。告诉他，还没等他回到镇上，我就把他甥女给安全带回来了。好了，赶紧去吧，我要上那边转角把我的机师给喊起来。"

我往亮光那里走去，不过一等他转过拐角，我就回转身跳进小船，划了出去，然后在静水里沿河岸划了六百码，藏在几只木船中间；因为渡船不动身，我就不踏实。不过总的来说，为那伙人费那么大劲我还是觉得挺舒畅的，因为没几个人会这么做。我盼着寡妇能知道。我想她会为我帮了那伙坏蛋而感到骄傲的，因为坏蛋和流浪汉就是寡妇和好人感兴趣的那种人。

没多久，灰蒙蒙脏兮兮的沉船就出现在眼前，它顺水漂下来了！我打了个寒战，然后朝它划去。它已经吃水很深，我只一看，就知道船上应该没什么人能活下来了。我围着它，喊了几声，可没人应答，一片死寂。我的心沉了一点儿下去，为那伙人，不过也没太失落，因为我想，要是他们受得了，我也受得了。

然后渡船也来了，我便顺流往河中央划去，等觉着别人看不见我时，便放下船桨，回头张望，渡船在沉船旁边转悠，寻找胡克小姐的遗体，因为船长知道，她姨夫霍恩巴克会想找到他们的尸体的；不过没多久，渡船就放弃了，往岸边驶去，我也开始划船，顺着河水飞速而下。

感觉过了好长好长时间，才看到杰姆的烛光，它在那里闪烁，好像还有一千英里远。等我赶到，东边的天空已经微微发白，我们往一个小岛划去，藏好木排，让小船沉到水下，然后钻进岛上的林子，睡得像死人一样。

第 十 四 章

我们睡醒了起来后，翻检强盗从沉船上偷来的货，里头除了靴子、毯子、衣服，还有各种各样的东西，外加一堆书、一副望远镜、三盒雪茄。我俩这辈子谁都没这么阔过。雪茄真是超一流。我们在林子里歇了一下午，聊聊天，有时我翻翻书，安闲自在。我告诉杰姆沉船上发生的事情，还有我怎么找渡船帮忙，我说，这些事情就是探险，可他说他再也不想探什么险了。他说，我在甲板上的时候，他往木排那里爬回去，可是木排不见了，他吓得要死，不管怎样**他**都完了，就算他获救，不管谁救了他，都会把他送回去领赏，然后沃森小姐就肯定会把他卖到南方去。嗯，他说的没错；他几乎总是对的，作为黑奴，他的脑袋瓜真是不一般。

我给杰姆念了好多关于国王、公爵、伯爵的故事，他们怎么打扮光鲜，怎么有范儿，称呼彼此不是先生，而是陛下、阁下、大人什么的；杰姆的眼睛瞪得老大，听得入迷。他说：

"我不晓得还有这么多王呢。除了老所罗门王，我谁也没听说过，除非你把扑克牌里的王也算上。国王挣多少钱？"

"挣？"我说，"哎，只要他们想要，每个月就有一千块，他们想要多少就有多少，什么都归他们。"

"**是吗**？那么他们要干什么呢？"

"**他们**什么也不用干！哎，瞧你说的什么话！他们啥也不干。"

"啥事儿不干，就这样子？"

"当然啦。他们无所事事——除了打仗的时候去打仗，其他时候，他们就闲着，要么去打猎——就是打猎和——嘘！——你听见什么声音了吗？"

我们偷偷溜出去看了看，就是汽船驶过涡轮掀起的水声，它绕过小岛开走了，我们就回到了林子里。

"是啊，"我说，"其他时候，要是无聊，他们就和国会闹上一闹，谁不听他的，就把他们的脑袋给砍掉。不过，大部分时候他们就围着后宫玩耍。"

"围着什么？"

"后宫。"

"后宫是什么？"

"就是安置老婆们的地方呀。你没听说过后宫？所罗门就有一个，他有一百万个老婆呢。"

"哦，是啊，是这样，我——我忘记掉了。我猜后宫是个大房子。里头那么多小孩，肯定吵得不行。我猜老婆们也整天吵架，那就更闹了。不过，他们说所罗门是世界上最聪明的人，我可不信。聪明人哪会住在一天到晚那么吵吵闹闹的地方？不会——他肯定不会的。聪明人宁愿去造工厂，等到他想歇下来，就可以把工厂关了。"

"他**就是**最聪明的人，寡妇告诉我的，她亲口说的。"

"我才不管寡妇说了啥，他也**不是**什么聪明人。他干过一些我见过的最混账的事情。你知不知道他打算把一个娃娃劈成两半？"

"知道，寡妇跟我说过。"

"那就是了！那不是世上最可怕的事情吗？你就想想。那儿是个树墩——算是那个女人吧；你呢——你算另一个；我当所罗门；这一块钱当是那孩子。你们都说这钱是你们的。我做了什么？我有没有去邻居那里打听打听，查一查这钱**到底**是谁的，然后物归原主，妥妥当当，有脑子的人都会这么干？没有；我把这块钱一切**两半**，一半给你，一半给那个女人。这就是所罗门打算对那娃娃做的事情。好了，我问你：半张一毛钱有啥用？——啥也买不了。半个孩子有啥用？给我一百万个，我都不要。"

"哎，等等，杰姆，你完全没说到点儿上啊——哎呀，差了十万八千里呢。"

"谁？我？得了吧，别跟我说什么点儿上。我想，我看事情，知道它的理，那样做完全没道理嘛。人家争的不是半个娃，是一整个娃；那人觉得他可以用半个娃，来解决争一个娃的事儿，那就是下雨不知道进屋躲雨的主儿。别跟我说所罗门，哈克，我对这人可是看得透透的。"

"可是我跟你说，你没说在点儿上。"

"去他妈的点儿。我懂我知道的事情。我可告诉你，**真正的**点儿还要深呢——深得多哪。那就是所罗门是怎么养大的。你瞅瞅，只有一两个娃的男人，他会随随便便糟践娃吗？他不会的，他可糟践不起。**他**知道怎么珍惜娃。可你再瞅瞅有五百万个娃在屋子里乱跑的男人，那可就不一样了。**他**劈个娃就像劈只猫。还多得是呢。劈一两个娃对所罗门来说算啥，混蛋，老天会收拾他！"

我从来没见过这样的黑奴。要是他脑子里有了什么想法，你就别指望他会改变看法。他是我见过的最瞧不起所罗门的黑奴。于是我就聊起其他国王，把所罗门先放放。我说起很久以前路易十六在法国被砍了脑袋，说起他的小孩多尔芬，本来要当国王的, 可他们把他抓了起来, 关进牢里, 有人说他死在牢里了。

"可怜的小家伙。"

"不过也有人说他逃了出来, 来了美洲。"

"太好了! 可他一定很孤单吧——这儿没国王吧, 是吧, 哈克?"

"没有。"

"那他就没位子了。他打算怎么办?"

"嗯, 我不知道。有些当了警察, 有些教人说法国话。"

"啊, 哈克, 法国人说的话跟我们不一样?"

"**不一样**, 杰姆, 你一点儿也听不懂他们在说什么——一个字儿也听不懂。"

"这要命了! 怎么会这样?"

"我不知道, 就是这样。我在书里看到过他们的一些话。假使有人过来, 对你说 'Polly-voo-franzy(你说法语吗)?'——你怎么想?"

"啥也不想, 就往他脑袋上来一拳——我是说, 要是他不是白人的话。没有黑奴那样叫我。"

"呸, 那不是在叫你。那只是在说, 你会讲法语吗?"

"那他为啥不那样**说**?"

"哎, 他说的**就**是这个呀。法国人说这句话就是**这样**说的。"

"太扯了, 我不想再听了。一点儿没道理。"

"听着, 杰姆, 猫说话和我们一样吗?"

"不一样，猫说话不一样。"

"那好，那牛呢？"

"牛也不一样。"

"那猫说话和牛一样吗，或者说，牛说话和猫一样吗？"

"不，不一样。"

"所以它们说话不一样很自然很正常，是不是？"

"那当然。"

"那么猫和牛说话和**我们**不一样，不也很自然很正常？"

"啊，也是。"

"那好，那么**法国人**说话和我们不一样，为啥就不自然不正常了？你倒说说看。"

"猫是人吗，哈克？"

"不是。"

"那好，那猫说话当然跟人不一样。牛是人吗？——牛是猫吗？"

"不是，牛不是人，也不是猫。"

"那么，它说话当然不像人，也不像猫。法国人是人吗？"

"是人。"

"**那就是**了！该死的，那为啥他们**说话**不像人？你倒给我**说说看**！"

我明白跟他费口舌也没用——你没法教会黑奴讲理，我只好算了。

第　十　五　章

我们估摸着再漂三个晚上，就可以到伊利诺伊最南头的凯罗了，那里，密西西比河与俄亥俄河相汇，我们也就安全了。我们会把木排卖了，然后坐汽船一路往北去俄亥俄，进入自由州，彻彻底底摆脱麻烦。

第二晚，开始起雾，我们便朝一个沙洲划去，要去那里系好木排，因为在雾里继续漂流没啥好处，可是，当我手里拿着拴木排的绳子，坐着小船往前划，发觉那里除了小树，没有可以拴船的地方。我把绳子绕在凹岸边一棵小树上，水流湍急，木排颠得厉害，把树苗连根拔起，自己也漂走了。我看雾气下压，越来越低，感觉又晕又怕，好一会儿动不了身——接着就不见了木排，二十码远就看不清了。我跳进小船，跑到船尾，抓起桨，开始倒划。可船纹丝不动。原来我太着急了，还没解开绳索呢。我站起身，要去解开缆绳，可慌乱之下，手抖得几乎不听使唤。

我一划动小船，就心急火燎地直奔沙洲寻找木排。这一段还挺顺畅，可沙洲只有六十码长，过了南头，我就一头扎进了浓雾，完全不知道该往哪儿去了。

我心想，这会儿划桨也不顶用，它要么就撞上了岸，要么就撞上沙洲或别的什么；我得待着不动，让它自个儿漂，可这个时候两手握紧不动还真叫人焦躁啊。我大叫了几声，又停下听动静。下面老远好像传来几声轻轻的叫喊，叫我振作起了精神。我往那里划去，仔细听，又听见了声响。可我发觉没有正对着它划，而是偏右。再一听，又偏左了——而且也没赶上多少，因为小船在转悠，一忽儿往左一忽儿往右，可声音一直在前头。

我真希望那傻瓜可以想到敲盘子，一直敲，可他没那么干，叫声之间的停顿也让我犯难。好吧，我奋力往前划，又听到声音在我后头了。我完全绕晕了。是别的人在喊吧，不然我得掉头啊。

我放下桨，又听见了喊声，声音是在我背后，不过是另外一个地方，它一直在叫，也一直在换地方，我不停应声，慢慢地它又在我前头了，我明白是水流把小船的头冲得朝下了，所以，要是那是杰姆，不是别的划木排的在叫，我就没事儿了。浓雾里，我分不清听到的是谁的声音，雾里什么看上去听上去都变了样。

喊声还在继续，下一秒，小船被冲到陡峭的岸边，岸上的大树鬼影幢幢，急流又把我甩向左边，在一堆枝条中间奔腾着呼啸而过，一下子把它们全冲断了。

下一秒，四周又是白茫茫一片寂静。我坐着没动，听见自己的心怦怦在跳，它跳了一百下我都没喘口气。

我放弃了。我明白怎么回事。那陡岸是座小岛，杰姆在另一头。这可不是你十分钟就可以绕过去的沙洲。它比一般的岛还要大，大概五六英里长，半英里多宽。

我静静地待了大概一刻钟，耳朵伸得老长。我的小船当然还在漂，大概一个钟头可以漂上四五英里，可你一点儿都想不到这点。你想不到，你**感觉**就是静静地躺在水面上，要是瞥见树根从身边漂过，你不会心想，**你漂得多快呀**，而是倒吸一口凉气，天哪，那树根漂得可真快啊。要是你觉得夜里就你一个人在雾里，没啥阴森也没啥孤单的，那你就试试看——到时候你就懂了。

接下来半个钟头，我不时地喊上几声；终于听见远远地传来一个应答，我想要朝它划去，但去不了，我立刻明白我陷进沙洲的内窝了，因为我可以隐隐约约看见两边都是沙洲——有时候就是两岸中间一条窄窄的河道，有时候又看不见，但我知道沙洲就在那里，因为我听见水流冲击着从岸边垂下来的枯树，还有杂物，发出阵阵声响。好了，没一会儿，我就听不见下头沙洲里的叫喊声了；我只试着追了它们一小会儿，因为那比追鬼火还难。你从来不知道声音会这样忽有忽无，会这样快速地变换地方。

有好几回，我不得不把船头冲上，躲开岸边，不让它撞上凸出的岛屿；我想，木排也肯定不时地撞上河岸，不然它早就跑远了，不会再听见前头传来的声音——它漂得要比我快一点儿。

慢慢地，我又在开阔的河面上了，可我没听见哪里有叫喊声。我猜杰姆也许撞上了树根什么的，完蛋了。我已经没事了，但是很累，就躺倒在小船上，心想，算了不管了。我当然不想睡，可我好困，昏昏欲睡，那就打个盹儿吧。

不过我想那可不只是个盹儿，因为等我醒过来，天上的星星亮闪闪的，迷雾已经完全散去，我正船头朝前，沿着一个大河湾漂流而下。起初我不知道自己是在哪里，还以为在做梦呢，不过，等我回过神来，我经历的那些好像是上个礼拜的事情了。

面前是一条巨大的河流，两岸的树林又高又密；靠着星光，我看见它们就像围墙一样牢固。我朝河的下游看去，河面上有个黑色的小点儿。我追上它，可到了却发觉不过是几根扎在一起的木头。然后我又看见一个黑点，又去追，然后又一个，这回对了。就是那木排。

我靠近木排，杰姆坐在那里，头埋在膝盖里熟睡，右胳膊挂在舵桨上。另一支桨被冲走了，木排上满是树叶、枝条和泥巴。看来他也遭了不少罪。

我把小船系好，然后在木排上躺下，就躺在杰姆鼻子底下，打了个哈欠，伸出拳头顶顶杰姆，说道：

"你好啊，杰姆，我睡着了吗？你咋不叫醒我呀？"

"我的老天，是你吗，哈克？你没死——没淹死——你回来了？太好了，真不敢相信，宝贝，真不敢相信。让我看看你，孩子，让我摸摸。啊，你没死！你回来了，活得好好的，还是原来那个哈克——还是原来的哈克，感谢上帝！"

"你怎么了，杰姆？喝醉了吗？"

"喝醉了？我醉了？我可能醉吗？"

"那你说什么胡话呢？"

"我怎么说胡话了？"

"**怎么**说？啊，你不是一直在说我回来了什么的，好像我离开过一样？"

"哈克——哈克·芬恩，你看着我的眼睛，看着我的眼睛。你**没**离开过？"

"离开过？哎呀，你什么意思啊？我哪儿也没去过呀。我去哪儿了？"

"啊，听着，东家，肯定有什么地方不对劲，肯定。我是**我**吗？我**是**谁呀？我是在这儿吗，不然我**在**哪儿呀？我现在就想知道这个。"

"哦，我想你是在这里，这不明摆的事儿嘛，不过我觉得你是个脑子一团糨糊的老笨蛋，杰姆。"

"我是吗？那你回答我这个：你有没有拿着绳子、划着小船，要去把木排系在沙洲上？"

"没啊，我没有。什么沙洲？我没见到什么沙洲。"

"你没见到沙洲？你说，不是绳子松开了，木排顺着河水被冲跑了，那么大的雾，你被留在小船上，落在后头了？"

"什么雾？"

"哎呀，就是那雾呀！——一晚上的雾呀。你不是在那儿喊，我不是也在那儿喊，后来我们在小岛里绕晕了，一个迷路了，另一个也迷路了，因为不知道自己在哪？我不是好多回撞在小岛上，遭了老大罪，差点淹死了？不是那样吗，东家——不是吗？你倒说说。"

"哎，说得我脑袋都大了，杰姆。我没见着雾，也没见着岛，没碰到什么麻烦，什么事儿也没有。我一直坐在这里跟你聊天啊，聊了一晚上，一直到十分钟之前，你睡着了，我猜我也睡着了。你这会儿也不可能喝醉呀，那你一定是在做梦了。"

"瞎扯，我怎么可能十分钟里做那么多梦？"

"见鬼，你肯定是梦到的，因为什么都没有发生啊。"

"可是，哈克，对我来说，这明摆着是——"

"明不明摆的都一样；啥事儿也没发生。我知道，因为我一直在这儿。"

杰姆好一会儿没说话，在那儿琢磨。然后他开口道：

"好吧，我想我是在做梦，哈克；可见鬼，这真是我做过的最厉害的梦了。以前做的梦都没有叫我这么累过。"

"行了，没事了，梦有时候跟其他东西一样，叫人累得很。不过这个梦真是像真的一样，跟我说说，杰姆。"

　　杰姆便原原本本告诉我整件事情，只是好好添油加醋了一通。然后他说他要开始"解"梦，因为这个梦对他来说是个兆头。他说，第一个沙洲代表一个好心人，想帮我们忙，可是急流这坏蛋要把我们从好人身边拉走。喊声就是不时朝我们发出的警告，听懂了就消灾除难，没听懂就惹祸上身。那么多沙洲代表我们会碰上的那些爱跟人起争执的人，还有各种各样的卑鄙小人，不过，要是我们不管闲事，不回嘴，不激怒他们，我们就可以穿过沙洲，走出迷雾，进入清澈的大河，也就是自由州，之后就再也不会有什么困难和烦恼了。

　　我上了木排后，乌云密布，这会儿又云开日出了。

　　"嗯，你讲到现在，都很有道理，杰姆，"我说，"可是**这些**东西又代表了什么？"

　　我说的是木排上的树叶、垃圾，还有那把撞断了的桨。现在看得一清二楚。

　　杰姆看看那些脏东西，又看看我，然后又看看它们。他认定自己刚才是在做梦，因此没办法马上明白眼面前的事。不过，等他脑筋转过弯来，他死死地看着我，一点儿笑容也没有，说道：

"它们代表了什么？我告诉你。我遭了很大的罪，一直在找你叫你，后来才睡着，你丢了，我的心都碎了，我也不在乎自己，不在乎木排了。等我醒过来，你又回来了，好好的，什么事儿也没有，我眼泪都掉了下来，我要跪下来亲你的脚，真是谢天谢地啊。可你呢，就想着怎么编瞎话来捉弄老杰姆。那垃圾就是**垃圾**，垃圾就是把土往他们朋友头上撒，让他们看着丢脸的人。"

他慢慢站起身来，朝窝棚走去，进了窝棚，再也没说一句话。他也不用再说什么了。我觉得自己好卑鄙，真想亲**他的**脚，求他收回他的话。

足足一刻钟，我挣扎着要不要去向黑奴道歉，但我还是那么做了，之后也一点儿没有后悔。从那以后，我再也没有想什么坏点子戏弄他，而且，要是知道这会让他那么难过，这一回我也不会这么做。

第 十 六 章

我们恨不得睡了一整天，到了晚上才动身，跟在一个巨大的木排后头。它有游行队伍那么长。每头都有四根长橹，看来得载了三十来号人。它的甲板上搭了五个大大的窝棚，分得很开，中间生着篝火，两头竖着高高的旗杆。相当有范儿。在这样一个木排上，当一个撑筏的人，**总归**算是个人物了吧。

我们漂流而下，进入一个河湾，夜色变浓，天气渐热。河面很宽，两岸树木茂密，墙一般看不到一点儿缝隙或光亮。我们说起凯罗，不晓得到了的时候能不能认出来。我说很可能认不出来，听说那里只有十来栋房子，要是碰巧都没亮灯，怎么知道我们在经过一个镇子？杰姆说，要是两条大河在那里碰头，那就是了。我说，那我们也可能以为是在绕过一个小岛，然后重新进入了同一条河。这让杰姆很不安，其实我也是。所以问题是，怎么办？我说，不然，看到有光，我们就划桨上岸，告诉他们我爹就在后头商船上，头回行商，想知道离凯罗还有多远。杰姆觉得这是个好主意，我们就边抽烟，边等着光亮出现。

我们没别的事儿可干，只有紧紧盯着岸上，希望不要错过灯光。杰姆说他肯定瞧得见，一见到光，他就是个自由人了，可不能错过，不然他会再次掉进蓄奴州，一点儿自由的指望也没了。每过一会儿，他就跳起来，说：

"在那儿！"

可惜不是。那是南瓜灯，要么是萤火虫；他又坐下，跟之前一样继续盯着岸边。杰姆说，离自由那么近，让他浑身发抖，打摆子一样。嗯,我得说,听了这话,我也浑身发抖,打起了摆子,因为我开始回过神了,他马上就**要**自由了——这要怪谁?哎呀,**我**呀。我良心上过不去,一点儿也过不去。这让我难受得不行,静不下来,没法子安静待着。我以前没想明白,我干的事儿到底算什么,现在总算回过了神,这念头挥不去,越来越叫我心里不好受。我努力为自己开脱,这不该怪我呀,又不是我让杰姆从他的合法雇主那里逃跑的;可不管用,良心冒头,说,而且每一回都这么说:"可是你知道了,他为了自由逃跑了,你可以划到岸边,向人告发啊。"是这样——我没法子回避这事儿。这就是扎心的地方。良心跟我说:"可怜的沃森小姐对你做了啥,你可以眼睁睁地看着她的黑鬼从你眼皮子底下跑掉,一声不吭?那个可怜的老太太对你做了什么,叫你对她那么坏?哎呀,她就是想教你念书,教你懂礼貌,想用她知道的一切办法对你好。她就是**那么**对你的。"

我觉得自己又卑鄙又可悲,恨不得死了才好。我在木排上坐立不安,自言自语咒骂自己,杰姆也在我身边坐卧难宁。我们谁也静不下来。每回他跑来跑去,说:"那是凯罗!"都像是朝我开了一枪,我想,那要**真是**凯罗,我会难过得死掉。

杰姆一直大声嚷嚷,而我在自言自语。他说,要是他到了自由州,第一件事儿就是去存钱,然后一个子儿也不花,等存够了就去给老婆赎身,她在离沃森小姐不远的农场里;然后他俩继续干活挣钱,把两个孩子也赎回来,要是主人不肯卖,他们就去找一个废奴主义者把他们给偷回来。

听了这话,我吓呆了。之前他可不敢这么说话呀。瞧瞧,一想到要自由了，他就变了个人。像老话说的，"给黑鬼一尺，他会拿走一丈"。瞧，这就是我不动脑子的后果。这黑鬼站在这里，是我帮他逃出来的，现在大言不惭地说要偷走他的孩子——孩子属于一个我压根儿不认识的人，那人可没害过我半毛啊。

听杰姆那样子说话，我很羞愧，他可真是不上道啊。良心搅得我冒火，最后我忍不住对它说："放过我吧，现在还不算迟嘛，一看到光，我就会划到岸边，向人告发的。"说完我立刻一阵轻松，像羽毛一样又开心又轻盈。烦恼烟消云散。我跑去看有没有光，几乎哼起歌儿来。不久，就有光露了出来。杰姆叫道：

"我们有救了。哈克，我们有救了！跳起来乐呵乐呵吧，那就是宝地老凯罗了，我就知道！"

我说：

"我划小船过去看看，杰姆，说不定是，说不定不是。"

他跳起来，准备好小船，把他的旧外套垫在底下让我坐好，给了我一根桨。我划走的时候，他说：

"很快我就能欢呼了，然后我就说，都靠哈克，我是个自由人了，要不是哈克，我哪来的自由，全亏了哈克。杰姆不会忘了你的，哈克，你是杰姆最好的朋友，如今老杰姆就你这么一个朋友。"

我划着小船，急着去告发他，可听到这通话，一下子泄了劲。我慢腾腾地划着，不敢确定要上岸是高兴还是不高兴。我划了五十码远，杰姆说：

"去吧，老朋友哈克，你是唯一一个对老杰姆信守诺言的白人绅士。"

好吧，我心里翻江倒海。可我对自己说，**我得去——我逃**不掉呀。就在这时，驶来一艘小船，上头有两个带枪的家伙，他们停了下来。我也停了下来。其中一个说：

"那是什么？"

"一个木排。"我说。

"你的？"

"是的，先生。"

"上头有人吗？"

"只有一个人，先生。"

"嗯，那里，就河湾头上，今晚有五个黑鬼逃走了。你的人是白人黑人？"

我没有立刻回答。我想回答来着，可说不出口。我试了试，下决心要和盘托出，可我真不是个男人——连兔子的胆儿也没有。我看见自己泄了气，就放弃了努力，站起来说：

"是个白人。"

"我想我们得过去亲眼瞧瞧。"

"我希望你们能过去，"我说，"那是我老爹，或许你们能帮我把木排拉到岸边有灯的地方。他病了——妈妈和玛丽·安都病了。"

"哦，该死！我们还有事儿要忙呢，孩子。不过我想我们还是得过去。来，使劲划，我们一起过去。"

我使劲划小船，他们也使劲划桨。我们都划了一两下，我说：

"我敢说我爹一定很感激你们。我请别人帮我把木排拉上岸，他们都跑开了，我一个人又干不了。"

"哦，那可真不够意思。也很古怪。孩子，你爹咋了？"

"嗯，他就是……那个……也不是什么大事儿。"

他们停下了。已经离木排不远了。其中一个说道：

"孩子，你在说瞎话吧。你老爹**到底**怎么了？说实话，对你有好处。"

"我说，先生，我说，说实话——请别丢下我们！他得的是……是……先生，你们只要再往前划划，让我够着你们船头的缆绳拴住，你们就不用靠木排那么近——求求你们了。"

"后退，约翰，后退！"一个说。他们往回倒划。"别靠近我们，孩子——别顺着风。讨厌，我觉着风把它吹到我们这儿来了。你老爹得的是天花，你一清二楚。为啥不明说？你想传得哪儿都是吗？"

"呃，"我哭哭啼啼，"我之前这么告诉别人，他们就都跑了，丢下我们不管了。"

"可怜鬼，这么回事儿。我们为你难过，可是我们——好吧，我们可不想染上天花，你明白的。听着，我告诉你怎么做。别试着一个人靠岸，船会撞成碎片的。你顺流下去，漂上二十英里，左手边就有一个小镇。那时候天都大亮了，你就找人帮忙，告诉他们你的家里人都倒下了，打摆子，发高烧。别再犯傻，叫人猜到怎么回事儿。我们这是在帮你；你离开这里，漂上二十英里，就是个好孩子。这会儿你在那有光的地方上岸没一点儿好处，那儿只是个木场。这么说吧，我猜你老爹挺穷，我敢说运气也很糟。这样，我放二十块在我们甲板上，船漂过的时候你就拿走。丢下你我也觉得很丢脸，可是老天！和天花作对可不行，你懂的吧？"

"等等，帕克，"另一个人说，"这是我的二十块，也放甲板上。再见了，孩子，你照帕克告诉你的去做，你不会有事的。"

"是这样，我的孩子——再见了，再见。要是看见逃奴，你就帮忙捉住他们，还可以挣点儿钱。"

"再见了，先生，"我说，"只要我能做到，我不会让任何逃跑的黑鬼打我身边过的。"

他们离开了，我沮丧地上了木排，心情糟透了，我很清楚我这样做不对，可我也发觉，试着做正确的事对我来说也没啥用，一个人**头**没开好，后头就没啥指望——扎心的事一来，没什么能帮助他把事情做好，最后就一败涂地。我想了想，对自己说，等等，假使你做了正确的事，把杰姆供出去，你会觉得比现在好受一些吗？不会，我说，我会觉得很糟——就跟我现在的感觉一样糟。好了，那么，我说，那你学习做正确的事，又有什么用处呢？做好事很麻烦，做错事也麻烦，结果倒一样？我被难住了，答不上来。我想，也别操这心了，从今往后只做最容易的事吧。

我钻进窝棚，杰姆不在那里。我四下看看，哪里也找不到他。我叫：

"杰姆！"

"我在这里，哈克。他们走远了吗？别大声说话。"

他在河里，泡在船尾的桨橹下，只有鼻子露在外头。我告诉他，他们的小船已经看不见了，他才上了木排。他说：

"我听见你们说话，就偷偷溜进水里，要是他们上船，我就游上岸去。等他们走了，再游回来。不过，老天，你可是把他们耍得团团转啊，哈克！这招真是妙极了！我告诉你，孩子，你救了老杰姆——老杰姆不会忘了你的恩情，宝贝。"

然后我们说起了钱。真是一大笔"工钱"——每人二十块呢。杰姆说，我们可以去坐汽船的统舱了，这钱够我们在自由州里想走多远就走多远。他还说，划木排过去，二十英里不算远，他真希望他已经在那里了。

天快亮时，我们停了船，杰姆非常仔细地把木排藏好了，然后一整天都在收拾打包，为离开木排做准备。

那天夜里，大概十点来钟，我们看见河湾下游不远处，左手边有灯光点点，应该就是那个镇子了。

我坐上小船，前往打探。不久，我看见河面上有个人，坐在小船里，正在摆弄钓鱼绳。我划上前，说：

"先生，那是凯罗镇吗？"

"凯罗？不是啊，你肯定是个大傻瓜吧。"

"那是什么镇，先生？"

"要是你想知道，自己去打听。你再待在这里烦我半秒钟，就没什么好果子吃了。"

我划着小船，回到木排。杰姆很失望，我说，没关系，下一个就该是凯罗镇了。

　　天亮前我们又经过一个镇子，我打算前往打探，可是河岸地势很高，我就没去。杰姆说，凯罗镇没这么高地势。我忘了。我们在靠近左河岸的河滩上待了一天，那里还能勉强停靠。我开始心生疑虑。杰姆也是。我说：

　　"也许晚上雾气重，我们已经过了凯罗了。"

　　他说：

　　"别再提了，哈克。黑鬼就没好运。我老是觉得是那响尾蛇的蛇皮在闹鬼。"

　　"我真希望我没见过那蛇皮，杰姆，我真希望没瞧一眼。"

　　"这不怪你，哈克，你也不知道。别怪自己。"

　　天光大亮，我们发觉，这里显然已经是俄亥俄河的河水了，肯定是，外头才是那条老浑水！我们已经过了凯罗了。

　　我们商量了个遍。现在上岸没有用，当然，我们也没法子让木排逆流往回走。没别的办法，只有等天黑，然后坐小船折返，看看有没有机会。我们就在浓密的杨木林里睡了一整天，好养足精神晚上赶路，可是，等我们回到木排那里，小船不见了！

　　好一会儿我们说不出一句话。没什么可说的。我们心里明白，蛇皮又在捣鬼了，还有什么好说的？只会让我们埋怨，又招来更多坏运气——坏运气又招来新的霉运，我们知道，还是什么都不说为好。

　　过了一会儿，我们说起该怎么办，看来只有乘坐木排顺流而下，直到有机会买个小船再折返了。不能像老爹那样，看周围没人，就借个小船，那样子会有人来追我们的。

天黑后，我们便划着木排离开了。

那些看到蛇皮对我们使了那么多坏，还不相信蠢人才沾蛇皮的人，那就请继续读下去吧，看看它还对我们做了些什么，就会相信了。

岸边停放木排的地方，一般可以买到小船，可我们没看见哪里停靠着木排，就又朝前漂了三个多钟头。天黑了下来，夜色铅灰，比讨厌的浓雾好不到哪里去。你看不出河流的形状，辨不清楚距离。很晚了，也很安静，一艘汽船从下游向我们驶来。我们点起灯，它应该看得见。上行的轮船一般不靠近我们，它们在远处行驶，顺着岸堤，寻找礁石下的静水；但是，这样的晚上，它们驶在河中间，挡住了整个河道。

我们听见它一路轰隆隆驶来，但直到离得很近，才看了个清楚。它直冲我们过来。它们常常喜欢这么做，显摆它们可以靠多近，却又碰不着我们分毫；有时候大船的涡轮会一下斩断你的桨橹，然后水手伸出脑袋，哈哈大笑，觉得自己很聪明。好吧，它过来了，我们以为它要擦着我们而过，可它好像一点儿也没有转向的意思。这是艘大船，开得很快，像是一大块乌云，被一团萤火虫包围；可是，突然，它膨胀开来，又大又吓人，一长排洞开的火炉门，像红色的牙齿闪闪发光，巨大而恐怖的船头和护栏在我们头顶上晃荡。有人冲我们大喊，铃铛直响，意思是关掉引擎，然后是一阵咒骂，蒸汽的呼啸——杰姆从木排一边跳进河里，我从另一边也跳了下去，大船从木排中间直冲而过，把它撞了个粉碎。

我一猛子往下扎，想扎到河底，因为三十英尺的大涡轮正从我头上碾过呢，我得找地方躲。平常我可以在水下待一分钟，这会儿我猜可以待上一分半钟。之后我便连忙浮了上来，憋得不行。我露出水面，擤出鼻子里的水，呼哧了半天。水流一阵湍急，大船关掉引擎十秒钟后又重新发动，它们才不管木排上人的死活呢；它又搅动水流，逆流而上，消失在浑浊的夜色中，尽管我还听得见它的声音。

我喊了十来声杰姆，没有任何回音，我抓住身边的船板，推着它"踩水"往岸边游去，结果发觉河水是往左手边河岸流的，这意味着我在横水里，所以我变了方向，往左边游去。

这是一条又长又斜的两英里横水道，我花了好长时间才游到对岸，然后安全靠岸，爬上河堤。因为看不清路，我在粗糙的地面上摸索着往前走了约莫四分之一英里，没留意，一头撞上一栋老式的双层木屋。我打算赶紧绕道跑开，可一大群狗跳了出来，冲我狂叫，我晓得，这时候可最好不要再动腿了。

第 十 七 章

大概过了一分钟, 有人在窗户里头发话, 他没有探出头来, 喊道:

"好了, 家伙们! 是谁? "

我说:

"是我。"

"我谁呀? "

"乔治·杰克逊, 先生。"

"你想干什么? "

"没想干什么, 先生。我就是打这里过, 可狗不让我走。"

"大半夜的你在这里晃来晃去的干什么——啊? "

"我没晃来晃去的, 先生, 我从汽船上掉河里头去了。"

"啥, 掉河里了, 是吗? 来, 谁点个火。你刚才说你叫啥? "

"乔治·杰克逊, 先生。我还是个孩子。"

"听着, 要是你说的是实话, 你不用害怕——没人会伤害你。不过你就站那儿别动。谁把鲍勃和汤姆给叫起来, 把枪也给拿来。乔治·杰克逊, 还有人和你一起吗? "

"没, 先生, 没别人。"

我听见房子里有人走动, 看到火点了起来。有个人大喊:

"把火拿开, 贝琪, 你这蠢货——你没脑子吗? 放前门背后地上。鲍勃, 你和汤姆准备好了吗? 就位。"

"准备好了。"

"好了, 乔治·杰克逊, 你认识谢泼德森家的吗? "

"不认识, 先生, 从来没听说过。"

"嗯, 或许是这样, 或许不是。好, 都准备好了。向前一步,乔治·杰克逊。小心，不要着急——慢慢过来。要是有人和你一伙，叫他待着别动——动一动就吃枪子儿。过来。慢慢地，自个儿开门——开条缝能进来就行，听见了吗？"

我哪敢火急火燎，就算想想也做不到呀。我一步步慢慢挪动步子，周围没有任何动静，我只听见自己的心跳。狗和人一样安静，可它们紧紧跟在我后头。我来到三级木头台阶那里，听见开锁、抽走门闩、拔掉插销的声音。我把手按在门上，推了一下，又一下，然后有人说："好了，够了，脑袋进来。"我照做了，心里想的却是他们可能会一刀砍掉。

蜡烛在地板上，他们全在那里，看着我，我看着他们，足足二十五秒：三个大个儿男人，枪对着我，吓得我往回出溜；年纪最大的那个，头发花白，大概六十来岁，另外两个三十来岁——看着都很健康英俊，还有一个满头灰发的可爱老太太，她身子后头是两个年轻女人，看不太清。老先生说：

"好了，我想没啥问题了。进来吧。"

我一进门，老先生就上锁，上闩，插上插销，告诉年轻人带着枪进屋。他们进了一间大客厅，地上铺着一块崭新的碎呢地毯，这些人挤在角落，那是从前窗看不见的位置，那边没窗户。他们举着蜡烛，好好打量了我一番，说："天，**他**还真不是谢泼德森家的——一点儿也没有谢泼德森家的样儿。"然后老先生说，他希望我不介意他们搜搜身，没有一点儿恶意，就是图个安心。他的确没掏我口袋，只是用手在外头按了按，然后说行了没事了。他叫我放松，像在自己家一样，跟大伙儿说说自己的情况，可老夫人说：

"哎哟，上帝保佑，索尔，这可怜的小东西都湿透了，你不想想他可能饿坏了？"

"你说得对，瑞切尔，我忘了。"

于是，老夫人说：

"贝琪（这是个女黑奴），快去，赶紧的，给他拿点儿吃的来，可怜娃儿；你们姑娘谁去把伯克给喊醒了，告诉他，哎哟，他已经在这里了。伯克，把这个小东西带走，叫他把湿衣服脱下来，换上你的干衣服。"

伯克看着跟我一般大——十三四岁吧，不过个子比我高点儿。他只穿了件衬衫，头发乱糟糟的。他打着哈欠走进来，一手揉着眼睛，一手拽着把枪。他说：

"是不是谢泼德森家的来了？"

他们说，不是，虚惊一场。

"哦，"他说，"要是他们来了，我能逮住一个。"

他们都笑了，鲍勃说：

"哎呀，伯克，你来得这么慢，他们早把我们都剥了皮啦。"

"那是没人叫我，我总落在后头，这可不行，都没机会表现。"

"没事儿，伯克，我的孩子，"老先生说，"你会有机会好好表现的，别担心。去吧，照你妈妈说的去做吧。"

我们上楼去了他的房间，他给了我一件粗布衬衫、一件夹克，还有他的一条短裤，叫我穿上。我忙活的时候，他问我叫什么，还没等我开口，他就说起他前天在林子里抓到了一只蓝鸟和一只小兔子，然后又问我，蜡烛灭了的时候，摩西在哪里。我说我不知道，从来没听说过，真的。

"那猜猜。"他说。

"咋猜啊,"我说,"从来没听说过的事情咋猜?"

"但是你会猜呀,是吧?就随便猜猜。"

"**哪根**蜡烛?"我说。

"哎呀,随便哪根蜡烛。"他说。

"我不知道他在哪,"我说,"他在哪?"

"天,他在**黑暗**里啊!他就在黑暗里啊!"

"哦,你知道他在哪,为啥还要问我?"

"哎,该死,这是个谜语啊,不懂吗?好了,你要在这儿待多久?你会一直待下去吧。我们可以好好耍耍了,现在都不上学了。你有狗吗?我有条狗,它会跳河里,把你扔进去的小木片儿给叼回来。你喜欢礼拜天梳洗头发,还有所有这些傻事儿吗?我当然不喜欢,可我妈非要我拾掇。这旧裤子讨厌得很!我想我还是穿上好,可我真不喜欢穿,太热。你好了吗?行了,来吧,老朋友。"

凉的玉米饼、凉的腌牛肉,黄油和牛奶——他们在楼下给我准备了这些,我从来没吃过这么好吃的。除了女奴(她已经离开了),还有那两个年轻姑娘之外,伯克和他妈妈,还有其他人,都抽着玉米穗儿做的烟。他们抽着烟,聊着天,我吃着,说着。年轻女人裹着披巾,头发散在后头。他们问我各种问题,我告诉他们,我和我爹,还有其他家里人,住在阿肯色州的一个小农庄里,我的姐姐玛丽·安离家出走,跑去结婚了,后来再也没听到她的消息,比尔去追他们,也没了消息,汤姆和摩特死了,家里就剩下我和我爹,他麻烦不断,瘦得不成样儿;等他死了以后,我带上剩下的东西跑了。农庄不是我们的,我就坐统舱,沿河北上，结果从甲板上掉到河里去了，最后就到了这里。他们说，我可以待在这里，像自己家一样，想待多久就待多久。这时天快亮了，大家就都去睡觉，我和伯克也都上了床。早上醒过来的时候，见鬼，我忘了自己叫啥名儿了。我躺了一个钟头，使劲想，这时候伯克醒了，我说：

"你会拼写吗，伯克？"

"会啊。"他说。

"我打赌你拼不出来我的名字。"我说。

"我打赌，你会的我都会。"他说。

"行，"我说，"那你拼拼看。"

"G-e-o-r-g-e J-a-x-o-n，你看。"他说。

"行，"我说，"你拼出来了，我还以为你拼不出来呢。不过拼写名字最简单了，都不用学。"

我偷偷记了下来，兴许回头会叫**我**拼呢，我得熟悉，到时候张口就来。

这真是一个很好的家庭，房子也很漂亮。我从来没在州里见过这么漂亮的房子，这么有范儿。前门没有铁门闩，也没有带鹿皮绳扣的木门闩，而是铜把手，跟镇上的房子一模一样。客厅没有床铺，没有一点儿床的痕迹；不像镇上好多房子，厅里都铺床。倒是有个大壁炉，底上铺着砖，红砖很干净，因为会浇水冲刷，再用另一块砖打磨；有时候他们还会用他们称为西班牙棕的红色涂料涂刷，镇里人都这么干。壁炉炉膛里有个大大的铜柴架，可以放上一整根木头。壁炉台上有个座钟，钟面玻璃罩下半部分画了一个镇子，中间是个圆洞，就代表太阳了，可以看见钟摆在后面摆动。钟声嘀嗒嘀嗒，非常好听，有时候，来了一个钟表匠，擦拭干净，收拾停当，它会一下子敲上一百五十下才停下来。给多少钱，他们都不会卖掉这个钟的。

钟的两边各有一只古怪的大鹦鹉，像是石膏做的，颜色俗艳俗艳。一只鹦鹉旁边是个陶瓷做的猫，另一只旁边是个陶瓷做的狗；按下瓷猫瓷狗，它们会吱呀叫唤，但不张口，看上去也没啥异样，表情淡然，原来声音是从它们肚子里头发出来的。这些后面，还有一对张开的大扇子，是野火鸡的鸡毛做的。房间中间的桌子上，有一个陶瓷做的可爱的小筐筐，里头摆着苹果、橙子、桃子和葡萄，比真的水果更红、更黄、更好看。它们不是真的，你可以看见有些地方剥落了，露出了里头的白色石膏什么的。

桌上铺着桌布，是用漂亮的油布做的，上头画着红蓝色的展翅雄鹰，四周还画着边纹。他们说，这是费城买来的。桌上还有一些书，堆在每个桌角，整整齐齐码好。一本是祖传的大厚本《圣经》，画满了插图。一本是《天路历程》，讲的是一个人离开了家，但没说为啥。我不时地翻上几页，看了不少。里头的话很有趣，也很难懂。还有一本是《友谊之馈赠》，全是金句和诗歌；可我不读诗。还有一本是亨利·克莱（美国历史上最重要的政治家和演说家，内战期间数次解决了南北方关于奴隶制的矛盾）的《演讲集》，还有冈恩医生的《家庭医药》，告诉你人病了或死了该怎么办。另外还有一本赞美诗，加上一些别的书。屋里还有几把漂亮的藤椅，相当结实，中间不会像破篮子那样塌下去裂开了。

墙上挂着画，上面画的主要是华盛顿啊、拉法耶侯爵（法国大革命期间的国民自卫军司令）啊、高地玛丽（玛丽·坎贝尔，是苏格兰浪漫主义诗人罗伯特·彭斯的初恋情人）啊、战场啊，还有一幅《签署独立宣言》。另外还有一些蜡笔画，这是这家一个已经死掉的女儿亲笔画的，那时她才刚刚十五岁吧。它们跟我以前看过的画儿都不一样，大部分比一般的画儿更黑。有幅画，上头是个穿黑裙的女人，腰身很细，腰带在胳肢窝下扎紧，袖子管中间像大白菜那样鼓起来，大大的黑色带檐软帽蒙着黑色的面纱，雪白雪白的细脚踝上系着黑带，穿着小小的楔子一样的黑鞋，她忧愁地靠着墓碑，右胳膊支在柳条垂落的墓碑上，另一只手垂了下来，捏着一块白手帕和一个手袋，画儿下头写着："呜呼，此生再不得见。"另一幅，画着一个年轻姑娘，头发全往上梳，在头顶拢成一个发髻，看着像椅背一样，她捂着手帕在哭，一只死掉的小鸟脸朝天躺在她的手心，小爪子朝上，画下头写着："呜呼，你甜美的啾啾声，此生再不得闻。"还有一位年轻女士，靠着窗，抬头望月，眼泪在脸颊上流淌；她手里拿着一封打开的信，边上还有黑色的封蜡，她将小盒吊坠紧紧贴在嘴上，画下头写着："呜呼，汝离我而去，竟离我而去。"这些画儿都很美，可不晓得为啥我没有被打动，碰上心情不好的时候，它们看着就更瘆人了。每个人都为她的死感到难过，因为她还有许多这样的画儿没画呢，看看她已经画好的，就知道没画的有多棒了。不过要我猜，按她的性子，她待在墓地会更舒服。他们说，她病了的时候，正在画她那幅最出色的画作，每天每夜她都祈祷能活到画完，可老天没有给她这个机会。画上是一个年轻女人，穿着白色长袍，站在桥的栏杆上，正要往下跳，头发散落在背上，她看着月亮，眼泪滚落脸颊，她双手抱胸，双手张开，双手去够月亮……她的想法是，看看哪种姿势最好，再把其他胳膊擦掉；可是，就像我说的，她还没打定主意就死掉了，他们留着这幅画，挂在她的床头，每逢她生日，就在画上挂上花朵。其他时候，他们用一块布挡住。画里的年轻姑娘面容秀美，可她有那么多条胳膊，活像只蜘蛛。

这个年轻姑娘活着的时候有本剪贴簿，她把《长老观察报》上的讣闻啊、事故啊、病例啊什么的，全贴在上头，然后用这些事情写诗。诗非常好。下头是她写的一首诗，讲的是一个名叫斯蒂芬·道林·波茨的小男孩，他掉到井里头淹死掉了：

悼念已故的斯蒂芬·道林·波茨

小斯蒂芬病了？
小斯蒂芬死了？
伤透的心满了？
哀悼的人哭了？

不，这不该是
小斯蒂芬·道林·波茨的命运，
尽管伤透的心满溢，
但不是因为病痛的打击。

不是百日的咳嗽让他形销骨立
不是可怕的麻疹，还有脓疱

不是这些减损了
斯蒂芬·道林·波茨圣洁之名

被轻视的爱，不为悲伤所动
他那满头发鬈的脑袋
不是肚子不适，让他难受，
小斯蒂芬·道林·波茨。

哦，不是。泪眼蒙眬中
等我诉说他的命运。
他掉进了井里
魂灵离开了这个冰冷的尘世。

他们捞出了他，倾空了肚里的水；
只可惜，唉，一切为时已迟；
他的魂灵飘向空中
飞去了良善天国。

　　要是艾米琳·格兰杰富德没到十四岁就写出了这样的诗，日后她肯定能成为一个大诗人。伯克说，她可以出口成诗，根本用不着停下来想。他说，她可以随手写下一行诗，要是押不上韵，就顺手涂了，再写出另一行，就这样子接着写。她不挑，你选什么给她，她都能写，只要是悲伤的诗。每回有男人死了，或女人死了，或小孩子死了，尸骨未寒，她就开始撰写"吊唁词"。邻居们说，每回都是大夫先来了，接着就是艾米琳，然后才是殡葬人——殡葬人从来赶不到艾米琳前头，只有一回赶先了，因为艾米琳迟迟押不上亡者名字惠斯勒的韵。之后她再也没有重蹈覆辙；她从不抱怨，只是日渐憔悴，最终早早凋零。可怜的东西，好多回，她的画儿刺激我，让我厌烦的时候，我就跑去那间她住过的小房间，取出她可怜的旧剪贴簿，读上一读。我喜欢这一家子，死掉的也喜欢，我可不想我们之间有什么膈应。可怜的艾米琳活着的时候，为所有死掉的人作诗，如今她香消玉殒，却没人给她写点儿什么，好像不太对；我自己吭哧吭哧写了一两首，可都没法看。他们把艾米琳的房子收拾得又整洁又干净，所有东西都按照她生前喜欢的样子放着，没人在里头住。老夫人亲自打理那间房间，尽管家里有很多黑奴，但她大部分时间都在那里做针线活儿，读艾米琳的《圣经》。

好了，说回客厅，那里的窗户挂着漂亮的白色窗帘：上头是城堡的图案，城墙爬满藤蔓，牛儿低头喝水。厅里还有一台旧钢琴，我猜，里头应该有叮当作响的锡罐，没有什么比听年轻姑娘唱起"断了最后的牵念"，或弹奏"布拉格之战"更美妙的了。

这是栋双层房屋，一楼中间是个天井，也铺上了地板，上头是二层楼作为屋顶，有时候，大晌午的，那儿会放上桌子，又凉爽又舒适，真是再舒服不过。吃的没话说，而且还管够！

第 十 八 章

你瞧，格兰杰富德上校是位绅士。浑身上下都是绅士范儿，他一家人也是。他出身良好，就像古话说的，人看出身马看血统；道格拉斯寡妇也这么说，没人不承认她是我们镇上头一号贵族；我老爹也是这话，尽管他自己跟条鲶鱼差不多。格兰杰富德上校又高又瘦，皮肤略黑，看不到一点儿血色。每天早上，他瘦脸上的胡子总是刮得干干净净。他嘴唇皮很薄，鼻孔很细，鼻子很高，眉毛很浓，眼睛很黑。他眼睛深陷眼眶，就像是从黑窟窿里望着你。他的额头很高，头发又黑又硬，垂到肩膀上。他双手细长，每天他都会换上一件干净的衬衫，从头到脚一套亚麻西装，白得晃眼；礼拜天，他会穿上带铜纽扣的蓝色燕尾服。他随身拿着一根银头的桃花芯木手杖，身上没有一点儿轻浮气，一丁点儿也没有，也从来不大声说话。他非常和蔼，你觉得出来，见了他也不害怕。有时候他会露出微笑，你也很开心，可要是他像自由旗杆那样腰板儿一挺，眉毛底下眼神剑光一闪，你头一个念头就是逃到树上，看看接下来会发生什么。他根本不用提醒任何人注意规矩——他在那，谁还敢乱来？每个人都喜欢他在，他总是像阳光一样，我是说，他会让你觉得是个大好天气。要是他晴转多云，那行，半分钟里就是大黑天，之后一个礼拜，谁也不敢再出什么幺蛾子。

当他和老夫人早上从楼上下来，所有人都会从椅子上站起身来问好，直到他们坐下，这才坐下。然后，汤姆和鲍勃会跑到餐柜边，拿出酒壶，调一杯比特酒递给他，他握在手里，等汤姆和鲍勃也调好他们的酒，并鞠躬，道，"为您，先生，和夫人，效劳"；然后，**他们**仨就彼此欠欠身，说谢谢，喝起酒来，之后，鲍勃和汤姆在他们的杯子里倒上一匙水、一匙糖，再掺点威士忌或苹果白兰地，递给我和伯克，我们也就用酒向二老请安。

鲍勃是老大，汤姆是老二，他俩都高大英俊，肩膀很宽，棕色脸庞，黑发长长的，眼睛墨黑。他们一身白亚麻衣服，像老派绅士一样，戴着圆顶阔边帽。

然后是夏洛特小姐；芳龄二十五，高挑，骄傲，气场很强，没被惹到的时候可好相处了，可要是招惹了她，她看你那一眼，跟她老爹一样，让你立马吓得脚软。她长得很美。

她妹妹索菲亚小姐也很美，不过是另一种风格。她像只鸽子一样温柔甜美，刚刚二十。

每个人都有贴身伺候自己的黑奴，伯克也有。我的黑奴几乎没事干，我不习惯让人为我服务，伯克的那个就忙个不停。

这一家子都在这里了，不过本来还有更多——还有仨儿子，都被杀了；还有艾米琳，病死了。

老先生有很多农场，一百来个黑奴。有时候，一伙人会骑着马，从十英里或十五英里外来到这里，待上五六天，在附近和河上玩，白天在林子里跳舞、野餐，晚上在屋子里开舞会。这些人大多是这家的亲戚。男人们都带着枪。我可告诉你，全是文明人儿，气派得很。

附近还有一支贵族，有五户或六户，大多姓谢泼德森。他们出身高贵，极为高调，和格兰杰富德家族一样有钱有势。谢泼德森家和格兰杰富德家共用一个汽船渡口，在房子北边两英里，有时候我和家里人一起往北边去，经常可以看见谢泼德森家的骑着骏马在渡口边转悠。

　　有天，伯克和我去林子里打猎，听见一匹马跑来，我们正穿过小路，伯克说：

　　"快！钻进林子里！"

　　我们躲进林子，从树叶缝里偷偷往外瞧。没多久，一个衣着华丽的年轻人骑马沿小路奔来，他遛着马，像个士兵，枪挂在马鞍上。我以前见过这人，是小哈尼·谢泼德森。我听着伯克的子弹擦着我的耳朵飞过，哈尼的帽子从他头上滚落在地。哈尼抓起枪，骑马直冲我们藏身之处，不过我们没等他过来，就赶紧飞奔。林子不密，我回头躲子弹，两回都看见哈尼的枪瞄准了伯克，然后他朝来的路又骑马离开了，我猜，是去捡他的帽子了吧，看不清。我们一刻没停，直跑回家。老先生看着我们，两眼刹那放光，我觉着主要是高兴，接着，他的脸色缓和下来，有点儿温柔地说：

　　"我可不喜欢从树后头放枪。为什么不走到路上放呢，孩子？"

　　"谢泼德森家的也没有这么做呀，父亲。他们老是放黑枪。"

　　伯克描述经过的时候，夏洛特小姐像女王那样抬起头，鼻孔微张，眼神凌厉。两个年轻人黑着脸，一句话没说。索菲亚小姐先是脸色苍白，后来听说那人没有受伤，又恢复了血色。

　　之后，等到只有我和伯克，我们来到玉米谷仓边的树下，我问：

　　"你想杀了那人啊，伯克？"

　　"我肯定想。"

　　"他对你做啥了？"

　　"他？他没对我怎么着。"

"那你为啥要杀了他？"

"啊，不为啥——这是世仇。"

"啥是世仇？"

"哎，你哪儿长大的呀？不知道啥是世仇吗？"

"从来没听说过——跟我讲讲。"

"好吧，"伯克说，"世仇就是：有个人跟另一个人吵了一架，杀了那人；那么那人的兄弟就来杀了他；然后这人的兄弟又杀了那人的，大家杀过来杀过去；后来**堂兄堂弟**什么的也加入进来——慢慢地，每个人都被杀掉了，世仇也就结束了。就是有点慢，得好长时间。"

"你们的世仇也好长时间了，伯克？"

"嗯，**我猜**是吧！三十年前就开始了，差不多那时候。好像闹了什么矛盾，然后就告上了法庭；官司对其中一个不利，他就站起来毙了那个赢官司的——他当然会这么干了。谁不会呀。"

"闹了啥矛盾，伯克？因为地？"

"兴许吧——我不晓得。"

"那谁开了枪？是格兰杰富德家的，还是谢泼德森家的？"

"天，这我怎么知道？那么老早的事情了。"

"有人知道吗？"

"哦，有，我父亲知道，我想，还有一些老家伙也知道吧。可他们不知道最一开头是因为什么吵起来的。"

"杀了很多人吗，伯克？"

"是啊，好多葬礼呢。不过也不是总能杀死人。我父亲身上就中了几颗大子弹，可他不在乎，什么他都不在乎。鲍勃挨过几刀，汤姆也被打伤过一两回。"

"今年有人被杀了吗，伯克？"

"有，我们死了一个，他们死了一个。三个月前，我堂哥巴德，十四岁，在河对岸骑马过林子，没带武器，真够傻的，结果，在一个僻静的地方，他听见马在他后头跑，就看见老鲍尔迪·谢泼德森紧跟在他后头，手里拿着枪，白头发随风乱飘，他没有跳马逃进林子里，以为自己能跑过他，结果他们跑了五公里，不相上下，那个老家伙一直在加速，最后巴德没法子，他停了下来，转过身，这样子弹就能打在他前胸了，然后那老家伙就骑马过来，把他一枪撂倒了。不过老鲍尔迪也没落啥好，不到一个礼拜，我们的人就把**他**给结果了。"

"我猜那个老家伙是个胆小鬼，伯克。"

"他可**不是**什么胆小鬼。完全不是。谢泼德森家的没一个胆小鬼——一个也没。格兰杰富德家的也没有一个怕死的。那老家伙有天单枪匹马跟三个格兰杰富德家的打了半个钟头，一直挺到最后，还赢了。他们都骑着马，那老家伙跳下马，躲在一小堆柴火后头，用马挡在身前挡子弹；但格兰杰富德家的没下马，他们围着那老家伙，朝他开枪，他也朝他们开枪。他和马都中了弹，鲜血直流，一瘸一拐，可格兰杰富德家的，不得不找人来把自己家的**接**回家，其中一个死了，另一个第二天也死了。不，先生，要是有人出去找胆小鬼，那他根本不会跟谢泼德森家的找不自在，他们家就没**这种**孬种。"

到了礼拜天，我们都骑马去了三英里外的教堂。男人们带着枪，伯克也带了，他们把枪夹在膝盖当中，或者靠在身边的墙上，随手可以拿到。谢泼德森家的也如法炮制。布道不怎么样——净是些兄弟友爱什么的无聊话；但每个人都说讲得很好，回家路上还说个没完，大谈特谈什么忠诚、良工、神恩、命中注定、上天拣选啥的，我也不懂说的是啥，对我来说，真是我遇到的最难熬的一个礼拜天了。

吃了中饭，过了一个钟头，大伙儿都打起盹来，有的坐在椅子上，有的回了房间，真是很无聊。伯克和狗仰面八叉躺在太阳底下的草地上，睡得很熟。我回我们房间，决定也睡一小会儿。温柔的索菲亚小姐站在门边，她的房间紧挨着我们的，她领我进了房间，轻轻关上门，问我喜不喜欢她，我说喜欢；又问我肯不肯为她做些事情，但是不告诉别人，我说我愿意。她就说，她的《新约》落在教堂忘拿了，夹在其他两本书中间，我肯不肯偷偷出门，去那里给她取回来，而且跟任何人都不提这件事，我说我愿意。我偷偷溜出门，沿着小路走去，教堂里一个人也没有，也许有一两头肥猪，门没上锁，夏天猪喜欢躺在木头铺的地板上，因为很凉快。但凡你留点心，大部分牲口都不去教堂，除非不得不去，猪就不一样了。

我心想，有点儿不对劲，不会有姑娘对《新约》那么上心。我抖了抖书，里头掉出来一张纸，上头用铅笔写着**两点半**。我又翻了翻书，没找到别的东西。我不明白字条是什么意思，便夹回书里，等我回到家，上楼，索菲亚小姐已经在门边等我了。她拉我进屋，关上门，然后开始翻找《新约》，找到了那张纸，她一看，就喜形于色，没等我反应过来，就抓住我，给了我一个紧紧的拥抱，说我是世界上最好的孩子，还叫我不要告诉任何人。一时间，她满脸通红，双眼放光，好看极了。我吓坏了，等喘上气来，我问她纸上写的是什么，她问我是不是识字，我说，"我就认得大写字母"，然后她说，这张纸没什么，就是张做标记的书签，我可以玩去了。

我跑开了，往河边走，琢磨这件事情，很快就发觉，我的黑奴跟在后头。等我们走了好远，看不见屋子了，他回头看了一两秒，然后跑过来，说：

"乔治先生，要是你往湿地去，我带你去看一整堆水蛇。"

这可奇怪了，我想，他昨天已经提过这茬了。他应该晓得没人会喜欢蛇的吧，更别说去找蛇了。他到底想干吗？所以我说：

"好吧，你在前头带路。"

我跟他走了半英里，然后他脚伸进了沼泽，在齐脚脖子的水里又费劲走了半英里。最后我们来到一小块干燥的平地，上头是浓密的树丛、灌木和藤蔓，他说：

"你可以往里走几步，乔治先生，它们就在那里。我已经看过了，不想再看了。"

然后他几步小跳，跑开了，很快就消失在树丛背后。我往那地方探了两步，前头是一小块空地，有一间卧室那么大，四周藤蔓下垂，有个人躺在那里熟睡——天哪，那是我的老杰姆！

我把他叫醒，猜他又看见我，一定会大吃一惊，但他没有。他高兴得快哭出来了，可并不惊讶。他说那天晚上，他跟在我后头游，我每回喊他，他都听见了，可不敢应声，因为**他**不想被人抓住，又送回去当奴隶。他说：

"我受了点小伤，游不快，最后落下你很多；你上岸后，我想我应该不用大声喊就可以追上你，可等我看到那栋房子，我又放慢了脚步。我离得太远，听不清他们对你说了什么，再说我也怕狗，等一切都静下来，我知道你进了那房子，就跑进林子等天亮。早上，去田里干活的黑奴碰到了我，他们带我来这里，因为有水，狗追不到我，每天晚上，他们都带吃的来给我，还告诉我你过得怎么样。"

"你为啥不早点叫杰克带我过来，杰姆？"

"哎，不好打扰你，哈克，除非我们可以行动了，现在可以了。我瞅机会买了锅碗瓢盆，晚上补一补木排——"

"**什么**木排，杰姆？"

"我们的旧木排呀。"

"你是说我们的旧木排没给撞成碎渣儿？"

"没，没撞碎。它是被撞得不成样子——一个角撞碎了，不过没太大关系，就是我们的东西全丢了。要是我们没有潜那么深，游那么远，那晚没那么黑，我们就不会那么害怕，像他们说的脑瓜子坏了，我们就能看见木排了。不过没看见也没啥，现在都修好了，跟新的一样好，旧东西丢了，我又添了新的。"

"哎呀，你怎么找到木排的，杰姆——你捞到它了？"

"我在林子里怎么捞到它呀？不是的，是几个黑奴发觉它被岸边的树枝钩住了，就把它藏在柳树下的小溪里，为了这木排该归谁，他们吵了起来，没多久我就听到了风声，赶快跑去解决，说，它不归他们任何人，它是你我的。我问他们，你们是不是想抢一个年轻白人先生的财产呀，还藏了起来？然后，我给了他们每人一毛钱，他们满意坏了，还指望有更多的木排过来，再赚上一笔呢。这些黑奴对我好着呢，我想让他们为我做什么，都不用说两遍。那个黑鬼杰克不错，机灵得很。"

"是的，他是很聪明，都没跟我说你在这里，就叫我过来，说要给我看一大堆水蛇。要是出什么事儿，**他**可不想掺和。他可以说，从没看见我俩在一起，这话也没错。"

关于第二天的情况，我不想说太多。就简单说几句吧。天快亮的时候我醒了，翻了个身想继续睡，周围很静，一点儿动静也没有，这不正常。然后我注意到，伯克已经起床，没在房间里了。那我也起床下楼，可奇怪了，谁也没在，悄无声息。外头也是一样。我想，到底怎么回事？在木垛旁，我碰到了杰克，我问：

"怎么回事？"

他说：

"你不晓得吗，乔治先生？"

"不晓得呀，"我说，"我不晓得。"

"哦，是这样的，索菲亚小姐跑了！夜里什么时候，她跑掉了，没人知道是什么时候，她和那个小哈尼·谢泼德森私奔了，他们是这么说的。家里人大概半个钟头前发觉了，要么就是一个钟头前，我**告诉**你，他们可不想浪费一分钟。他们连忙备马备枪，那速度**你**可没见过！女人去叫醒亲戚去了，索尔老先生和孩子们拿着枪，沿着河路去追那年轻人，要在他和索菲亚小姐渡河之前杀了他。我猜要大闹一场了。"

"伯克走的时候没叫醒我。"

"啊，我猜他**就**没叫你。他们不想让你卷进来。伯克先生给枪装好子弹，说他要么抓一个谢泼德森家的回来，要么崩掉一个。

谢泼德森家的人可不少，我打赌他有机会抓一个回来。"

　　我拼命朝河边赶去。渐渐地，我听见不远处一阵枪响。等到我能看见木头仓库和渡口的木垛，就在灌木丛间穿行，直到找到一个好地方，爬到杨木枝丫上，枪打不到，在那里观察。就在树前方，有一堆四英尺高的木垛；本来我打算躲那后头，可还好没有。

　　那里有四五个人，骑着马，在仓库前的空地上踢踏、咒骂、叫喊，想要抓住躲在渡口靠林子那边木垛后头的那俩年轻人，可没成。每回他们中间有谁在木垛前头靠河那边露出身子，就会有子弹朝他们飞去。那两个男孩背对着背，蹲在木堆后头，可以看清两方来路。

　　渐渐地，那些人不再转悠叫嚷，骑马直冲仓库过来。其中一个男孩立起身来，从木垛上稳稳地开了一枪，他们中的一个掉下马来。所有人都跳下马，抓起受伤的那个，抬着他去了仓库；就在那一刻，那两个男孩飞奔而逃。他们朝我藏身的树边跑来，刚跑到一半，那些人就发觉了，又跳上马追过来。他们越逼越近，不过没什么用，那俩男孩跑得早，他们到了我藏身的树边的木垛那里，身子一滚，藏在它后头，又占了上风。其中一个男孩就是伯克，另一个瘦瘦的年轻人大概十九岁。

　　那伙人胡冲乱撞了一会儿，就骑马离开了。一等他们跑远看不见了，我就冲伯克喊，告诉他我在什么地方。一开始，他没明白为啥我的声音是从树上传来的，大吃一惊。之后他叫我小心观察，再看到那些人就告诉他，说他们正计划干什么坏事，不会离开很久的。我真希望自己没有上树，可现在也不能下来。伯克开除了杰姆，我们都坐上小船，随流而下，去看看有没有演戏的机会。

我们还真幸运，那天下午正好有个马戏团要来，村里人早就坐着各式各样的破马车或骑马赶过来了。马戏团天黑前就要离开，我们的戏可逮着个好机会。公爵租下礼堂后，我们就四下里张贴宣传单。戏单是这样写的：

莎士比亚精魂再现！

精彩演出不容错过！

只演一晚！

举世闻名悲剧演员

伦敦杜鲁里巷剧团的小大卫·加里克

　　以及

伦敦白教堂区普丁巷皮卡迪利广场的皇家海马科特剧团和皇家大陆剧院的

老埃德蒙德·基恩

隆重推出

莎士比亚精品

《罗密欧与朱丽叶》之

阳台密会！！！

罗密欧……………………由加里克先生饰演

朱丽叶……………………由基恩先生饰演

剧团成员倾力协助

新戏服，新布景，新设备！

另有

激动人心、出神入化、血流凝固的

《理查三世》剑斗一幕！！！

理查三世·······················由加里克先生饰演

里奇蒙德·······················由基恩先生饰演

还有

（专门加场）

哈姆雷特的不朽独白！！

由著名的基恩先生朗诵！

曾在巴黎连续上演三百场！

欧洲演出合约在身

精彩表演只此一晚！

门票二毛五；儿童和仆人一毛。

之后我们就在镇子里闲逛。木结构的商店和房屋又破又旧，木头从来没刷过漆，都开裂了。它们都建在离地三四英尺高的木桩上，这样河水上涨时就不会漫进屋子。房屋周围有小小的花园，可除了曼陀罗、太阳花，似乎也没见费心种什么东西，到处是一堆堆灰土、翻边儿的旧鞋子旧靴子、瓶瓶罐罐、破布和废铜烂铁。篱笆是用不同板子前前后后钉起来的，全都东倒西歪，篱笆门只靠一根皮条当铰链。有些篱笆板子可能是什么时候涂了石灰，可公爵说，那肯定是哥伦布时代涂的。园子里总有猪来拱，人们会把它们赶走。

始哭叫，发誓说他和他的堂哥乔（就是另一个年轻人）一定会为今天的事情报仇。他说，他父亲和两个哥哥都被杀了，敌人那边也死了两三个。谢泼德森家的伏击了他们。伯克说，他父亲和兄弟应该等亲戚来的，谢泼德森家的太狠了。我问他小哈尼和索菲亚小姐怎么样了，他说他们已经过河了，安全了。听到这消息我很高兴，可伯克气急败坏，因为那天他朝哈尼开枪，却没能杀了他，我从来没听见过这样的口气。

突然，砰！砰！砰！枪响了三四声，那些人悄悄穿过林子，从后头包抄过来，没有骑马！男孩们朝河边跑去——两个都中弹了——他们一头扎进水里，那些人就在岸边跑，边跑边开枪，叫着，"杀了他们，杀了他们"！我太难受了，差一点儿从树上掉了下来。我不打算告诉**任何人**发生了什么，说起来就难受。我真希望我那晚没到河边去，没有看到这样的事情。我脑子里怎么也甩不掉这些事，时不时地梦见。

我一直待在树上，直到天黑，还是不敢下来。有时候，我听见子弹在林子里穿梭，有两回，我看见一帮家伙骑马挎枪，跑过木头仓库；我想争斗还没结束。我心情差透了，决定再也不靠近那栋房子，怎么说呢，这事情应该怪我。我想那张字条的意思是，索菲亚小姐会在两点半跟哈尼在什么地方碰头，然后一起私奔；我想我应该告诉她父亲字条的事，还有她行为古怪，这样，也许她就会被关在屋里，这堆可怕的破事就不会发生了。

等我爬下树，蹑手蹑脚沿着河岸走，看到两具尸体躺在水里，我拽着他们到岸边，蒙上了他们的脸，然后飞快地跑走了。蒙上伯克脸的时候，我哭了好一会儿，他对我多好呀。

天刚刚擦黑。我再也没有靠近那屋子，而是费力在林子里穿行，朝湿地走去。杰姆没在他的岛上，我又赶紧跋涉去河沟，钻过浓密的柳树，着急要跳上木排，离开这可怕的地方。可是木排不见了！我的天哪，我吓坏了！好一会儿喘不上气来。然后我喊了一声。一个声音，离我不到二十五英尺，说道：

"老天，是你吗，宝贝？别出声！"

是杰姆的声音——没什么比这声音更好听的了。我沿着河岸跑过去，上了木排，杰姆拉过我抱在怀里，见到我高兴坏了。他说：

"老天保佑，孩子！我以为你死了哪！杰克来过这里，他猜你中枪了，因为你没回家；所以我立马跑到河沟这里，准备好，一旦杰克再来，告诉我你**肯定**死了，我就走了。天啊，真高兴你回来了，宝贝。"

我说：

"是呀，太好了；他们找不到我的，他们以为我已经被杀死了，沿着河漂走了，那里出了点事儿，他们会这么想的，所以，别耽搁了，杰姆，赶紧划到大河里去，有多快就多快。"

一直到木排离那里有两英里远，到了密西西比河中央，我才松了口气。然后，我们挂上信号灯，觉得又一次自由了，也安全了。从昨天开始，我就一口东西没吃，所以，杰姆拿出一些玉米饼、牛乳、猪肉和卷心菜等青菜，这些东西做好了真是世界上最好吃的东西，我一边吃晚饭，一边和杰姆说话，惬意极了。我太高兴自己摆脱那个世仇了，杰姆也很高兴离开了湿地。我们说，说到底，没有比木排更像家的地方啦。别的地儿都又局促又憋气，可木排不是。在木排上，是多么自由、轻松、舒服啊。

第 十 九 章

　　两三天过去了，我想我可以说，它们悄悄游走了，安安静静、顺顺当当、开开心心地漂走了。我们是这样子打发时间的。面前是一条巨大的河流，有时候有一英里半宽，我们夜里划船，白天猫起来休息，天一擦黑，就不再漂流，而是把木排系好，我们总是系在沙洲下面的静水湾里，砍一些嫩嫩的杨树枝和柳枝，把木排盖起来。然后我们放好鱼线。接下来我们就跳进河里，好好游上一通，醒醒脑袋，凉凉身子；之后，我们坐在河底的沙床上，水有膝盖那么深，等着阳光到来。周围没有一点儿声音，安静得很，好像整个世界都在睡觉，只偶尔有几只牛蛙咕咕叫两声。越过水面，首先看见的是昏暗模糊的线条，那是对岸的林子，除此之外你看不清别的东西。然后天空有块地方微微发白，接着是更多的白色，一点点都变白了。远处的河流颜色慢慢变淡，看上去一点儿也不黑了，而是浅灰色，你可以看见一些小黑点儿在好远的地方漂动，那是行商的平底船什么的，还有长长的黑条，那是木排。有时候你还可以听见船桨的嘎吱嘎吱声，要么冒出人说话的声音，那么安静，声音从很远的地方传来。渐渐地，你可以看见水面上有条波纹，一看那波纹，你就知道湍流底下应该有什么把水流打散了，就形成了那种波纹。你还看见水雾打着卷儿从河面上升起来，东边露出红色，河流也开始发红，你渐渐看清林子边上有一个小木屋，在河对岸，像是木头仓库，房子感觉是胡乱盖的，墙缝大得你可以扔条狗进去。然后美妙的微风从河对岸吹来，凉风习习，清爽香甜，那是树木和野花的香味；不过有时候就不是那么一回事儿了，他们会把死鱼扔在那里，雀鳝什么的，臭得要死。接下来就天色大亮了，万物在阳光下微笑，鸟儿叫得那么动听!

一点点烟不会惹人注意,我们便从鱼钩上取下几条鱼,做一顿热腾腾的早饭。之后,看着河水寂寞流淌,懒洋洋的,我们也懒懒的,渐渐就睡着了。忽然醒转过来,看看是给什么吵醒了,有时就会看到一条汽船,轰隆隆逆流而上,它朝着对岸开去,隔得老远,你什么也看不清,只能分清它是船尾明轮还是转角导轮。接着,一个多钟头,听不见任何声音,也看不见任何东西,一片死寂。再之后你会看到远远有个木排漂过,上面可能有个傻瓜在削削砍砍,他们在木排上忙活的就是这些,你可以看见斧头扬起,等过了那个男人的头,你就听见"咔嚓",这一声得花好长时间,才从河那边一路传来。我们就这样消磨一天,无所事事,倾听寂静。一旦起了大雾,经过的木排什么的就会敲打铁罐,这样汽船就不会撞到它们了。有时候,经过的木排或驳船离我们很近很近,听得见船上的人说话、骂人、大笑——听得一清二楚,可人影儿却一个也瞧不见,让你觉得瘆得慌,就好像是鬼魂在空中跑过去了。杰姆说他相信鬼魂,可是我说:

"才不是呢,鬼魂可不会说,'他妈的大雾'。"

很快就到了晚上,我们该划船出发了。我们把木排划到河中间,然后就随便水流带它去哪儿,我们点上烟斗,俩脚丫子在水里晃荡,说起各种各样的事情。只要没蚊子叮,我们老是光着身子,不管白天晚上,伯克家给我的新衣服太好了,穿着别扭,再说了,我对衣服也没什么讲究。

有时候,好长好长时间,整条河流就属于我们俩。远处,在水那边儿,是河岸和小岛,有时候有光一闪,也许是小木屋里的蜡烛；有时候，水面上也可以看到一两下亮光，那是木排或驳船上的；也许你还会听到其中一个木排传来琴音或歌声。住在木排上真是太舒服了。头顶就是天空，群星闪烁，我们仰面躺在木排上，看着星星，它们到底是做出来的还是天生的呀。杰姆说它们是做出来的，可我觉得是天生的，我想，要是做出来的，那得花多长时间才能**做出来**那么多呀。杰姆说，月亮可以**生出**它们，好吧，听上去有点儿道理，我也没反驳，因为我见过一只青蛙生出了好多小蝌蚪，那么月亮当然也做得到。我们也看见过掉下来的星星，看见它们一道道从天上往下掉。杰姆说，它们坏掉了，所以从窝里被扔出来了。

有那么一两回，我们会看见汽船在夜里悄悄经过，它的烟囱冒出好多好多火星子，像雨一样洒在河面上，好看极了。然后，汽船转了个弯，灯光消失了，轰隆声也听不见了，河流重新安静下来，慢慢地，汽船带起的波浪涌到我们这里，让我们的木排微微摇晃，这时它已经开走好远了，之后你再也听不见任何声响，除了一两声蛙叫，你都不晓得到底过了多长时间。

过了半夜，岸上的人都休息了，有两三个钟头，河岸一片漆黑——小木屋窗里也没透出烛光。这些火光是我们的钟，蜡烛再次亮起就意味着快天亮了，我们会赶紧找一个地方藏起来，把木排系好。

有天早上，天快亮的时候，我找到一只小船，便划过一道急流，靠近了只有一两百码远的对岸。然后，我又往北划了大概一英里，来到柏树林里的河沟，想看看有没有什么浆果可以摘了吃。就在我经过横跨河沟的某条小道时，有两个人在小道上拼命跑。

我想我可是个逃犯，什么时候有人在追捕别人，那一定是在追**我**了，要么就是追杰姆。我正赶紧要逃，他们已经离我很近了，还朝我大喊，求我救救他们的命，说他们没干啥，却被人追，还说追的人和狗马上就要赶到了。他们打算直接跳上船，但我说：

"别跳。我没听见狗叫，也没听见马叫，你们还有时间钻过灌木丛，沿河沟往北再跑一段，然后下水，游到我这里再上船，这样的话，狗就闻不到气味了。"

他们照做了，然后上了船，我往我们的沙洲划去，过了大概五或十分钟，就听见了狗叫，远远还有人在喊。我听见他们沿路朝河沟那儿跑去，可看不见人影，好像是停下了，在那里乱寻一气，这时候我们已经越划越远，几乎听不见他们的声音了。等林子在身后一英里之外，船桨拍打在河流上，一切安静下来，我们朝沙洲划去，藏在杨木林里，终于安全了。

其中一个家伙大概七十岁朝上，秃顶，胡子花白。他戴着一顶耷拉下来的旧帽子，穿着一件油乎乎的蓝色羊毛衬衫，蓝色牛仔裤破破烂烂，裤腿塞在靴筒里，还系着家织的吊裤带——不对，只剩一根了。他胳膊上搭着一件破旧的蓝色燕尾服，上头缀着光滑的铜扣，他们俩都背着鼓鼓囊囊、破破烂烂的大毡布包。

另一个家伙三十岁上下，一副无赖的打扮。吃过早饭，我们躺下来聊天，这才发觉，这俩家伙互相不认识。

"你犯啥事儿了？"秃顶问那家伙。

"我卖去牙垢的东西，真的能去牙垢，就是通常把牙齿的珐琅质也给去掉了。我不该多待一晚上。我跑的时候，在镇子那条小路碰上你了，你说他们追来了，求我帮你逃走，我说，我自己也有麻烦，不过倒可以和你一**道**跑。整件事就是这么回事——你怎么了？"

"我在这里劝人戒酒呢，大概待了一个礼拜了，娘们儿不管年纪大小，都喜欢我，因为我让酒鬼们可舒服了，我**告诉**你，我一晚上能挣五六块钱，每个人一毛钱，孩子和黑奴免费。生意好着呢，不过不晓得怎么回事，昨儿晚上有人在传，说我自己也偷偷喝上一小盅。今儿早上，有个黑奴叫醒我，说镇上的人悄悄带着狗和马会合，马上就要来抓我，还说会给我半个钟头动身，然后再来追，追上了就准保给我身上涂上柏油，粘上羽毛（当时美国南方的私刑，就是往人身上涂上柏油，粘上羽毛，游街后吊死或烧死示众），带我游街。我早饭都没来得及吃就跑了，不过我倒也不饿。"

"老家伙，"年轻的那个说，"我听了觉着我们可以合伙儿干，你觉得呢？"

"我没意见。你的活计主要是啥？"

"我本行是印刷工，平时呢卖点儿专利药，我还会演戏，演悲剧。有机会就搞搞催眠，给人看看相，要么在学校教教唱歌地理啊换换口味，有时候还做个讲座。哎，我干的事儿可多了，大部分是有啥干啥，所以说也不成啥气候。你呢？"

"我给人看病好多年了。按摩是我的绝活，可以治癌症、瘫痪什么的。算命我也很拿手，只要身边有人替我先去摸清底细就行。我还擅长讲道，搞个野营布道会什么的，外加周边传传教。"

有一会儿，没人吭声，然后年轻人叹了口气，说：

"唉！"

"你唉啥呀？"秃顶说。

"没想到我会过成这样，落魄到跟这样的人搭伴。"然后他开始用破布擦拭眼角。

"呸，这样的伴儿还不够好？"秃顶毫不客气地说。

"是，对我**是**够好了，我就配这样的，是谁让我那么高贵却过得那么落魄？是我自己呀。我不是怪**你**，先生，根本没怪你；我不怪任何人。我活该。让冷酷的世界坏事干尽吧，我只知道，总有块地儿是我的坟头。世界会继续那样，从我这里夺走一切——我的爱人，财产，一切，但它夺不走我的地儿。有天我会躺在里头，世事皆忘，我那可怜的破碎的心就此安息。"他继续哭泣。

"哎，别再叨叨什么可怜的破碎的心了，"秃顶说，"你那可怜破碎的心拿给**我们**看有什么用？又不是**我们**给整的。"

"是，是，不是你们。我没怪你们，先生。我沦落到这个地步，是我自找的——是的，我自作孽。我活该遭罪，太活该了，我没抱怨。"

"你从哪沦落的？什么让你沦落了？"

"哎，说来你也不信，没人会信，算了吧，没关系。我出身的秘密——"

"你身世的秘密！你是说——"

"先生，"年轻人非常庄重地说，"我可以向你们透露，你们信得过。我实际上是个公爵！"

杰姆的眼珠子差一点儿掉了出来，我猜我的也差不离。秃顶说："不会吧！你说真的？"

"真的。我的曾祖父，是布里奇沃特公爵的长子，上世纪末，为了呼吸自由的空气，他逃到这个国家，在这里成了家，死了，留下一个儿子，他自己的父亲也差不多在那时候死了。已故公爵的次子抢去了头衔和地产，真正的公爵，那个婴儿，却无人过问。我就是那个婴儿的嫡系后代，我是正正宗宗的布里奇沃特公爵。可如今，我，这个被遗弃的人，被夺走了头衔和财产，被人追赶，被冷酷的世界鄙视，衣衫褴褛、精疲力尽、伤心欲绝，沦落到在木排上与恶棍为伍！"

杰姆很可怜他，我也是。我们想安慰他，但他说没用，什么也安慰不了他，可要是我们承认他是公爵，那比什么都强，我们说我们愿意，只要他告诉我们该怎么做。他说，我们跟他说话的时候应该朝他鞠躬敬礼，喊"大人""陛下"或"阁下"——要是直接喊他"布里奇沃特"，他也不介意，怎么说这都是个头衔，不是名字；吃饭的时候，我们应该有个人在旁边伺候他，他叫做什么就做什么。

嗯，这也不难，我们就照做了。吃饭的时候，杰姆站在一旁，服侍他，说"大人想要吃这个还是那个"什么的，是人都看得出来，那人高兴得很。

可年纪大的那个越来越沉默——他不想说话，对我们围着公爵拍马屁也不太乐意。他脑子里似乎在琢磨什么。就这样，到了下午，他说：

"听着，布里奇沃特，"他说，"我很同情你，可你不是唯一一个碰上那种事儿的。"

"不是？"

"不，你不是。你不是唯一一个从上流社会里被不公正地甩下去的人。"

"啊！"

"不，你也不是唯一一个有身世秘密的人。"说着，哎呀，**他**也开始哭起来了。

"等等，你什么意思？"

"布里奇沃特，我可以相信你吗？"上年纪的那个抽噎着说。

"信到死！"他抓住那人的手，使劲握了握，说，"你的身世秘密，说吧！"

"布里奇沃特，我是已故的法国皇太子！"

哎呀，我和杰姆大眼瞪小眼。然后，公爵说：

"你是啥？"

"是的，我的朋友，千真万确——你眼下瞧着的正是可怜的失踪了的法国皇太子，路易十七，路易十六和玛丽·安托万的儿子。"

"你！你这年纪！不可能呀！你说你是已故的查理大帝，那你得六七百岁了，至少。"[老家伙前面提到自己是皇太子（Dauphin），Dauphin是1349年至1830年法国皇太子的头衔，从1349年算起，离马克·吐温这部小说的叙事时间（1880年代）是五六百年，可公爵又把Dauphin误当作法兰克王国加洛林王朝的国王查理大帝（742—841）]

"这是折磨啊，把我搞成了这样子，布里奇沃特，是折磨，折磨让我头发花白，早早谢了顶。是的，先生，你们面前这个穿着蓝外套、可怜兮兮、四处漂泊的人，就是被流放、被践踏、受苦受难但货真价实的法兰西国王。"

好了，他哭了起来，还哭个不停，我和杰姆不晓得该怎么办，我们很可怜他，也很高兴、很骄傲他和我们在一块。所以，我们像之前对待公爵那样，开始试图安慰**他**。但他说没用，我们做什么都对他没什么用，不过他也说，要是别人按礼数对待他，跟他说话时单膝跪下，称他"陛下"，吃饭时先伺候他，他在场的时候都站着，除非他说坐下才坐下，这样他会觉得好受一些。我和杰姆便开始像对待"陛下"那样招呼他，为他做这做那，一直站在一边，直到他说我们可以坐下。这叫他好受多了，他终于舒心了。不过公爵就有点泛酸，对现在的事态一点儿也不满意，国王对他还是非常友善，说**他的**父亲很看重公爵的曾祖父，还有布里奇沃特公爵，常常让他们进宫，可公爵还是怒气冲冲，直到末了，国王说：

"我们又不会在这个木排上他妈的待很久，布里奇沃特，你酸个什么劲儿呀？只会叫大家都不舒服。我没有生为公爵也不怪我，你不是国王也不怪你，所以烦心个啥呢。随遇而安，我说，这是我的格言。我们在这里撞上也不坏，有吃有喝，轻松自在，来吧，握个手，公爵，让我们大家都做朋友吧。"

公爵伸出了手，杰姆和我见了也很高兴，一切不快都烟消云散了，我们对此大为开心，要是木排上有任何不对付，那就惨了，因为在木排上，头一条就是每个人都满意，大家高兴，彼此和气。

没多久，我就认定，这俩家伙满口谎言，根本不是国王，也不是什么公爵，就是下等的骗子、冒牌货。不过我什么也没说，没透露，自己守住秘密，这样最好，不会起争执，也不会陷入什么麻烦。他们想叫我们喊他们国王、公爵，喊啥我都没意见，只要大家太平无事，而且告诉杰姆也没啥好处，所以我也没有告诉他。要说我从我老爹那里学到了什么，那就是怎么和他那种人打交道：顺着他们，随他们去。

第 二 十 章

　　他们问了我们一大堆问题：想知道我们藏木排的法子，为啥白天休息而不是跑路，还有，杰姆是逃奴吗。我说：

　　"啥呀，逃奴会往**南方**逃？"

　　他们认为是不会。我得说清楚这事儿，所以我说：

　　"我家里人住在派克县，在密苏里，我生在那里，后来家里人都死光了，只剩下我和我爹，还有我弟艾克。我爹说他要离开，到下游去和本叔叔一起住，本在河边有一小块地，在奥尔良往南四十四英里。我爹很穷，欠了些债，所以等还清债，只剩下十六块了，还有我们的黑奴杰姆，这可不够我们跑上一千四百英里的，不管是坐统舱还是别的什么法子。有天，河里涨水，我爹来了运气，捞到了这条木排，所以我们想，我们可以坐这个木排南下奥尔良呀。可是我爹的运气没保住，有天夜里，一艘汽船把木排的一角给削掉了，我们都掉下了船，躲在汽船的涡轮下头；杰姆和我后来上来了，没事，可我爹喝醉了，艾克只有四岁，他们再也没浮上来。到了第二天，或者又过了一天，我们惹上麻烦了，老是有人坐小船来追我们，想把杰姆从我身边带走，说他是逃奴。所以我们现在白天就不跑了，晚上他们不会来烦我们。"

　　公爵说：

　　"让我想个办法出来，这样我们白天想走就能走。我会想出一个计划，搞定这件事。不过今天就先算了，大白天的过那镇子也不安全。"

　　到了晚上，天色暗下来，眼看要下雨。天压得很低，闪电到处乱喷，树叶也开始摇动，雨肯定不会小。公爵和国王仔细检查了我们的窝棚，看看床铺啥样。我的床铺是个草褥子，比杰姆的强一些，他的是玉米壳做的，玉米壳总有玉米穗儿，扎人，你在玉米壳上翻个身，就像在一堆枯叶子上打滚，发出的声响能把你自己吵醒。公爵说他睡我的床，可国王不肯。他说：

"考虑到地位的差异，你会明白，玉米壳床可不适合我睡。还是阁下你去睡吧。"

杰姆和我吓出了一身汗，生怕他俩又争起来，所以等听到公爵的回答，我们高兴坏了。他说：

"我总是被压迫者的铁蹄碾压，被踩进泥里，这就是我的命运。不幸已经击碎了我高傲的灵魂，我放弃，我屈服，这是我的命。这世上我孤身一人——让我受罪吧，我受得住。"

天一黑，是时候了，我们就动身了。国王告诉我们往河中间划，离镇子远远的以后再点火。我们看见一串串灯光在眼前慢慢经过——就是那个镇子——然后偷偷地划远，大概划出了半英里，行了。等我们已经往下游划出了四分之三英里，这才挂起了我们的信号灯。大概十点钟的时候，开始下雨，电闪雷鸣，风雨交加，国王叫我们待在甲板上守着，直到天气转晴，他和公爵钻进窝棚里过夜去了。我要守到十二点，不过就算有张床，我也不会上床睡觉，这样的暴雨可不是每天能看到的，根本看不到。我的天啊，风是那样地呼叫！每隔一两秒，就会雷电一闪，照亮了周围半里的白色浪花，你可以看见雨中的岛屿灰蒙蒙的，树干在风中激烈地摇摆；然后就是**哗啦**！砰！砰！砰卜砰卜砰卜砰卜砰砰！雷声隆隆，渐渐地轻了，停下来，然后**嘶啦**，又一个闪电，又一声响雷。水浪好几回差一点把我冲下木排，不过我也没穿衣服，无所谓。我们也碰上了水底急流，好在闪电一个接一个，没完没了，把周围照得通亮，所以我们看得清清楚楚，有充足的时间可以让木排的头掉来掉去，躲过那些急流。

我要守上半夜，可我已经困得不行，杰姆就说他可以替我守，杰姆对我总是那么好。我钻进窝棚，国王和公爵睡得四仰八叉，没给我留下什么地方，我就躺到了窝棚外头，我才不在乎雨呢，雨水很温暖，浪头也没那么高。不过半夜两点钟，浪头又高了起来，杰姆正要叫醒我，但变了主意，他觉得浪头还没高到会有危险，可是他错了，没多久，一个浪头打过来，把我冲翻了。杰姆哈哈大笑，几乎岔过气去。他真是碰到什么事儿就笑。

换我守夜了，杰姆躺了下来，打起了鼾。渐渐地，风暴完全停息了。一看到第一个小木屋的烛光，我就叫醒了他，我们把木排悄悄划到一个地方，准备白天都藏在那儿。

早饭后，国王拿出一沓破破烂烂的纸牌，和公爵玩了会儿"七点"，每局五分钱。后来他们玩厌了，就说要"订一个作战计划"，他们就是这么说的。公爵俯下身子，伸进毡布包里，拿出许多广告单，大声念起来。一张广告单上写着，"著名的阿曼德·德蒙特班博士，来自巴黎"，将在某时某刻某地做一场"论颅相学"的讲座，入场券一毛，另有详尽图表，两毛五一份。公爵说，那就是**他**。另一张广告单上，他是"世界著名莎士比亚悲剧演员，伦敦杜鲁里巷的小加里克"。还有其他广告单，上头的名字各式各样，拥有各种精彩绝活儿，比方说用"神棒"找水淘金，要么是"驱邪破咒"，等等等等。一会儿，他说：

"只有演戏是我的最爱。你有没有上过舞台，陛下？"

"没有。"国王说。

"那你应该试试，用不了三天就会了，落入凡间的王子，"公爵说，"我们到下一个镇子，就租个礼堂，演一场《理查三世》的剑斗和《罗密欧与朱丽叶》的阳台恋曲。你觉得怎么样？"

"算我一个，有钱赚的，我都入伙，布里奇沃特；不过，你瞧，我压根儿不懂演戏，也没看过什么戏。父亲在宫里看戏的时候，我还太小。你觉得你可以教我吗？"

"那还不容易！"

"行。正想干点新鲜儿的。这就开始吧。"

于是公爵就告诉他，罗密欧是谁，朱丽叶又是谁，他一直扮演罗密欧，所以国王可以演朱丽叶。

"可是，朱丽叶是个小姑娘，公爵，我的光脑袋和花胡子可不像啊。"

"没关系，别担心，乡下人根本不会注意。再说了，你要化装，穿上戏服，那就完全变了个人儿了。朱丽叶站在阳台上，临睡前享受着月光，她穿着睡袍，戴着褶边睡帽。喏，这是戏服。"

他拿出两三套印花窗帘布做的衣服，说是理查三世和另一个小伙的中世纪盔甲，然后又拿出一件长长的白色棉布睡袍和一顶配对的褶边睡帽。国王很满意，公爵便拿出书，把他那部分台词用最做作夸张的语调念了一遍，边念还边做动作，向国王展示该如何演戏，然后他把书递给国王，叫他记住他的台词。

河湾下游三英里的地方，有一个巴掌大的小镇，午饭过后，公爵说，他已经想出了一个主意，可以白天上路，不会给杰姆带来危险，他说他会去那个小镇，搞定这件事情。国王说他也去，看看能不能鼓捣点儿啥。正好我们的咖啡喝完了，杰姆说，我最好和他们一起坐小船去，弄点咖啡来。

到了小镇，没啥动静，街道空荡荡的，死气沉沉，就像礼拜天那样。我们看到一个病恹恹的黑奴，自个儿在后院晒太阳，他说镇上的人，除了太小太老的，要么病得太厉害的，都去两英里外的树林里参加野营布道会去了。国王问清了方向，说要去看看那野营布道会到底咋样，我也可以和他一道去。

公爵说，他要找印刷所。我们找到了，是家小企业，在一家木工店楼上——木工和印刷工全参加布道会去了，门都没锁。里头乱糟糟脏乎乎的，墙上到处是墨迹，贴满了传单，上头是马和逃奴的图片。公爵脱下外套，说他可以开始干事儿了。我就和国王去野营布道会了。

我们到那里走了半个钟头，一身汗，天气热得要命。会场大概聚了一千来个人，都是从周围二十英里的地方赶过来的。林子里到处拴着马车，牲口吃着马车上的饲料，踢踏蹄子驱赶苍蝇。还有一些木棍搭起的棚屋，顶上盖着树枝，卖柠檬水和姜饼，还有成堆的西瓜、嫩玉米什么的。

布道会也是在这样的棚屋下头，就是大一些，里头挤满了人。长凳是用外头的圆木木板做的，圆边上钻了几个洞，插了木棍当凳腿，没有靠背。布道者站在棚子一头的高台上。女人们戴着太阳帽，有些穿着棉布连衫裙，有些穿着方格花布裙，几个年轻姑娘穿着印花棉布裙。一些年轻小伙光着脚，有些孩子几乎什么都没穿，光穿着一件棉布衬衫。有些老太太在那里织东西，还有些年轻人偷偷打情骂俏。

　　我们碰到的第一个布道者在那里唱赞美诗。这位牧师先唱两行，其他人就跟着唱两行，听着挺有气势，因为有那么多人跟着唱，还唱得特激动；然后牧师再唱两行，让他们跟着唱——就这样唱下去。越来越多的人起了劲头，唱得也就越来越响，到最后，有些人开始哼哼，有些人开始喊叫。牧师便开始布道，非常热诚，他先跑到高台这头，再跑到另一头，然后从台上弯下身子，挥动胳膊，跑来跑去，可着劲儿喊。他时不时地举起《圣经》，打开，像是传给别人看，喊着："荒野里有一条厚颜无耻的毒蛇！活着就要看《圣经》！"人们也跟着大喊："荣耀归我主，阿—阿门！"他继续布道，人们呻吟，哭叫，喊"阿门"：

　　"哦，到忏悔者的长凳这里来！来啊，罪人！（阿门！）来啊，病痛折磨的人！（阿门！）来啊，又瘸又跛又瞎的人！（阿门！）来啊，穷困潦倒的人，羞愧难当的人！（阿门！）来啊，所有疲惫的、被玷污、受苦受难的人！（阿门！）带着破碎的心来吧！带着忏悔的心来吧！穿着你的破衣烂衫，带着罪恶和污垢来吧！清洗的净水无限供应，天堂的大门向你敞开——哦，进来吧，安息吧！（**阿—阿门！荣耀我主，荣耀哈利路亚！**）"

　　等等等等，又是叫又是哭的，你也听不清牧师在说什么。人们站起身，拼命往忏悔凳那里挤去，脸上流着泪水；等到所有的忏悔者全挤在前排的忏悔凳那里，他们开始唱歌，喊叫，扑倒在草地上，发了疯一样。

　　我还没反应过来，国王已经朝那里走过去了，你可以听见他的声音比谁都响，接着，他跳上台，牧师叫他给大伙儿讲话，他就照办了。他告诉大伙儿，他在印度洋当了三十年海盗，去年春天一场战斗，他损失了大量船员，所以回家乡来招新，可是谢天谢地，他昨晚被抢了，从一艘汽船上被扔在岸边，身无分文，对此他很高兴，而且，这是发生在他身上最幸福的事情，因为此刻他已经成为新人了，生平头一回觉得那么快乐。虽然他这么穷，他还是要立刻动身，回印度洋去，用余生去劝说那些海盗皈依正道。他熟悉印度洋的所有海盗船员，能比别人做得都好，就算没有一点儿盘缠，到那里要花好长时间，他还是要去，"别谢我，别赞美我，这一切都要归功于伯克维利野营布道会上亲爱的人们，他们是天生的兄弟，种族的恩主，还要归功于那位亲爱的牧师，他是我这个海盗最真诚的朋友！"

然后他突然哭了起来，大伙儿也都哭了起来。有人喊："为他筹点钱嘛，筹点儿！"五六个人立马开始掏钱，有人喊："叫**他**把帽子传过来！"每个人都这么喊，牧师也喊起来。

就这样，国王在人群中穿行，用帽子擦拭眼角，他祝福人们，赞美他们，感谢他们对远方的穷海盗那么好。时不时地，还会有漂亮姑娘，脸上淌着泪水，跑上来问能不能亲他一下，好记住他，他都由着她们，有些他还搂过来亲了五六回——有人邀请他去家里住上一个礼拜，每个人都想让他住到自己家去，说他们觉得这是他们的荣耀，可国王说，这是野营会最后一天了，他没办法，而且他还要立刻赶回印度洋，去劝说那些海盗改邪归正呢。

等我们回到木排，国王数了数筹来的钱，总共有八十七块七毛五。他还顺回来一壶三加仑的威士忌，那是他在准备返回时穿过林子的时候在一辆马车底下找到的。国王说，总的来说，这回得来的钱比他以前走布道路线得来的都要多。国王说，光会夸夸其谈没有用，海盗一和野营会连在一起，异教徒就完全比不上海盗了。

公爵原以为**他干得**很不赖呢，直到国王摆出他的战绩，不过之后他又觉得也就这么回事儿。他在那间印刷所里，给农夫们排版印了两回卖马的传单，收了钱，每回四块。他对来人说，报纸广告要十块钱，要是提前给，只用给四块，他们答应了。订报纸一年两块，提前给，每份只要五毛，这样他又订出去三份。农夫们本来打算跟往常一样用木柴和洋葱来支付，可公爵说，他刚把这里买下来，虽然把价格压得很低，他能付得起，可接下来还需要资金周转经营。他写了一首小诗，这是他自己想出来的，是从他的脑袋瓜里想出来的。诗有三行，甜美而忧伤，写的是："来吧，冰冷的世界，碾碎这颗破碎的心。"他已经把这三行诗排好版，准备印在报纸上，一分钱的费用都没收。嗯，他挣了九块五，他说，这是他干了整整一天挣来的。

然后他还向我们显摆了他印的另一样东西，也没有收费，因为那是给我们印的。上头有一幅逃奴的图片，肩挑一根木棒，上头挂着包袱，图片下头写着"酬金两百块"。传单内容都是关于杰姆的，从头到尾都是照着他样子写的。说此人去年冬天从新奥尔良南边四十英里的圣雅克种植园逃跑了，很可能北逃，谁逮住他并送回去，就可获得酬金和路上开销。

"好了，"公爵说，"过了今晚，我们就可以白天也上路了。不管看到谁来，我们都可以用绳子绑住杰姆的手脚，让他躺在窝棚里，向人出示这张传单，说我们在上游抓住了他，因为太穷，坐不起汽船，就从朋友那里借了这个小木排，准备去领取酬金。要是给杰姆戴上手铐和脚镣当然更好了，可那就跟我们的说法不太搭了，我们那么穷，搞得太过头，就像戴上金银珠宝一样。用绳子就对了，就像我们在台上说的，必须前后统一。"

我们都说公爵很聪明，这样白天赶路就不会有任何麻烦了。我们盘算了一下，等公爵在印刷作坊干的事在小镇传开时，我们应该早就离开这个是非之地了，然后我们就可以想去哪就划去哪了。

我们躲好了，静静等着，一直到将近十点钟才把木排划出来，然后悄悄离开了这个镇子，直到再也看不见它了，才挂起信号灯。

凌晨四点钟，杰姆叫醒我守夜，说：

"哈克，你觉着我们这一路还会碰到更多国王吗？"

"不，"我说，"我想不会了。"

"好，"杰姆说，"那就行。一两个国王就算了，再多可不行。这一个醉得一塌糊涂，公爵还好一些。"

我发觉杰姆想让国王说点法国话，这样他就可以听听法国话到底什么样儿；可国王说他在这个国家待得太久，遇到的麻烦太多，都给忘了。

第 二 十 一 章

太阳升起来了，不过，我们继续前行，没有停下木排。国王和公爵看上去木呆呆的，不过等他们跳进水里，游上一圈后，又焕然一新了。早饭后，国王坐在木排一角，脱下长靴，卷起裤子，两条腿伸进水里晃来晃去，十分惬意，然后点起烟斗，开始背诵他的《罗密欧与朱丽叶》。等背熟了，他和公爵开始一起排练。公爵一遍遍教他怎么念台词，怎么叹息，怎么把手捂在心口，过了一会儿，他说国王已经演得很好了，"只是，"他说，"你不用那样子大吼'**罗密欧**！'，像头牛一样，你要轻轻地喊出口，病恹恹地、憔悴地，这样喊，罗——哦——哦——密欧！就这么喊。朱丽叶是个温柔的小姑娘，可不会像公驴那样乱叫。"

接着，他们抽出一对长剑，那是公爵用橡树枝做的，开始排练剑斗。公爵自称理查三世，他们在木排上昂首阔步，猛烈进攻，非常壮观。不过，没一会儿，国王绊了一跤，掉进了水里头，他们便停下来休息，高谈阔论以前在大河上的各种冒险经历。

吃过中饭，公爵说：

"好了，卡佩国王，我们一定要搞一场顶呱呱的演出，所以我想我们得添点儿什么。观众喊'安可'（意为'再来一个'，指演出结束时要求演员增加额外的表演）的时候，我们得准备点返场的东西。"

"什么叫'安可'，布尔奇沃特？"

公爵告诉了他安可的意思，然后说：

"我会跳一段苏格兰高地舞，或者水手的号笛舞。你嘛，嗯，叫我想想，有了，你可以演一段哈姆雷特的独白。"

"哈姆雷特的啥？"

"哈姆雷特的独白，这可是莎士比亚最著名的一段了。哎，真是太棒了，太棒了！总能抓住所有观众的心。我没有这本书，我手头只有一卷，可我应该能背出来。我就来回走走，看看是不是想得起来。"

他便来回走动，动脑筋，不时皱起眉头，又扬起眉毛，接着用手揉着前额，跌跌撞撞地往后退，发出某种悲叹，之后叹一口气，再掉下一颗泪珠。见他这样真是太好玩了。不一会儿，他想起来了，叫我们注意听好。然后，他摆出最高贵的姿势，一条腿往前，胳膊往上，头朝后仰，看向天空，嘴里叽里呱啦咕咕哝哝咬牙切齿，之后，他边念台词边大声喊叫，唾沫星子乱飞，胸膛高高鼓起，**我**之前看戏，从没见过这样的架势。这就是念台词啊。他这么教国王，我也很容易就学会了：

生存还是毁灭，用一柄小小的刀子

才甘心久困于患难之中；

谁会容忍这一切，直到勃南森林会到邓西嫩来，

但是对死亡之后的不可知的惧怕

杀死了清白无辜的睡眠，

大自然的第二道菜，

我们宁可投出命运的暴虐的毒箭

也不愿逃到我们所不知道的地方去。

正是这方面，不能不使我们踌躇顾虑：

用你打门的声音把邓肯叫醒了吧！我希望你能够叫醒他！

谁愿意忍受人世的鞭挞与嘲弄，

压迫者的凌辱、傲慢者的冷眼

和法律的迁延，他的痛苦带来的解脱。

在万籁俱寂的午夜守望的时候，鬼魂都在此刻从坟墓里出来

穿着礼俗上规定的丧服

那从来没有人回来过的神秘之国，

向人世吐放疠气

决心的炽热的光彩，就像格言里的可怜的猫

蒙上了忧虑

我们屋顶上低回的乌云

它们因此逆流而退

失去了行动的意义。

那正是我求之不得的天大的好事。但是亲爱的你，

美丽的奥菲利亚

你这已死的尸体，全身甲胄

你就应该被送去修道院——去呀！（公爵这段台词，将《哈姆雷特》《麦克白》《罗密欧与朱丽叶》等莎剧里的台词胡乱掺杂在一起，有些他自己还改动了语句）

说起来老家伙很喜欢这台词，很快便领会了奥妙，念得非常棒。似乎他天生就是演戏的料，一开始排练，他就激动得很，又叫又跳，前倒后歪，样子十分好玩。

一到下一个镇子，公爵就逮着机会印了一些戏单。此后我们又漂了两三天。木排真是个让人特别开心的地方，整天不是剑斗，就是公爵嘴里的排练。有天早上，已经进了阿肯色州，大河湾里的一个小镇出现在眼前。我们在离它不到四分之一英里的地方系好木排，那里是一条小溪的溪口，柏树罩着像个洞穴，

所有商店都是沿街门面。前面是白色居家的遮阳篷，镇上人都把马系在遮阳篷的立柱上。遮阳篷下是货物箱，游手好闲的人整天坐在上头，用折刀削来削去的。他们嚼着烟草，打着哈欠，伸着懒腰，就是一伙地痞无赖。他们通常都戴着黄色的草帽，帽檐宽得跟伞似的，但不穿外套，也没穿背心，他们喊对方比尔、伯克、汉克、裘、安迪，说起话来拖长了声调，懒洋洋的，骂人话不老少。每根廊柱上至少都靠着这样一个家伙，手插在裤兜里，除非为了借一口烟草或这里那里挠挠，绝对不会伸出来。他们说来说去老是这几句：

"给我口烟，汉克。"

"不行，我只剩一口了。问比尔要。"

也许比尔会给他一口，也许也会撒谎，说没有了。这些无所事事的家伙，有的身上从来没有半毛钱，也没有一口自己的烟草，他们的烟草都是讨来的。他们会跟旁边人说："借我口烟吧，杰克，我刚把自己最后那口给本·汤普森了。"全是瞎话，除了生人谁也骗不过，但杰克不是生人，所以，他说：

"**你**给了他一口烟，是吗？叫你妹的猫奶奶也给他一口吧。先把你借我的烟都还我，莱夫·巴克纳，然后我会借你一两吨，都不要一点儿抵押。"

"我**可是**还了你一些烟的。"

"是啊，还了六口吧。可是你从我这借走的是店里买的板烟，还来的却是黑烟。"

烟店里是又黑又扁的板烟，可这些家伙大多抽树叶子卷起来的烟草。他们借烟，不是用刀子切下一块，而是把板烟放在牙齿中间，用牙咬住，然后双手使劲拽，直到掰成两半。有时候，那个有烟的，看到剩下的烟还回来时，心痛得要命，挖苦道：

"算了，还是把咬下来的**那口**还我，这剩下的你拿着吧。"

所有街道小路全是泥；它们本身就是泥，像柏油一样黑，有些地方几乎一脚深，其余的也**都有**三英寸深。猪跑来晃去，到处哼哼。你看见浑身是泥的母猪和一群小猪懒懒地沿街跑来，母猪直接半路躺倒，路人只好绕道，它伸开四肢，闭上眼睛，晃着耳朵，让那些小猪拱着吃奶，看着很高兴，像有薪水拿。没一会儿，你听见有个懒汉在喊："嗨！**就这样**，伙计！咬它，死命咬！"母猪发出最恐怖的尖叫声，叫着跑开了，一两条狗在它两边上蹿下跳，然后又跑来三四十条；接着你就瞧见所有懒汉都站起身来看热闹。随后他们坐回原地，直到狗打起架来才又一次起身。没有什么事情能像狗打架那样让他们那么开心，他们给狗涂上松节油，然后点着火，或者在它尾巴上系上一个铁罐，看它飞奔，一直奔到筋疲力尽。

在河上游，有几栋房子，伸出在河面上，歪得快要跌到水里头去了，里头的住户搬了出去。河岸有一角，下头也被慢慢掏空了，悬在那里晃悠悠的。有人还住在上头，可真够危险的，因为有时候，像房子那么大一块地突然就垮陷了。还有时候，四分之一英里长的一条地，会一点点给水冲走掏空，直到那片地在一个夏天全部沉进水里。这样一个镇子不得不一直往后撤，后撤，后撤，因为河水一直在吞噬陆地。

越靠近中午，街上的马车马匹就越来越多，而且一直不断。乡下人随身带着中饭，在马车里吃。也有人开始喝威士忌，我就看到了三场打斗。一会儿，有人喊：

"老博格斯家的来了！每个月都从乡下过来喝点儿小酒。他来了，伙计们！"

懒汉们看上去很高兴，我猜是因为他们老拿博格斯打趣。其中一个说：

"猜猜这回他嚼谁的舌头。要是他把过去二十年他要开涮的人全都说叨一遍，现在肯定名声在外了。"

另一个说："我倒希望老博格斯来吓唬吓唬我，这样我就知道我可以活上一千年都不会翘辫子了。"

博格斯坐在马上，东倒西歪，像印第安人那样又吆喝又叫嚷，喊道：

"让道让道！我要去打仗了，你们的棺材本儿又要涨了！"

他醉了，骑着马歪歪斜斜往前，看着五十多岁，脸膛通红。每个人都冲他叫骂、嘲讽、挖苦，他也回骂，说他要过来，把他们摔个四脚朝天，可这会儿没时间，因为他来镇上是要杀了老舍伯恩上校，他的格言是："先吃肉，再喝汤。"

他看见了我，骑马上前，说：

"孩子，你打哪儿来，在这里找死？"

然后就骑走了。我很害怕，不过有个人说：

"他没啥心眼，他醉了就那样儿。他是阿肯色最天真的老傻瓜，从来没伤过一个人，不管醉着还是醒着。"

博格斯骑马过了镇上最大一家铺子，低下头，方便看清楚遮阳篷下的人，然后喊道：

"出来，舍伯恩！出来会会你诈骗的人。你就是我追捕的卑鄙无赖，我这就来抓你了！"

他继续叫喊，舌头翻滚着能想到的每一个字眼，街上挤满了人，大伙儿边听边笑，跟着起哄。一会儿，一个看上去很傲慢的家伙，年纪五十五岁左右，是镇子上打扮得最光鲜的，走出店铺，人群往两边后退，给他让出道来。他一脸平静，慢悠悠地对博格斯开口：

"我烦透了你这个，不过我会忍到一点钟。到一点钟，小心了——就到一点钟。要是那之后，你这张嘴再对着我，你不管跑多远，我都能抓着你。"

然后他转身进屋。人群看着相当镇定，没有人骚动，也没有一点儿讥笑声。博格斯一边大声咒骂舍伯恩，确保他听得见，一边骑马沿街离开了；可没过一会儿，他又回转来，停在店铺跟前，继续叫骂。人们围着他，想叫他住嘴，可他不肯。他们告诉他，再过一刻钟就一点钟了，他**得**回家去——得现在就走。可没有用。他还是可着劲儿叫骂，把帽子扔在泥地里，骑马踩上几遍，不久，他又怒气冲冲地沿街跑开了，灰白头发在风中飞舞。每个有机会靠近他的人，都使劲哄他下马，好把他困住，让他清醒点儿，但都没用——他又东倒西歪地冲上街头，对舍伯恩展开了新一轮咒骂。过了一会儿，有人说：

"去把他闺女找来！快点，找他闺女来，他有时候听她的话。要是有人能劝住他，就只有她了。"

有个人赶紧就跑去了。我沿着街道走开了一点儿，停下脚步。大概过了五分钟或十分钟，博格斯又冲来了，这回没骑马。他跟跄着穿过街道冲我走来，光着脑袋，两个朋友一人一边架住他胳膊，催促他快走。他没说话，看上去心神不安。他没有后退，反而自己也快步走着。有人喊道：

"博格斯！"

我抬头张望是谁在喊他，正是舍伯恩上校。他就静静站在街道中间，右手举着一把手枪——不是对准博格斯，而是握着枪柄，枪头朝天。就在那时，我看见一个年轻姑娘跑来，还跟着两个男人。博格斯和男人转身，看是谁在叫他，而当他们看到手枪，俩男人跳到一边，枪把慢慢往下，放平——两个枪筒都上了扳机。博格斯举起双手，说："哦上帝，别开枪！"砰！一枪打响，他踉跄后退，手在空中乱抓，砰！第二枪，他两臂张开，往后摔倒在又厚又硬的地上。年轻姑娘尖叫着冲过来，扑倒在父亲身上，哭喊着："哦，他杀了他，他杀了他！"人群围拢过来，推推搡搡，外边的伸长了脖子要看清楚，里边的努力把他们往外推，喊着："往后，往后！让他透点气，给他透点气！"

舍伯恩上校把手枪扔在地上，蹭着筒靴，转身离开了。

他们抬着博格斯去了一家小药房，人群还是紧紧围着，整个镇子的人都跟在后头，我冲过去，抢到一个对着窗户的好位置，那里离他很近，可以看见店里头。他们把他放平在地上，往他脑袋底下枕了本大大的《圣经》，然后又打开一本，摊开在他胸上；他们之前先撕开了他的衬衫，我看到胸口有一个枪眼儿。博格斯大口喘了十几口气，吸气的时候，胸膛把《圣经》顶了起来，呼气的时候又落了回去，之后他就一动不动，死了。他们把尖叫哭喊的女儿从他身边拉开，带她离开了那里。她十六岁上下，相貌非常甜美温柔，但脸色死白死白，吓坏了。

　　很快，整个镇子的人都你推我挤地往那里涌，扒拉着人群要去窗边往里头瞧，但是占据了那个位置的人不让他们上前，而他们身后的人一直在喊："好了，家伙，你可看够了，你一直站那儿，不叫别人捞着机会看，这可不讲理啊，不公平，其他人跟你一样有权利看。"

　　人们吵个不停，我偷偷溜了出来，想着一会儿可能会闹事。街上全是人，所有人都很兴奋。看见开枪的告诉别人事情是怎么发生的，这样的人身边都围了一大伙人，伸长了脖子听。一个瘦高个儿，头发长长的，后脑勺扣个大白皮帽子，拄着根弯柄手杖，从之前博格斯和舍伯恩对峙的地方走出了人群，人们围在他后头，跟着他从一个地儿走到另一个地儿，看着他的一举一动，使劲点头表示明白，还微微弯腰，手放在大腿上，看他用手杖在地上标出位置，然后那人就在舍伯恩站过的地方，立得笔直，皱起眉头，帽檐挡住眼睛，喊道："博格斯！"之后伸出手杖，慢慢放低，喊"砰！"，跟跄后退两步，再喊"砰！"，然后直挺挺地仰面跌倒在地。看过事发过程的人都说他演得太像了，说事情就是他演的那个样子。几十个人拿出了酒请他喝。

　　没过多久，有人开口说，舍伯恩应该被处以私刑，一下子大伙儿都这么说，于是，这伙人又喊又叫，疯狂地跑去扯下每一根晾衣绳，要拿来吊死那个舍伯恩。

第 二 十 二 章

这伙人像印第安人那样，高声叫嚷，怒气冲冲，往舍伯恩家冲去，什么都要为他们让道，不然就被撞倒了，踩碎了，看着真是可怕。小孩子尖叫着，跑在这伙暴徒前头，尽量不挡道儿；沿路的每扇窗户都挤满了女人的脑袋，每棵树上都站着小黑鬼，每片篱笆墙后头都有小伙姑娘探头探脑；暴徒们快到跟前时，他们就退到远远的挨不着的地方。好多妇女姑娘哭个不停，吓得半死。

他们在舍伯恩家的篱笆前挤得密不透风，吵闹声让你没办法细想。这是个二十英尺宽的院子。有些人喊："拆了篱笆墙！拆了篱笆墙！"然后就是咔嚓刺啦又拆又砸的响动，篱笆墙倒了下来，前头那堵人墙便像海浪一样滚滚涌入。

就在那个时候，舍伯恩从楼上出来了，踏上了门廊的屋顶，手里握着双筒猎枪，平静镇定地稳稳站好，一言不发。吵闹声停了下来，人潮开始往后退去。

从头到尾舍伯恩没说一句话，就是站在那儿，看着下头的人。这种安静好瘆人，叫人心慌。他的眼睛慢慢扫过每个人，不管落在谁身上，那人都不敢看他的眼睛，他们垂下眼睛，一副鬼鬼祟祟的样子。没过一会儿，舍伯恩就笑了起来，不是让人开心的笑，而是那种让你觉得你正在吃的面包掺了沙子的笑。

然后，他满怀轻蔑地慢腾腾开口：

"**你们**居然想对人上私刑！可真有意思。你们居然觉着有足够的胆子，来私刑一个**男人**！就因为你们有种，敢把穷困交加、无依无靠、被人抛弃的女人涂上柏油、粘上羽毛，就让你们有胆子来向一个**男人**下手了？哎，不过就算有一千个你们这种人，只要是大白天，只要你们没在背后下黑手，那**男人**就没事。

"我了解你们这种人吗？我可知道得一清二楚。我在南方出生长大，也在北方生活过，我知道全国各地的凡夫俗子都啥模样。凡夫俗子就是胆小鬼。在北方，他这种人，所有人只要想都可以踩他头上过，而他只能回家，祈祷自己有颗谦逊的心，好忍下这一切。在南方，一个人可以单枪匹马，在大白天拦住一辆坐满了人的马车，把它抢个精光。你们报纸不停吹捧你们是勇敢的人，你们就自以为比别人都有胆了——可你们的胆子就跟凡夫俗子一**样**，一分不多。你们的陪审团审判员为啥不去吊死杀人犯呢？还不是因为他们害怕那人的朋友在夜里从背后开枪啊——那正是他们那种人**会**干出来的事儿。

"所以他们老是判他无罪，然后就有个**人**，带着百来个蒙面胆小鬼，在晚上从后头偷袭，将那个流氓处以私刑。你们错在没带那样一个人来，这是一个失误，另一个就是你们没有在晚上蒙上面纱再来。你们好歹带来了一个人，算**半个**吧——伯克·哈克尼斯——要不是他煽风点火，你们早都跑没影儿了。

"你们根本就不想来。凡夫俗子可不想惹麻烦，招危险。**你们**不喜欢麻烦和危险。但只要有**半个人**，像伯克·哈克尼斯那样的，喊'处死他！处死他！'，你们就不敢溜了，因为害怕别人发觉你们就是**胆小鬼**，所以你们也喊起来，跟在那半个人的屁股后头，怒气冲冲地跑到这里来，吵着要大干一场。最可悲的就是当个暴民，军队就是这么回事，一群暴徒，他们不是靠天生的勇气打仗，他们是仗着人多，仗着有长官带头。不过，没有**人**脑子的暴民，都**不值得**可怜。**你们**现在要干的，就是夹着尾巴，老实回家，找个洞钻好。就算真的要动什么私刑，也要夜里下手，这才是南方的派头，等他们来了，他们会戴上面罩，再带上个人。好了，**滚吧**，带上你们那半个人滚！"说着，他举起枪往左胳膊一抡上膛。

人潮突然就朝后退去，一下子就散开了，不过离开时还是一路又拆又砸，伯克·哈克尼斯没皮没脸地跟在后头。要是我乐意，我还可以再待上一会儿，但我也不想待了。

我去了马戏团，在演出场地背后晃悠，看守的一跑开，我就偷偷溜进了帐篷。我身上有二十块，还有一些零钱，可我想最好还是存起来，出门在外，无亲无故的，不晓得什么时候就要用上。怎么小心都不为过。要是实在不能看白戏，我也不反对花钱，但花钱看马戏毕竟是**浪费**，没好处。

这个马戏团真的超一流。一对对男女肩并肩骑马入场，场面十分壮观。男人（至少有二十来个）穿着衬裤汗衫，没穿鞋，也没穿马镫，手搭在大腿上，悠闲自在；女士面容姣好，美艳动人，看着就像一群如假包换的皇后，衣服珠光宝气，得值好几百万。场面太炫了，我从来没看过这么精彩的。他们又一个个在马上站起身，立住了，绕着场子，由马踢踏前行，这么温柔、流畅、优雅，男人看上去那么高挑、笔直又轻盈，他们的脑袋一起一伏，在帐篷顶下慢慢掠过，每位女士的裙子都包住了屁股，玫瑰花瓣般的裙摆丝滑轻扬，看着就像最可爱漂亮的遮阳伞。

他们溜达得越来越快，所有演员都舞动起来，先是一只脚悬空，然后换另一只，马的身子越来越倾斜，马戏指挥围着中间的柱子一遍遍跑，甩动鞭子，叫道"嗨！——嗨！"，小丑跟在他后头叫嚷搞笑。接着，所有的手都松开了缰绳，每位女士都把手搭在屁股上，每位先生都张开了双臂，而马都倾斜着身子，弓起了背！就这样，这些演员一个接一个都跳进了池子里，鞠躬示意，动作漂亮极了，然后又蹦跳着离场，每个人都鼓起掌来，高兴得疯了一样。

整场马戏表演精彩不断，小丑也把观众乐坏了。马戏演出指挥说他一句，他就立刻挤眉弄眼，用最搞笑的动作回敬，噎得指挥没话说。他怎么**能**想出来这么多好玩的把戏啊，还反应那么快，又那么恰到好处，我真是服了，唉！我一年到头也想不出一个来。没一会儿，一个醉汉要往池子里蹿，说他也想骑马，比谁骑得都好。池子里的人跟他吵了起来，要赶他出去，他不肯听，演出停了下来。观众冲他叫嚷，奚落他，气得他发疯，他开始又打又闹，这下观众被惹火了，一群人挤倒长凳涌进池子，喊："打翻他！扔出去！"一两个女人开始尖叫。马戏演出指挥见状发表了一个小小的演讲，说，他不想引起骚乱，要是那男人保证能在马上坐稳，不再闹事，他就让他在场上骑马。大伙儿都笑起来，说这样也可以，那男人就翻身上马。不过，他刚一上马，马就开始东冲西撞，左跳右蹦，两个马戏团演员拽着缰绳想帮他坐稳，醉汉挂在马脖子上，马每跳一回，他的脚就在空中乱晃，所有人都站了起来，大喊大叫，笑得眼泪都掉下来了。最后，马戏演员使尽力气也拽不住马了，它脱缰飞奔，像在地狱一样，绕着池子一圈圈跑，那醉鬼趴在马身子上，两手抱着马脖子，先是这条腿垂在一边，几乎着地，接着马身一侧，另一条腿又垂了下来，大伙儿乐疯了。可我并不觉着好笑，而是吓得浑身发抖，他多危险啊！还好，没多久他就拼命爬上马鞍，抓住缰绳，左冲右奔，然后下一分钟，他就甩开缰绳，腾地跳起来站在了马身上！马还是像着了火的房子那样跑着。他就立着，从容闲适地绕着圈子，好像一辈子都没有醉过，然后，他开始脱衣服往空中扔。他脱了那么多衣服，一件又一件，天上全是他的衣服，总共有十七件衬衫。完了他就那样站在马背上，瘦高而英俊，穿着最花哨最漂亮的衣服，他用马鞭抽打那匹马，马使劲哼哼跑着——最后他跳下马来，鞠躬示意，蹦蹦跳跳地回了化妆间。所有观众都惊呆了，欢呼起来。

马戏演出指挥这才发觉自己被捉弄了，我猜他**成了**最可怜的马戏指挥。哎呀，这人本来就是他手下嘛！他自己想出了这个搞笑表演，没跟任何人透露。我也跟着上了当，真是丢人。不过我也不会要当马戏指挥，给我一千块我也不干。也许还有比这个马戏团更气派的，我不知道，可我没碰上过。不管怎么说，马戏团让**我**太开心了，只要碰到，都会勾着**我**去看的。

嗯，这晚还有**我们自己的**演出呢；可是只有十二个人，公爵气坏了。而且，唉，演出还没完，除了一个男孩睡着了，其他人全跑光了。公爵说，阿肯色的榆木脑袋理解不了莎士比亚，他们想看的就是俗气的喜剧，要么就是比俗气喜剧还要低级的东西。他说，他掂量得出他们爱好的款式。因此，第二天早上，他找到一些超大的包装纸，还有一些黑色颜料，然后写好戏单，贴遍村子。传单写道：

在市政厅！

只演三晚！

举世闻名的悲剧演员

伦敦剧院和大陆剧院的

小大卫·加里克

联袂

老埃德蒙德·基恩！

精彩悲剧

《国王的长颈鹿》

或

《皇家极品》！！！

门票五毛。

然后下头用最大的字体写着：

妇女儿童谢绝入场。

"瞧着吧，"他说，"要是这句话还引不来他们，那就是我不懂阿肯色！"

第 二 十 三 章

这一整天，他和国王都很辛苦，又是布置舞台，又是安装幕布，还放了一排蜡烛作为脚灯。那一晚，礼堂里果然立马就挤满了人。等房间里再也挤不下了，公爵不再把门，他从舞台后头绕道上台，站在幕布前，发表了一个小小的演说。他赞美这出悲剧，称它是最激动人心的一出戏，接着就巴拉巴拉使劲吹，夸主演老埃德蒙德·基恩，等到所有观众的预期都被调动起来，气氛达到高潮，他卷起幕布，露出了光着身子的国王，他四脚着地，一跑一跳地蹦跶出来，身上涂满各种颜料，一圈圈一条条，像彩虹一样耀眼。而且，甭管他剩下还穿了什么，反正像野人，也相当搞笑。观众都笑死了，国王滑稽搞笑地跳啊跳，完了就蹦跶着退场，人们欢呼鼓掌，嗬嗬直叫，直到国王又返转回来，再蹦跶了一圈，之后他们又请他返场再演了一遍。好吧，见到这老傻瓜的表演，母牛也会笑个不停。

公爵放下幕布，向观众鞠躬，说这出伟大的悲剧只能再演两晚，因为伦敦演出在即，杜鲁里巷的戏院门票早已一售而空；然后他又鞠了一躬，说，要是这场演出让大家看得开心，有所收获，那么，若是他们跟朋友提起，让他们也来欣赏，他会感激不尽。

二十来个人喊道：

"啥，这就演完了？**就**这？"

公爵说没错。这下戏院热闹了。每个人都在喊，"**上当了！**"他们站起身来，发疯一样冲向舞台，往那两个悲剧演员跑去。但一个壮实、英俊的男人跳上长凳，嚷道：

"等等！就听我说一句，先生们，"他们停下来听着，"我们是上当了——上了大当。可我想，我们不能成为整个镇子的笑柄不是，不能叫人笑话我们一辈子不是！**不能这样**。我们要安安静静离开这里，还要把表演夸上天，叫镇子里**其他人**也来上个当！那样我们就谁也别说谁了。这样有道理吧？"（"有道理！说得有理！"大家都喊道。）"那就行，那么，别再提一句上当的话。回家去，叫别人都来看这出悲剧。"

第二天，镇上人都在说演出多么精彩。那晚礼堂又挤满了人，又一伙人同样上了当。我、国王和公爵回到木排，吃了晚饭，过了会儿，快半夜了，他们让我和杰姆把木排倒划出来，划到河流中央，藏在镇子下游两英里的地方。

第三个晚上，礼堂照样挤满人——但这回可不是新来的了，而是前两晚来看戏的人。我挨着公爵，站在门边，看到每个进场的人要么口袋鼓鼓囊囊，要么外套底下塞了什么东西——那可不是什么香喷喷的玩意儿，绝对不是。我闻到泔水桶边那种臭鸡蛋的味道，还有烂了的大白菜什么的；要是我能找到死猫，我敢打赌我找得到，那场子里肯定不下六十四只。我挤进人群，可是各种气味太冲了，实在受不了。后来，场子里已经挤不下更多人了，公爵给了一个家伙两毛五硬币，让他替自己把一会儿门，然后从礼堂背后绕道往舞台门那里走去，我跟在后头，不过一转过拐角，公爵就在黑暗里说：

"现在就跑，快，离开这儿，到木排那儿去，赶紧的，就像有鬼在追你一样！"

我拔腿就跑。他也一样。我们同时赶到河边，下一秒就滑进了水里，朝河中央游去，谁也没说话，四周漆黑，一片死寂。我猜这时可怜的国王对着那伙人，可有的受的，不过事情倒不是那样，他很快从窝棚里头爬出来，说道：

"好了，这回老把戏又得手了吧，公爵？"原来他压根儿就没去镇上。

一路上，我们都没点火，直到离开村子有十英里远，才点亮蜡烛，吃晚饭，说起怎么把村里人耍得团团转，国王和公爵笑得骨头都散了。公爵说：

"这帮蠢蛋，傻瓜！我知道第一伙人不会吭声，要叫镇上其他人都上套；我也知道，到第三个晚上，他们就会等待时机报复，认为该轮到**他们**了。好吧，也**确实**轮到他们了，而我也很想知道他们会怎么解决这事儿。我就**想**看看他们怎么利用这个机会。他们要是乐意，可以把它搞成野餐会——他们可带了不少口粮去呢。"

这俩无赖仨晚上赚了四百六十五块。之前我从来没见过这样大把捞钱的。没过一会儿，等他们睡熟了，打起鼾来，杰姆说：

"国王的做法，你大吃一惊吧，哈克？"

"不，"我说，"我没吃惊。"

"为啥不吃惊？"

"哦，我不吃惊，因为国王天生就是这样的人。我猜他们都是这样的。"

"可是，哈克，我们的国王就是实打实的无赖啊，十足的无赖。"

"嗯，这就是我说的意思，据我所知，所有国王基本都是无赖。"

　　"是这样的吗？"

　　"你要是在书上看到过一回——你就明白了。瞧瞧亨利八世，跟**他**比起来，我们的这个就是主日学校的校长了。再看看查理二世、路易十四，还有路易十五，再加上詹姆斯二世、爱德华二世、理查三世，这样的有四十来个；除了他们，还有古代曾经在这里到处抢劫的撒克逊七国联盟，他们可是养大该隐这个恶人的爹。哎呀，你得看看老亨利八世正当年的时候，那时他可**是个花花公子**，每天讨个新老婆，第二天早上就把她脑袋砍了。他干起这事，就像点菜上鸡蛋一样，没所谓。'把内尔·格温带来。'他说。他们就把她带进宫来。第二天早上，'砍了她的脑袋'！他们就砍了她的脑袋。'把简·肖尔带来'，他说，她来了，第二天早上，'砍了她的脑袋'！他们就砍了她的脑袋。'把菲儿·罗莎萌带来。'菲儿·罗莎萌应召。第二天早上，'砍了她的脑袋'！他叫她们每个人每天晚上给他讲一个故事，就这样，他存了一千零一个故事，他把这些故事集成书，叫《世界末日》——名字取得不错，符合实情。你不了解国王，杰姆，我可知道这些人，我们碰到的这个国王，已经是我历史书里读到过的最清白的一个了。你瞧，亨利突发奇想，要给这国家找点麻烦，他怎么做的呢？发个戏单？给国家演出戏？不，他出其不意，把所有茶叶一股脑儿都倒进了波斯顿港，还鼓捣出一份独立宣言，看他们敢不敢应战。这就是**他的**风格——从来不给任何人机会。他对他老爹威灵顿公爵有了疑心。你猜他怎么着？叫来对质？不，他把他老爹溺死在一桶甜酒里了，像溺死只猫一样。假设人们把钱放在他待的地方，他会怎么做？全都卷跑了。假设他签了合约，答应要干一件事情，你也付了钱，可没有盯着他，看着他完成，他会怎么干？他老是去干另一件事情。假设他张开嘴巴，你猜怎么着？要是他没有赶快闭嘴，那每回张口都会放出一句假话。这就是亨利这种臭虫的样子，要是我们身边跟着的是他，不是我们的国王，那他耍弄那个镇子要比我们的国王厉害多了。我不是说我们的国王没啥本事，他们可不是什么小羊羔，事情明摆着呢；但不管怎么说，他们绝不是**那种**老公羊。我想说的就是，国王就是国王，你得让着点儿。怎么看他们都是大坏蛋。他们就是这么养大的。"

"不过我们这个国王**闻起来**有股地狱味儿，哈克。"

"他们都一个味儿，杰姆。我们可没办法管国王的味儿，从来就没有什么法子。"

"说到公爵，他还算个人。"

"是的，公爵不一样。可也没有那么不一样。作为公爵，这一个算是中等坏吧。不过他醉了的时候，近视眼也分不出他是公爵还是国王。"

"好吧，怎么说，我再也不想碰上这号人了，哈克。我受够了。"

"我也这么想，杰姆。不过他们现在在我们手上，我们只要记住他们是什么样的人，让着点就是。有时候我真希望听到说有个没有国王的国家。"

告诉杰姆他们不是真的国王和公爵有什么用？一点儿用也没。而且，再说了，就像我说的，他们和真的国王也没什么两样。

我去睡觉了，轮到我守夜时，杰姆没有叫醒我。他常常这样。等我天亮醒来，他坐在那里，头埋进膝盖里，自顾自唉声叹气。我没理他，也没吭声。我知道怎么回事儿。他想老婆孩子了，离家越来越远，他情绪低落，思念家乡。他一辈子都没有离开过家，而且，就像白人一样，他心里也放不下家里人。这听上去不合常理，可我觉得是这样。晚上，他觉着我睡着了，就常常那样子唉声叹气，说："可怜的小伊丽莎白！可怜的小强尼！太苦了，我想我再也见不着你们了！再也见不着了！"他真的是个好黑鬼，真的。

不过这一回，我试着跟他聊起他的老婆和他的小孩，过了一会儿，他说：

"这回叫我难受，是我听到河堤那里，远远的，有啪的一声，像是一巴掌，我想起来，以前，我也这样对我的小伊丽莎白，我太狠心了。她才四岁，得了猩红热，差一点儿没命，好在挺过来了。有天，她站在我旁边，我跟她说：

"'把门关上。'

"她没去，就站在那里，冲我笑。我气坏了，又说了一遍，可大声了：

　　"'没听见我话吗？关上门！'

　　"她还是那样子站着，笑嘻嘻的。我气疯了！我说：

　　"'我会**叫**你听话！'

　　"说着，我给了她脑袋一巴掌，把她一下子打趴在地上。然后我去了另一个房间，大概去了十来分钟吧，等我回来，门还开着，那娃就站在门边，低头在哭，眼泪哗哗地淌。哎呀，可我**真是**气疯了！我冲孩子跑过去，就在那时候——这扇门是朝里开的——就在那时候，一阵风在孩子身后把门给吹上了，嘭！哎，那娃一动也没动！我一下子透不过气来，我觉得——觉得——我不知道我到底**什么**感觉。我全身哆嗦，走过去慢慢地轻轻地打开门，就在那娃身后，然后悄悄地、轻轻地伸过头去，我突然用力大喊一声**'啪！'，她还是一动不动！**哦，哈克，我一把就把她抱在怀里哭起来了，说：'哦，可怜的小东西！请万能的上帝原谅可怜的老杰姆吧，他这辈子再也不会原谅自己了！'哦，她聋了，也成了哑巴，哈克，又聋又哑，我却这样子对她！"

第 二 十 四 章

　　第二天傍晚，我们在河中间一个小沙洲的林子里停好木排。河两岸各有一个村子，公爵和国王便着手鼓捣在村里再干一票。杰姆对公爵说，他希望千万别花上几个钟头，因为他一整天都被捆着，躺在窝棚里，这活儿实在太重，太累了。瞧，我们留下他自个儿一人的时候，就得绑着他，因为要是有人碰巧见到他，没被绑着，他就不像一个逃奴了。公爵说，被绑着躺在那里一整天**是**有点累，他会想个办法出来的。

　　公爵真不是一般聪明，很快就想出了解决办法。他让杰姆穿上李尔王的戏装——一件印花窗帘布做的长袍，戴上马鬃做的白色假发和胡须；然后他又拿出化装油彩，把杰姆的脸、手、耳朵和脖子，都涂上了厚厚一层死暗死暗的蓝色颜料，就像一个人淹死了九天的样子。我敢说这是我看到的最吓人的模样了。公爵又拿出一个小牌子，在上头写道：

　　　　阿拉伯病人——不疯便无害。

　　他把那张纸钉在木板上，木板立在窝棚前头，四五尺高。杰姆很满意。他说，这样好多了，之前他每天躺在那里，看上去像被绑了好几年，有点儿响动他都吓得发抖。公爵告诉他放轻松，要是有人过来管闲事，他就从窝棚里跳出来，蹦跶一会儿，像野兽那样叫一两声，那些人便会丢下他逃走的。这话听来很有道理，要来的是凡夫俗子，都不用等到他鬼哭狼嚎就逃了，天，他哪是看着像个死人，他比死人还吓人啊。

　　这俩无赖还想再演一场《皇家极品》，可以大挣一笔，可他们觉得还不够安全，到这会儿，他们行骗的风声也许已经传过来了，不过他们又想不出另一个完全合适的计划，最后公爵说，他得躺一会儿，花一两个钟头动动脑筋，看看能不能想出什么法子，在阿肯色的村里也演一趟；而国王说，他要去另一个村子转转，先不想任何计划，相信命运（我想也就是说魔鬼吧）会指引他找到生财之道。我们上一回上岸都在店铺里买了些衣服，这会儿国王穿上了他的，叫我也穿上我的。我当然穿上了。国王一身黑衣，看着真的又气派又庄重。我从来没想到，原来真的是人靠衣装马靠鞍哪。哎呀，之前，他就像最坏的流氓，可眼下，他戴上那顶崭新的海狸皮帽，笑着一鞠躬，看上去又高贵虔诚，又慈眉善目，简直像是从诺亚方舟上直接走下来的，或者说就是老利未他本人（《圣经》人物，是以色列利未支派的祖先）。杰姆已经把小船清扫干净，我也备好了船桨。镇子上游三英里的地方，岸边停着一艘大汽船，已经停了好几个钟头了，正在装载货物。国王说：

"看看我的打扮怎么样？我想，我也许可以说自己是打圣路易斯或者辛辛那提或者其他什么大地方来的。我们划去汽船那里，哈克贝利，搭船进村。"

不等第二声令下，我就开划去搭汽船。在村子上游半英里的地方，我靠近岸，小船在静水里沿着陡峭的河堤快速前行。不久我们碰上一个年轻的乡下人，长相纯真英俊，天气很热，他坐在岸边一根圆木上，不停地擦汗，身边还有两个大布包袱。

"船头朝岸。"国王说。我照办了。"年轻人，你要去哪里？"

"去坐汽船，去奥尔良。"

"上船，"国王说，"等等，我的仆人会帮你拿包袱。起来，帮那位先生一把，阿道弗斯"——也就是我，我懂。

我帮年轻人拿过包袱，我们三个继续启程。年轻小伙很感激，说这么热的天，提溜行李赶路还真是费劲。他问国王要去哪里，国王告诉他，他沿河而下，早上在另一个村子上岸，这会儿要去上游几英里的地方，见那里农场的一个老朋友。年轻小伙说：

"我第一眼看到你，就对自己说，'这准保是维尔克斯先生，他总算及时赶到了'。可我又一想，'不对，我想不是，不然他不会在往上游去'。你**不是**维尔克斯先生吧？"

"不是，我叫布洛杰特——埃历山大·布洛杰特——**牧师**埃历山大·布洛杰特，我可是上帝最穷苦的仆人。不过我还是很遗憾维尔克斯先生没能及时赶到，他没错过什么吧，我希望他没有。"

"嗯，他没有错过任何财产，他会得到财产的，不过他错过了见他兄弟彼得最后一面，他也许也不在乎，谁知道，可他的兄弟什么都愿意给人，只要能帮忙让他临死前见**他兄弟**一面，这三个礼拜，他说来说去就是他兄弟，他们小时候在一块儿，以后就没再见过，而且他根本没见过他弟弟威廉，就是那个又聋又哑的弟弟，如今得三十或三十五岁了吧。彼得和乔治是他们家唯一到这里来的，乔治结了婚，他和他老婆去年死了。现在兄弟里头只剩下哈维和威廉了，就像我说的，他们没有及时赶到。"

"有人给他们递个信儿吗？"

"有的，一两个月前，彼得刚生病的时候，他说，他觉得自己这回大概是挺不过去了。你瞧，他年纪很大了，可乔治的姑娘们太小，没法陪伴照顾他，除了玛丽·简，那个红头发的，所以乔治和他老婆死了以后，他有点儿孤苦伶仃的，也不想活了。他最想见到的是哈维，当然也想见威廉，因为他害怕立遗嘱。他留下一封信，是给哈维的，信里他告诉了他藏钱的地方，说了这些财产该怎么分，这样乔治的姑娘们也能分到，因为乔治什么也没留下。他们能让他动手写的，也就这封信了。"

"为啥你觉得哈维没赶到？他在哪里住？"

"哦，他住在英国，谢菲尔德，在那里传教，他从来没来过我们这个国家。他没啥时间，再说了，也许他根本就没收到信。"

"太可怜了，他没有活着见上兄弟们一面，太可怜了，可怜人。你说你要去奥尔良？"

"是的，不过只是过那儿一下，下礼拜三我要坐船去里约热内卢，我叔叔在那儿。"

"哎哟，路途遥远啊。不过那里肯定不错，我也想去。玛丽·简是年纪最大的吗？其他几个姑娘多大？"

"玛丽·简十九岁了，苏珊十五岁，乔安娜十四岁吧，这姑娘一直在行善，因为她生下来是兔唇。"

"可怜的姑娘！被留在这么一个冰冷的世界里。"

"唉，她们本来还要可怜呢，好在老彼得有朋友，他们不会让她们受苦的。有霍布森，是洗礼牧师，执事罗特·霍维，还有本·洛克、艾伯纳·沙克尔福和律师列维·贝尔，加上医生罗宾森，和他们的老婆，还有寡妇巴特利，再加上，嗯，有一大堆呢，这些只是跟彼得关系最近的，他写信有时候会提到，所以，哈维到这里以后知道该去找谁。"

这个老家伙一直在问东问西，直到把那年轻小伙知道的全给套了出来。我敢说他问清楚了那个镇子上的每个人每件事，还有维尔克斯一家的所有事情。他打听彼得的生意，是做皮革的，还有乔治，是个木匠，还有哈维，他是不信奉国教的牧师，等等等等。然后，他说：

"你去那么老远坐汽船干什么？"

"它是艘去奥尔良的大船，我担心它不在这儿停。要是船吃水深，它们不会看人招手就停下来。辛辛那提来的船会，可这是圣路易斯来的船。"

"彼得·维尔克斯有钱吗？"

"哦，有钱，很有钱。他有房产，有土地，据说还留下了三四千块现钱呢，藏在什么地方。"

"你说了他是什么时候死的？"

"我没说过呀，不过他是昨晚死掉的。"

"明天出殡吧？"

"是的，中午吧。"

"真是太难过了，不过我们早晚都得走这条路。我们要做的，就是做好准备，接下来就听天由命吧。"

"是的，先生，这样最好。我娘就老这么说。"

等我们到汽船边，它已经装完货了，马上就要出发。国王没再提一句上船的事，我也就没坐上船。等船开走，国王叫我再划一英里，到了一个僻静的地方，他上了岸，说：

"好了，现在赶紧回去，把公爵带这里来，还有那新的布包裹。要是他已经去了另一个村子，那就去那里把他找来。告诉他啥也别管赶紧上这儿来。去吧。"

我明白**他**脑子里盘算的是什么了，可我啥也没说，当然了。等我和公爵一起坐小船过来后，他们坐在一根木头上，国王把事情原原本本说了一遍，就像那年轻小伙告诉他的那样，从头到尾，一字不落。这当中，他一直试着像个英国人那样说话，对他这样一个笨人来说，也蛮像那么回事儿了。我可学不来，所以没打算学，不过他模仿人还真挺像。接着，他说：

"你学个聋哑人咋样，布尔奇沃特？"

公爵说，包在他身上，他以前就在历史剧里演过聋哑人。所以，他们就等着汽船来。

到中午，两艘船驶了过来，但它们都不是从最上游那里来的，最后，来了艘大船，他们开始朝它扬手，大船放出了小划子，接我们上船，它是从辛辛那提来的。等知道我们只是想坐上五六英里，他们气疯了，骂了我们一顿，说到时候不会放我们上岸，可国王很镇定，说：

"要是小划子接送先生们上下船，一英里一块钱，这样大船搭载他们还是合算的，不是吗？"

他们气消了，说这样可以，等我们到了村庄，他们便用小划子送我们上岸。看见小划子靠岸，几十个人围了过来，国王说：

"你们谁能告诉我彼得·维尔克斯住哪里？"那些人彼此对望一眼，点点头，意思是说，"我说得没错吧？"。然后，其中一个，轻声温柔地说：

"我很抱歉，先生，我们只能告诉你他**昨晚**在 _(英语用了过去时态，表示此人已去世) 哪里。"

一眨眼的工夫，这老混蛋已经冲了过去，扑倒在那男人身上，下巴搁在他肩膀上，眼泪流在他背上，叫道：

"唉，唉，我们可怜的兄弟——他去了，我们再也见不到他了！哦，太伤心，太难受了！"

然后，他转过身，哭着，双手朝公爵比划着各种可笑姿势，公爵呢，一下子把包裹扔在地上，大哭起来。我从来没见过骗子像他俩这样这么入戏的。

男人们围拢过来，很是同情他俩，说着各种各样安慰的话，替他们扛起包裹上山，随他们挨着自己哭喊。他们告诉国王他兄弟临死前的样子，国王便用手势全部比划给公爵看，他们对那个死去的皮革匠，表现得好像失去了十二个门徒。好吧，要是我以前碰到过这样的事情，那我就是黑鬼。还真叫人对人这个品种感到丢脸哪。

第 二 十 五 章

没两分钟，消息就传遍了整个镇子，你可以看见镇子上的人从四面八方奔过来，有些边跑边穿外套。没多久，我们就被人群围在中间，哗哗的脚步声好像士兵在行军。窗户、天井都挤满了人，每时每刻都有人从篱笆墙后头探出脑袋问：

"是**他们**吗？"

大踏步跟着大部队的人，会回道：

"说对了。"

等我们到了那栋房子，前头的街道已经挤得水泄不通，三个姑娘站在门口。玛丽·简**的确**是红头发，不过这也没关系，她长得最漂亮，她的脸蛋、眼睛兴奋得闪闪发光，她的叔叔们终于来了，她高兴坏了。国王张开双臂，玛丽扑进他怀里，兔唇姑娘则扑向公爵，他们**成功**了！看到他们终于团聚，那么开心，所有人，至少是女人们，都高兴得哭了起来。

国王偷偷用肩膀撞了撞公爵，我瞧见他这么干了，然后他四下瞅瞅，看见棺材放在屋子角落两张椅子上，便和公爵勾着肩膀，抹起眼泪，慢慢地、庄重地往那里走去，每个人都退向一边，给他们让道，所有的说话声、吵闹声都停下了，人们说，"嘘"！所有男人都脱下帽子，垂下脑袋，静得掉根针都听得见。等这俩来到棺材边，他们弯腰鞠躬，朝棺材里头瞧，只瞧了一眼，就号啕大哭，声音你在奥尔良都听得见，他们抱着对方的脖子，下巴支在对方肩膀上，就这样哭了三分钟，要么四分钟，我没见过有谁像他俩这样，眼泪像开了水龙头那样。而且，注意了，所有人都在那样子哭，我从没见过这样湿答答的地方。接着，他俩一个站在棺材这边，一个站在另一边，跪了下来，额头顶着棺材，假装默默祈祷。好了，这下子人群激动坏了，你没见过这架势，每个人都崩溃了，当即大声抽泣，可怜的姑娘们也是，几乎每个女人都走到姑娘身边，没说一句话，庄严地亲吻她们的额头，双手放在她们头上，仰头望天，泪水哗哗往下掉，之后放声大哭，抽泣着、跌跄着跑开，让下一个靠上前的女人继续表演。我没见过这么恶心的场面。

过了一会儿，国王站起身，往前走了几步，调整好情绪，发表了一通感伤的演讲，他流着眼泪巴拉巴拉乱说一气，什么兄弟病故，对他和他那可怜的弟弟来说真是痛彻心扉，什么四千英里旅途漫漫，他们没赶上见亡者最后一面，但这份深情的安慰、圣洁的泪水，让他们感到温暖，感到神圣，他和弟弟从心底里感谢大家，这份感激无法用言语表达，因为语言没什么用，听着冷冰冰的。国王就这样胡侃了一通陈词滥调，直到叫人犯恶心为止，接着他假模假样地哭叫了一声阿门，就放开嗓子一阵痛哭。

这些胡话一出口，人群里就有个人唱起赞美诗来，所有人都使劲跟着唱，热血沸腾，就像在教堂里放声歌唱一样。音乐是样好东西，那许多废话屁话后，我没见过有什么能像音乐这样涤荡人心，听着这么诚恳又这么美妙。

国王又开始鼓动嘴皮子，说，要是家里的几个重要朋友今晚能留下来，跟他们一起用晚餐，帮着处理死者的后事，他和他的侄女都会非常高兴；还说，要是他躺在那里的那个兄弟能开口，说出他知道的名字，因为这些名字对他来说十分珍贵，常常在信里提到，那么，他就会说出这些名字，也就是说，是下面这些人：牧师霍布森先生，执事罗特·霍维、本·洛克先生，还有艾伯纳·沙克尔福、列维·贝尔和医生罗宾森，加上他们的太太，还有寡妇巴特利。

眼下霍布森牧师和罗宾森医生正在镇子另一头"打猎"，也就是说，医生正在度一个病人往生，而牧师在为他指明正道，贝尔律师去了路易斯维尔办事，其他人都在，他们都走上前，跟国王握手，聊了几句，谢过他，然后又和公爵握手，不过没说什么，只是微笑，公爵做着各种手势，像还不会说话的婴儿，嘴里一直喊着"咕咕——咕咕咕"，他们便像一群蠢蛋那样频频点头。

国王还在跟人唠叨，设法打听镇上每个人每条狗的名字，他提到镇子里前前后后发生的各种小事情，要么是乔治家的，要么是彼得家的。他老是透露说，是彼得写信告诉了他这些，可这全是谎话，所有这些，全是他从那个跟我们一起坐小船去搭汽船的傻瓜小伙那里听来的。

玛丽·简拿来了她爹留下的信，国王大声念完，对着信哭了起来。这封信把房子和三千块金币留给了姑娘们；又把制革作坊（它生意很好）、其他一些房产和土地（大概值七千块）留给哈维和威廉，另外还各留给他们三千块钱，交代他们这六千块金币藏在地窖里。这两个骗子便说，他们这就去把钱取出来，把所有财产都摆在台面上，还吩咐我去拿支蜡烛来。我们关上身后的地窖门，当他们找到放钱的袋子，在地上打开，眼前真是金灿灿一片。哎，国王的眼睛闪闪发亮！他拍了一下公爵肩膀，说，

"哦，**这**可不是一小笔啊！哦，真不是！天，比利，这**可**把《皇家极品》比下去了吧？"

公爵表示同意。他们扒拉着金币，让它们从手指缝里头哗啦啦掉下来，叮叮当当落在地板上。国王说：

"啥也不用说了，剩下的就是我们要当好死阔佬的兄弟，国外继承人的代表，布尔奇。这是老天的安排。长远来看，这办法最好。我试过所有办法，这个最好。"

换别人，谁都会对这堆财产心满意足，啥也不想就拿上，他们不行，一定得数清楚。于是，他们开始数起钱来，结果少了四百一十五块。国王说：

"他妈的，那四百一十五块他拿去干啥了？"

他们着急了一会儿，到处找了找，然后，公爵说：

"嗯，他病得很重，或许记错了，我猜就是这样。随它去吧，别吭声，少这一点儿也还可以。"

"哦，他妈的，是的，是**可以**。我说的不是这个，我心里想的是**数目**。我们说了要摊在台面上，你知道的。我们要把这些钱拿上楼，当着所有人的面数清楚，那样他们就不会起一点儿疑心。可那死人说有六千块，你知道，我们可不能——"

"等等，"公爵说，"我们把缺的补上。"他开始从自己口袋里往外掏金币。

"这可真是个好主意，公爵，你真是**有**一个聪明脑袋瓜子，"国王说，"那出《皇家极品》又帮了我们大忙。"**他**也开始从外套兜里往外掏钱，放进钱堆里。

这几乎掏空了他们的口袋，不过六千块可是一分不少了。

"我说，"公爵说，"我又有了一个主意。我们上楼去数钱，然后**全给那些姑娘**。"

"老天，公爵，让我抱抱你！这真是人能想出来的最绝妙的主意呀！你的脑袋瓜子真不是盖的！大师级的妙计啊，毫无疑问。这下他们想怀疑就怀疑去吧，这会骗得他们一愣一愣的。"

我们便上了楼，每个人都围在桌边，国王开始数金币，三百个三百个摞成一堆，总共漂漂亮亮的二十堆。每个人都眼巴巴看着，舔着嘴唇。然后他们把金币撸回袋子，国王准备发表又一场演讲。他说：

"朋友们，我躺在那里的可怜兄弟，对留在世上的伤心的亲人是多么慷慨啊。他对那些可怜的小羊羔是多么慷慨啊，因为她们没爹没娘，他疼爱她们，照顾她们。是的，我们了解他的人都知道，要不是怕会伤害他亲爱的威廉，伤害我，他还会对她们**更加**慷慨的。难道不会吗？这是毫无疑问的，反正**我**是这么想的。在这样的时候，要去抢——是的，是**抢**——他兄弟那么疼爱的可怜宝贝儿的钱，还算哪门子兄弟？算哪门子叔叔？要是我了解威廉，**我想**我了解，他会——好吧，我还是问问他。"他转过身，朝公爵打了一连串手势，公爵傻乎乎地看着他，发了一会儿愣，突然，他似乎明白了他的意思，冲国王扑去，高兴得咕咕大叫，抱了国王十五回才撒手。国王说："我懂了，我想**这下**每个人都明白**他**的想法了吧。听着，玛丽·简、苏珊、乔安娜，把这些钱拿去，**全**拿去。这是躺在那里的他给你们的礼物，他虽然身子已经冰冷，但心里开心幸福。"

玛丽·简朝他扑去，苏珊和兔唇朝公爵扑去，又一轮我没见过的拥抱和亲吻。每个人都含泪上前，把那两个骗子的手都要握断了，一直在说：

"你们**真是**好人！多好的人！怎么**能**做得到！"

接着，所有人开始说起死者，说他多么善良，死了多可惜什么的；没过多久，一个下巴铁青的大个子男人进屋，站在那里听着，看着，没说话，也没人跟他搭话，因为国王在那里叨叨，所有人都忙着听他说话，他起头的话正说到一半——"他们都是死者的特殊的朋友，所以今晚邀请他们来这里；不过，明天，我们要**所有人**都来，每个人，因为他尊重每个人，喜爱每个人，所以，应该大张旗鼓地搞出殡游行（这里，国王用了'orgy'一词，这个词的意思是狂欢宴会。葬礼一词为'obsequies'，国王搞混了），这样合适。"

他自我陶醉地叨叨个没完，还不断提到出殡游行，公爵再也听不下去了，写了张字条"是出殡**落葬**，你这老傻瓜"，折了起来，继续咕咕叫着，从众人脑袋顶上给国王递了过去。国王看了看，放进口袋，说：

"可怜的威廉，受了那么多折磨，**心里**却一直那么明白事儿。他叫我邀请所有人都来参加葬礼，要我欢迎大家都来。可他不用担心，我想要做的就是这个。"

他又开始胡吹，相当镇定地时不时提到游行，就跟之前一样。等提到第三遍，他说：

"我说游行，不是因为这是常见说法，它当然不是，落葬才是，而是因为用游行这个词才对。英格兰现在已经不用落葬这个词儿啦，它过时了。我们英格兰现在就说游行。游行这个词更好，因为意思更准确。这个词是希腊文'ORGO'和希伯来文'JEESUM'组成的，'ORGO'的意思是外头的，开放的，户外的，'JEESUM'的意思是种植、盖上，合起来就是'盖在里头'。所以，出殡游行就是公开落葬的意思。"

他真是我见过的**最坏的**人了。那个下巴铁青的男人当即笑了出来。每个人都很吃惊，他们说，"哎呀，医生来了"！艾伯纳·沙克尔福说道：

"哎，罗宾森，你听说了吗？这位便是哈维·维尔克斯。"

国王热情地笑着，伸出双手，说：

"这位就是我那可怜兄弟的最亲爱的医生朋友吗？我——"

"别碰我！"医生说，"**你像个英国人那样说话，是吗？**这可是我听过的学得最差的英国话了。**你，**竟然说自己是彼得·维尔克斯的兄弟！你这个骗子，你就是个骗子！"

哎，大家都惊呆了。人群围拢在医生身边，想叫他平静下来，跟他解释，这个哈维各方各面都表明他**就是**那个哈维，他说得出所有人的名字，还有每条狗的名字，他们一遍遍**请求**他不要伤害哈维的感情，不要伤害可怜姑娘们的感情，这样那样。但没有用，医生继续怒骂，说任何人要冒充英国人，英国话说得又像这个人这样糟糕，那他就是个骗子，一个谎话精。可怜的姑娘们抱住国王哭了起来，突然，医生冲**她们**发作了，说道：

"我是你们父亲的朋友，也是你们的朋友。我作为一个朋友，一个诚实的、想要保护你们不受伤害不惹麻烦的朋友，我警告你们，别理这个恶棍，不要跟他有什么瓜葛，这是个愚蠢的流氓，口口声声说什么希腊文、希伯来文，他就是个冒牌货，还是最差的那种，他跑到这里，嘴上挂着许多名字，说着许多事情，那全是他从别地儿听来的，你们却当作**证据**，跟着这些愚蠢的朋友一起上当受骗，他们本应该头脑更清醒些的。玛丽·简·维尔克斯，你知道我是你的朋友，而且是毫无私心的朋友，现在，听我一句，把这个无赖赶出去，我**求**你这样做。你愿意吗？"

玛丽·简站直了身子，哎呀，她真漂亮！她说：

"**这**就是我的回答。"她举起那袋子钱，放在国王手上，说，"拿着这六千块，给我和妹妹们投资，你想怎么投就怎么投，不用给我们任何收据。"

然后，她站在国王身边，胳膊挽着他，苏珊和兔唇站在另一边，也照做了。每个人都鼓掌跺脚，声如雷鸣。国王抬起头，骄傲地笑着。医生说：

"行，那这件事**我**撒手不管了。不过我警告你们，总有一天，你们一想到今天，就会感到恶心的。"他离开了。

"行，医生，"国王说道，带点嘲笑的意味，"到那时候，我们会叫姑娘们来请你的（医生说'觉得恶心'，字面意也可指'病了'，国王在此就用了请医生来看病的双关）。"大家听了都笑起来，说这梗回得太妙了。

第 二 十 六 章

　　所有人全走了以后，国王问玛丽·简她们有没有空房间，她说有一间，可以让威廉叔叔住，她自己房间大一些，让给哈维叔叔睡，她去和妹妹们一屋，睡在小床上，阁楼还有个小房间，里头有张小床，国王说，阁楼给他仆人睡就好——也就是我了。

　　玛丽·简带我上楼，领我们看了房间，虽然朴素，但很舒服。她说，要是哈维叔叔觉得不方便，她可以把衣服啊还有其他随身物品全从她房间里拿走，他说没关系。衣服沿墙挂着，前头用一块垂到地上的印花布帘子遮住。房间一角有个破旧的皮箱，另一角是个吉他盒，四处还有一些小摆设小玩意儿，都是女孩子布置房间用的。国王说这些摆设让房间更温馨更舒适了，还是不要挪动它们为好。公爵的房间很小，但很舒适，我的小阁楼也是。

　　那个晚上，他们准备了一顿丰盛的晚饭，所有男人女人都来了，我站在国王和公爵的椅子后头伺候，黑奴们伺候其余人。玛丽·简在桌子上座，苏珊挨着她，不停地说小面包难吃，腌菜差劲，炸鸡肉又老又硬，全是这样的废话。女人们这样说，就是为了逼人说好话，大家都明白东西很好吃，说道："你们**是**怎么把小面包烤得这么好吃的呀？"还有"哎呀，看在上帝分上，你们**是**从哪弄来的这么棒的腌菜呀"？净是这些有的没的屁话，就是人们吃饭时候经常说的那些。

　　等大家吃完，我和兔唇姑娘在厨房吃剩菜，其他人帮着黑奴清理，兔唇姑娘追问我英格兰的事情，有几回我差点露馅儿。她说：

　　"你见过国王吗？"

　　"谁？威廉四世？嗯，我想我见过，他去过我们教堂。"我知道他几年前死了，可我没提。所以当我说到他去过我们教堂，她说：

"什么，常常去吗？"

"是呀，常常来。他的座位就在我们对面，在讲道台另一边。"

"我想他住在伦敦？"

"是呀，他是住伦敦，不然**会**住哪儿？"

"可我以为**你们**住在谢菲尔德。"

这下尴尬了。我只好装作被鸡骨头噎着了，赶紧转动脑子想怎么对付过去。之后我说：

"我是说，他来谢菲尔德的时候，常常到我们教堂来。就是夏天，他来这儿泡海水澡。"

"哎，你说啥呢——谢菲尔德可不靠海。"

"啊，谁说它靠海了？"

"啊，你说的啊。"

"我**没**说。"

"你说了！"

"我没说。"

"你说了。"

"我从没说过这样的话。"

"好，那你**刚才**说啥了？"

"说他来**泡海水澡**呀，这是我刚说的。"

"好吧，要是不靠海，怎么去海里泡澡？"

"听着，"我说，"你见过国会矿泉水吗？"

"见过。"

"哦，那你说你是要去国会，才能见到国会矿泉水喽？"

"啊，那倒不用。"

"嗯，那威廉四世也不用去海边才能泡海水澡呀。"

"那他怎么泡海水澡的？"

"就像这里的人能见到国会矿泉水一样，在桶里呀。谢菲尔德皇宫里有锅炉，他想要水热一点儿。他们在海边没法烧那么多海水，没有那样的设备。"

"哦，这下我懂了。你一开始就说清楚，就不用浪费这么多时间了。"

她这么说，我知道我脱险了，心里一松，很高兴。接着，她又说：

"你也去教堂？"

"是的，常常去。"

"你坐在哪里？"

"坐在我们的座位上啊。"

"**谁**的座位上？"

"啊，**我们的**啊，你叔叔哈维的啊。"

"他的？**他**要一个座位干吗？"

"坐呀。你**觉得**他要一个座位干吗？"

"哎，我以为他应该在讲道台上啊。"

糟了，我忘了他是个牧师了，又掉坑里了，我只好假装又被鸡骨头噎到，开动脑子。然后，我说：

"哎呀，你以为一个教堂就只有一个牧师？"

"啊，要那么多牧师干吗？"

"干吗！给国王讲道，一个够了？没见过你这样的姑娘。他们至少有十七个牧师哪。"

"十七个！我的天！哎，我可不会去这样的教堂，哪怕**再也**去不了天堂了。这得讲上一个礼拜吧。"

"傻瓜，他们不会**全**在同一天讲道呀——每回只有**一个**。"

"哦，那么这时候其他牧师干吗？"

"嗯，也不干啥。就在边上转悠，递递盘子——这样那样的。不过基本上不干啥。"

"好吧，那他们有什么**用**？"

"哎，这是**派头**啊。你真是啥也不懂。"

"哎，我可不**想**懂这些蠢事。在英国，他们对仆人怎么样啊？比我们对黑奴好一点儿吗？"

"**可没**！仆人在英国啥也不是。他们对仆人比狗还不如。"

"他们不像我们这样，在圣诞节、新年还有独立日给他们放假的吗？"

"哦，听着！你说这话，谁都看得出来**你**没去过英国。哎，兔——乔安娜，一年到头，他们就没有放过假，也从来没去过什么马戏团、剧院，没看过黑奴演出，哪里也没去过。"

"教堂也没去过？"

"没有。"

"可**你**老去教堂啊。"

好吧，又掉坑里了。我忘了自己是那老家伙的仆人了。不过我马上想出了说法，像我这样的仆人，跟一般的用人不一样，不管想不想，**都得**去教堂，和家人坐在一起，法律这么规定的。不过我说得不够圆，她听完并不满意。她说：

"现在，我们说老实话，你是不是跟我讲了一堆假话？"

"我说的是实话。"我说。

"一句也不假？"

"一句也不假。没一句假话。"我说。

"那把手放在这本书上，再说一遍。"

我看那就是本字典，就把手放在上头，又说了一遍。她看着满意了些，说道：

"好吧，你的话有些我信，要是其余的我也信就好了。"

"什么你不信，乔？"玛丽·简走进来说，后头跟着苏珊，"你不该那样子跟他讲话，这样不好。他从外地来，离家那么远。换你，你愿意别人这样对你吗？"

"你老是这样，玛丽，别人还没怎么着呢，你就先跑过去要帮忙。我没对他怎么样啊，我就是觉得他说了一些假话，便说我不买账，我**就**说了这么几句。我想就这些话他是受得了的，对不？"

"我可不管事大事小，他是我们家客人，你那样子说他可不好。要是你在他位子上，会觉得丢死人的，所以，你不该对别人说让**他们**觉得丢人的话。"

"哎，玛丽，他说——"

"他**说**了什么不重要，问题不在这里。问题是你要**好好**待他，不要说那些叫他想起自己离开了家乡亲人的话。"

我心想，就是**这样的**姑娘，我却叫那些老混蛋抢她的钱！

这时，苏珊她也走上前，说来你不信，她把兔唇狠狠教训了一顿！

我心想，又一个这样的姑娘，我却叫那些老混蛋抢她的钱！

然后又轮到玛丽·简，她再次开口，又温柔又亲切，这是她的说话方式。等她说完了，可怜的兔唇已经没啥好反驳的了，只好大声嚷嚷。

"行了，"其他姑娘说，"你就向他道歉请他原谅吧。"

她照做了，她的道歉这样美妙，听了真舒服，我真想再跟她说一千句假话，好让她再道一遍歉。

我心想，又一个这样的姑娘，我却叫那些老混蛋抢她的钱。等她道完歉，他们都尽量让我觉得自在，像在自己家一样，身边都是朋友。我觉得自己又龌龊又低级又卑鄙，我对自己说，我想好了，我就是拼了小命也要把钱留给她们。

我匆匆离开了，说的是去上床睡觉，其实还得有一会儿呢。只剩下我一个人后，我把事情想了一遍。我琢磨，该偷偷去找那个医生，揭露这俩骗子吗？不行，这个不可行。他会跟人说是谁告诉他的，那国王和公爵就会让我有好受的了。那么，我该偷偷去告诉玛丽·简吗？不行，也不能这样做。她的表情肯定会泄露的，他们已经拿到了钱，一定立马就带着钱溜走了。要是她去喊人帮忙，我想，那事情还没搞定，我就卷进去了。不行，没什么别的好法子，只有一个办法，我得想法子把钱给偷来，还得让他们怀疑不到我头上。好在他们现在正干得欢，不把这家子和这镇子榨干了，是不会走的，我有足够的时间找到机会。我会把钱偷出来藏好，之后，等我们离开镇子，我会给玛丽·简写信，告诉她钱藏在哪里。不过，我最好今晚就偷出来，因为医生也许并没有像他说的那样就撒手不管了，他也许会来把他们吓跑的。

所以，我想我还是去房间找找钱在哪里。楼上客厅黑乎乎的，好在我还是找到了公爵的房间，开始用手到处寻摸，不过我又想，除了他自己，国王可不会让任何人管钱，所以我又去了国王的房间，在那里摸索。可是，没蜡烛我啥也找不到，我当然又不敢点蜡烛。我想，我该换个办法，埋伏在那里偷听。就在那时候，我听见了他们过来的脚步声，打算往床底下躲，我向床边摸去，可床没在那里，摸到的是玛丽·简遮挡衣服的布帘子，就赶紧跑到帘子后头，躲在长裙中间，站在那里一动不动。

他们进屋，关上门，公爵干的第一件事儿就是趴下来看床底下。我很高兴，幸亏当时我想摸床没摸到。你知道，要是正偷偷在干点儿啥，很自然就会躲到床底下。然后他们坐了下来，国王说道：

"好了，什么事儿？赶紧说，这会儿我们应该在楼下跟他们一起哀悼死人，而不是跑上头来，让他们有机会嘀咕我们。"

"嗯，是这样，卡佩国王。我觉得不太放心，有点儿心不安。那个医生的话老在我脑子里头转。我想知道你的计划。我有个主意，我觉得靠谱。"

"什么主意，公爵？"

"我们最好天亮前就开溜，带着我们的钱上船去。尤其是我们这么容易就得手了，原来还想着一定要偷回来呢，她们却把钱还到我们手上，当然你可能会说这是老天砸中的。我觉得就到此为止吧，赶紧开溜。"

我听了很气恼。换一个钟头或两个钟头前不会这样，但现在我又气恼又失望。国王脱口而出：

"什么！不卖光剩下的财产了？像一伙傻瓜那样提脚开
溜，留下八九千块的财产不要了？那可都是好东西，很好出手
的呀。"

公爵嘟囔着，说有那袋子金币就够了，他不想再要更多，
不想把那些孤儿的**所有**东西都抢光了。

"哎呀，听听你说的什么！"国王说，"除了钱，我们可没
有抢她什么东西。是那些**买了**财产的人才倒霉，一旦他们发
觉我们并不拥有这些财产——我们溜走后不久他们就会发觉
的——买卖就不作数了，到时候一切就都物归原主。孤儿们
会拿回房子，对**她们**来说，这就够了，她们年轻又有干劲，维
持生活很容易。**她们**可不会遭什么罪。哎呀，你就想想——还
有成千上万的人没她们过得好呢。老天保佑，**她们**没啥好抱
怨的。"

国王把公爵说晕了，最后他放弃了，说好吧，不过又说留
下来真是愚蠢，那医生盯着他们呢。可国王说：

"去他妈的医生！我们干吗在乎**他**呀？我们不已经把镇
上的傻子全骗我们这边来了？他们不已经是镇上绝大多数
人了？"

他们于是准备下楼。公爵说：

"我觉得我们的钱藏得不够好。"

这让我提起了精神，还以为已经没啥盼头了。国王说：

"为啥？"

"因为玛丽·简一会儿就要来穿丧服了，她会吩咐打扫房

间的黑奴把她那些衣服收起来装到盒子里拿走。你想，碰巧看到钱的黑奴不会借一些走？"

"你的脑袋瓜子总算又在线了，公爵。"国王说道。他在布帘底下摸索，离我站的地方就差两三寸。我紧紧贴着墙，尽管抖个不停，还是使出最大的劲儿一动不动。我不知道这俩家伙要是抓到我会说什么，便盘算着等他们抓住了我，我该做什么。不过还没等我脑子转过半个弯，公爵已经拿到了包，一点儿也没疑心我就在旁边。他们拿起包，塞进羽毛褥垫和草褥子之间的夹缝里，又往下按进草褥子里有一两寸深，说这样就行了，因为黑奴只会整理羽绒褥垫，草褥子一年里头也不会翻上两回，这样，包就没有被偷的危险了。

不过我可都知道了。没等他们下完楼梯，我就把包拿了出来。我偷偷摸回阁楼，把钱藏在我的房间里，等机会再藏到更好的地方。我觉得最好是藏在房子外头什么地方，因为他们要是发觉包丢了，肯定会把房子好好搜上一遍：我可太知道了。我和衣而睡，翻了个身，不过想睡睡不着，心里一直在盘算。没一会儿，我听到国王和公爵上楼了，便一个翻身滚下床，脸贴在楼梯口，等着看是不是会有什么动静，但什么动静也没有。

我就一直那样待着，直到屋里再也没了声响，而早起的人还没起床，然后偷偷溜下了楼。

第 二 十 七 章

我**悄悄**走到他们房间门口，听了听动静，他们都在打呼噜，便踮起脚尖，顺利下了楼。到处都很安静。我偷偷从餐厅门缝往里瞧，守灵的男人都在椅子上熟睡，通往停尸客厅的房门开着，餐厅和客厅各点着一支蜡烛。我走过去，客厅的房门也开着，那里除了彼得的尸体，没有人在，我便从一旁溜过，可是前门锁着，钥匙没在那里。就在那时，我听到身后有人下楼。我跑回客厅，快速察看了一下四周，发现能藏包的地方就只有棺材了。棺材盖敞着一英寸，露出里头的死人，他穿着寿衣，脸上盖了块湿布。我把装着钱的包塞进棺材，一直塞到他交叉握着的双手下头，那双手真冷呀，让我毛骨悚然，然后我跑过房间，躲在门后。

进来的是玛丽·简。她轻轻走向棺材，跪了下来，朝里头看了看，然后拿出手帕。我见她哭了起来，虽然听不见哭声，她背对着我。我偷偷跑了出去，经过餐厅的时候，我不敢肯定那些守灵人有没有看到我，便往门缝里瞧了瞧，一切都正常。他们没被惊动。

我偷偷爬上床，心里很惆怅，毕竟我干这事儿碰到了那么多麻烦，冒了那么多险，到头来却搞成这样。我想，要是事情顺利，行，等我们往下游划上一两百英里，我可以写信给玛丽·简，她可以把她老爹再挖出来，取出钱。可问题是，事情还说不定，很有可能当他们钉棺材盖时，就会发觉那笔钱。那样，国王又会拿到那笔钱，那再等机会从他那里拿回这笔钱，就不太容易了。我当然**想**偷偷下楼，把那笔钱从棺材里头拿出来，可我不敢再试了。离天亮越来越近，很快那些守灵的就会有人醒过来，到时候我就会被逮住。他们逮住我，手里拿着装着六千块钱的袋子，又没有谁叫我看管这钱袋，我心想，我才不想搅进这趟浑水里呢。

等我早上下楼，客厅门关着，除了家里人、寡妇巴特利，还有我们这伙人，没有其他人在。我观察他们的脸，想看看有什么异样，可什么也看不出来。

到了中午，殡葬人带着他的伙计来了，他们把棺材放在房间中间的几把椅子上，然后把我们的椅子排成一排，又从邻居家借来更多椅子，直到客厅和餐厅都挤得满满登登的。我见棺材盖跟之前一样，但旁边围着人，我不敢往里瞧。

人们一个接一个地来了，那俩畜生和姑娘们坐在离棺材最近的第一排，接下来半个钟头里，人们排成一排，慢慢从棺材面前走过，他们低头看着死者的面孔，有些开始掉眼泪，一切那么庄严肃穆，只有姑娘们和俩畜生用手帕擦眼泪，低着头在哭。除了人们拖着脚走的摩擦声，还有擤鼻子声，没有其他声音，相比其他地方，除了教堂，人们总爱在葬礼上擤鼻子。

等房间里头挤满了人，戴着黑手套的殡葬人像只猫一样，在人群里安静地转来转去，用他的方式温柔地安慰来人，做些最后的准备，把人和事都安顿得井井有条，舒舒服服。他从没开口说话，只是引导来客围着棺材哀悼，靠着点头、做手势，把迟到的挤进队伍里，为新来的开辟出通道。之后，他待在他的位置上，靠着墙站着。他真是我见过的动作最温柔、最流畅、最悄无声息的人，脸上的笑容也正正好好，一点儿不过火。

他们借来一个鼓风琴，不太好使，等一切就绪，一个年轻女人坐下来开始弹奏，琴声又尖又细，人们跟着唱了起来，在我看来，这会儿应该只有彼得最舒服。接着霍布森牧师开始布道，讲得很慢，可又很庄严。就在这时候，地窖里传来一通狂暴的叫声，应该只是条狗，可叫得真是惊天动地，而且还叫个不停，牧师只好站在棺材边上等它停下来，因为大家什么也听不见了。不过，没多久，他们见长腿的殡葬人向牧师示意，意思是，"别担心，我来处理"。殡葬人弯下身子，沿着墙悄悄溜过，肩膀刚刚超出大伙儿的脑袋。他悄悄走着，狗叫声越来越吵，没完没了，最后他沿墙走过房间两边，消失在地窖里。一两分钟后，我们听见"啪"的一声，狗最后大嚎了一两声，一切都安静了下来，牧师从刚才被打断的地方继续讲话，庄严得很。一两分钟后，殡葬人的后背和肩膀又沿着墙溜过来，他悄悄地蹭过房间的三边，然后立直身子，手挡住嘴巴，越过众人的脑袋，向牧师伸出脖子，压着喉咙，低喊："**它抓到只老鼠！**"接着，他又弯下身子，沿着墙，悄悄走回自己的位置。你可以瞅见，大伙儿对此都很满意，他们当然想知道发生了什么。这样的小事做起来不费劲，可正是这样的小事，让做的人受到尊敬与喜爱。殡葬人就是镇上最受大家欢迎的人了。

嗯，葬礼布道非常好，就是有点长，有点无聊。然后国王上前，抛出一些他通常的废话，最后仪式结束，殡葬人拿着螺丝刀，悄悄走近棺材。我紧张得冒汗，专心盯着，但他根本没有乱翻，直接把棺材盖轻轻滑拢，再把螺丝牢牢拧上。这下好！我不晓得钱还在不在里头。我想，要是有人已经偷偷把包拿走了，那我怎么知道还该不该给玛丽·简写信呢？该死，我想，我会被追捕，扔到牢子里。那还是低调点，闷在心里吧，不要写信了。我把事情全搞砸了，本来想做件好事，却搞糟了一百倍，真希望我没管过这档子事儿！

安葬了彼得后，我们回了家，我又跑去观察那些面孔，我忍不住，没法安心，可啥也看不出来，那些面孔啥也没表露出来。

晚上，国王跑去拜访大家，把每个人都哄得团团转，让大伙儿都觉得他很友善。他向大伙儿表示，他在英国的教堂会众十分想念他，他必须赶紧把地产什么的处理好回国去。他很抱歉自己赶得这么急，大家也觉得很难过，他们希望他能多待一段时间，不过也说他们明白这也是没法子的事。国王说，他和威廉当然会带着姑娘们一起回英国，这让大家都很开心，这样姑娘们就可以在自己亲人那里安顿下来了。姑娘们听说了也很高兴，她们欢欣雀跃，显然忘了在世上还有什么别的烦心事，她们跟他说，就按他想的尽快卖掉地产，她们也会准备妥当一起走。这些可怜人是这么开心，看到她们被欺骗愚弄，我心里好痛，但还是想不出来有什么稳妥的办法，可以让我插手，改变事情的走向。

国王果然立刻着手拍卖房子、黑奴和所有其他财产，就在葬礼后两天开始，不过谁要想，也可以提前私下来买。

所以，葬礼后一天，大概中午时候，姑娘们的欢乐就被泼了第一盆冷水。两个奴隶贩子上门，国王便把黑奴卖给了他们，价钱很合理，拿到了所谓的三天兑现汇票。黑奴就这样子离开了家，两个男孩被卖去上游的孟菲斯，他们的娘却被卖去了下游的奥尔良。我看那些可怜的姑娘，那些黑奴，难过得心都碎了，他们抱着哭，哭了很久，我都不忍心看。姑娘们说，她们从没想过会看到一家子骨肉分离，或从镇上被卖去别的地方。那些难过的可怜姑娘，那些抱着脖子哭的黑奴，我忘不了这一幕，我觉得我再也受不了了，要不是知道这交易不作数，黑奴们一两个礼拜就可以回家，我真想说出真相，把我们这伙人全供出来。

这也在镇上激起了一阵骚动，很多人直接跑来，说那样子让人母子分离真是可耻，那俩骗子有点难堪；可那老家伙不管公爵说什么做什么，还是照样蛮横，我看得出来，公爵十分不安。

第二天就是拍卖日。天色大亮的时候，国王和公爵跑上阁楼，叫醒我，我一看他们的脸色，就知道遇上了麻烦。国王说：

"你昨晚上我屋里去了吗？"

"没有，陛下"——只有我们自己这伙人时，我总是这么称呼他。

"你昨天没去那里？还有昨天晚上？"

"没有，陛下。"

"老天在上，不许撒谎。"

"老天在上，陛下，我说的是实话。自打玛丽·简小姐领你和公爵去看了房间后，我没有靠近过你的房间。"

公爵说：

"你见其他人进去过吗？"

"没，阁下，我不记得有人去过。"

"住嘴，好好想一想。"

我想了一下，看到有机可乘，便说：

"嗯，我见黑奴进去过几回。"

他们都一愣，看上去没料到这一出，之后又显出**早在**意料之中的样子。公爵说：

"是吗？他们都进去过？"

"没，至少没一起进去过，我是说，我没看见他们一起**出来**，只有一回。"

"是吗！什么时候？"

"就是葬礼那天。早上。也没有很早，因为我睡过头了。我走下楼梯，正好看到他们。"

"好，继续说，**继续**！他们干了什么？看上去什么样儿？"

"他们没干什么。就我看到的，他们没干什么。他们踮脚走开了，我看得蛮清楚的。他们以为陛下你起床了，想进去打扫你的房间，可发觉你**还没**起床，就希望悄悄溜走，没吵醒你，不惹麻烦，要是他们没有已经吵醒你的话。"

"这就对了，就是**这样**！"国王说。他俩十分焦虑，看着很傻。他们站在那里，抓耳挠腮，一会儿，公爵忽然咯咯笑了，说道：

"真想不到这些黑鬼做事还真利落。还装得要离开这地方是那么**难过**！我还**真**以为他们很伤心呢，你也是，大伙儿都是。别再跟**我**说黑鬼没有演戏天分了。哎呀，他们装起样子来，能把**所有人**都给骗了。我看他们有这本事。要是我有资金，有家戏院，那没有比他们更好的演员了，我们却把他们便宜卖了。是啊，卖得可真便宜。哎，那便宜价**在**哪儿呢，那张汇票？"

"在银行等兑现呢。还**能**在哪儿？"

"好，**那**就好，感谢上帝。"

我怯怯地说：

"出什么事儿了？"

国王冲我转过身来，喊道：

"不关你的事！滚一边去，管好你自己的事，该做啥做啥去。只要你还待在镇子里，就不许忘了**这茬**，听见没？"然后他跟公爵说："我们只好先硬吞下去，什么也别说，我们**自己**知道就行。"

他们走下楼梯，公爵又咯咯笑起来，说：

"薄利**就**快销！真是桩好买卖，真是好得很哪。"

国王扭身对他说道：

"我费了老大劲才这么快出手。要是一点儿没赚到，考虑不够周到，什么也带不走，就全是我的错了？"

"要是早听我的，那**他们**就还在这屋里头，我们却**不在**了！"

国王回骂了几句，然后又掉过头来骂**我**。他骂我没有跑来**告诉**他，我看见黑奴从他屋里出来，说傻瓜都能**明白**出了什么事。然后他又进屋，**骂**了自己一会儿，怪自己那个早上没有像平常那样多睡一会儿，以后他再也不会那样干了。他们唠叨着离开了，我真高兴，这件事情全推到黑奴身上了，而且也没对他们造成任何伤害。

第 二 十 八 章

没多久，到了起床的时间，我爬下梯子，往楼下走去，不过，经过姑娘们的房间时，我看见门开着，玛丽·简坐在她打开的旧皮箱旁，在收拾行李，准备去英国。可她把一件睡袍折好放膝盖上，双手捂着脸哭了起来。看到这一幕我很难过，当然谁都会难过。我走进屋，说：

"玛丽·简小姐，你受不了看人有难，我也不行——一向受不了。告诉我怎么了？"

她开口了，说是为了那些黑奴，我也料到了。她说，美妙的英国之行几乎被毁了，得知那对母子再也见不了面，她不知道在那里她**怎么**开心得起来，她哭得更厉害了，扬起双手说道：

"唉，天哪，天呀，想想他们**再也**见不到面了！"

"他们**会**见面的，最多两个礼拜吧，我知道的！"我说。

哎呀，我想也没想就脱口而出了！我还没来得及动，她就抱住我**脖子**，让我**再说一遍，再说一遍，再说**一遍！

我明白我太冒失了，说太多了，处境危险。我请她容我想想，她端庄地坐在那里，又着急又兴奋，但又有点高兴和放松，就好像总算把病牙给拔了。我开始盘算。我心想，眼下这情境，说实话要冒不少险，尽管我没啥经验，不敢肯定，但应该是这样；不过我也觉得，现在的情况，说实话实在**好过**撒谎。我必须先把这事儿搁一边，以后再找时间细想，因为它太奇怪，并不常见，我从来没碰到过这样的事儿。好吧，最后我对自己说，我要抓住这机会，说出来，说出真相，尽管这就像坐在火药桶上，点着，再看看自己会被炸到哪儿去。于是，我开口道：

"玛丽·简小姐，这镇子附近有没有什么地方你可以去待上三四天的？"

"有，罗斯洛普先生家。怎么了？"

"先别管为啥。要是我告诉你，我怎么知道黑奴两个礼拜内就可以再见面，就在这房子里见面，而且**证明**我是怎么知道的，你可以去罗斯洛普家待上四天吗？"

"四天！"她说，"我可以待上一整年！"

"行，"我说，"我只要**你**这句话，这比任何人亲吻《圣经》都管用。"她笑了，脸上微微飞红，十分甜美。我接着说："要是你不介意，我想关上门，再锁上。"

然后我回来，又坐下，说道：

"别嚷，就静静坐在那里，像个男人那样听着。我要跟你说实话了，你得打起精神来，玛丽小姐，因为真相很糟糕，很难接受，但也只能接受。你的这些叔叔根本不是你叔叔，他们是两个骗子——就是常见的那种无赖。好了，最坏的我已经说了，剩下的糟心事你就好接受多了。"

她当然大吃一惊，可我既然已经起了头，就索性说到底，从头到尾她的眼睛越来越冒火，我告诉了她所有事情，从我们碰上那个去坐汽船的年轻傻瓜，一直到她在大门口扑进国王怀里，后者亲了她十六还是十七遍，最后她跳了起来，脸蛋像太阳那样喷火，说道：

"这些畜生！快，别再浪费时间，**一秒钟**也不能耽搁，我们去给他们涂上柏油，粘上羽毛，扔到河里头！"

我说：

"那是当然。不过你的意思是去罗斯洛普先生家**之前**，还是——"

"哦,"她说,"我在**想**什么哪!"说着她又坐了下来。"别管我说的,请别在意,你**不会**在意的,是吧?"她细巧的双手放在我身上,我说我死也不会在意。"我没好好想,我太激动了,"她说,"好了,继续说,我不会再这样了。你告诉我怎么做,你说什么我就照做。"

"嗯,"我说,"这俩骗子不好对付,我被困住了,愿不愿意的都只能跟他们再混一阵子。我最好还是不要告诉你为啥会这样,你要是告发他们,这镇子是能让我脱离他们的魔爪,我是摆脱他们了,可还有个人,你不认识的,他就有大麻烦了。我们得保住他,是吧?当然得保住**他**。好了,所以,我们不能告发他们。"

说到这,我有了个好主意。我想也许我和杰姆能甩掉这俩骗子,让他们在这里被扔进牢里,我们自己上路。可我不想白天划木排,船上只有我能应付盘问,我想一直等到夜深再执行计划。我说:

"玛丽·简小姐,我有个主意,我们这么办,你也不用在罗斯洛普先生家待那么久。他家有多远?"

"差不多四英里吧——就在后头乡下。"

"好,可以。你现在就去那里,待到今天晚上九点钟或九点半,然后告诉他们你想起了什么事儿,让他们送你回家。要是你十一点前回来,就在这扇窗户边点支蜡烛,要是我没出现,你就等**到**十一点钟,**然后**,要是我还不出现,就说明我已经走了,安全离开这里了,你就出门把消息传出去,让这俩畜生给抓到牢里去。"

"太好了,"她说,"我就这么做。"

"要是我碰巧没走成，和他们一起被抓了，那你就要站出来，说我之前已经把事情原委都告诉你了，你一定得拼命为我说话呀。"

"我肯定会为你说话的！他们不会伤到你一根汗毛！"她说。我看她说这话时，鼻子一张一合的，眼神十分坚决。

"要是我离开了，"我说，"我就没法留下来证明这些恶棍不是你叔叔，但我**在**这里的时候，我又不能这么做。我可以发誓，他们就是畜生，无赖，我能说的就这些，但它们也算个话吧。对了，有人能比我做得更好，也不会像我这么快就被怀疑上。我会告诉你怎么找到他们。给我一支笔，一张纸。就是这个——'《皇家极品》，布里克斯维尔。'收好了，别丢了。等法庭要查明这俩家伙干了什么时，叫他们派人去布里克斯维尔，告诉那里人，他们抓到了演《皇家极品》的人，现在要他们去作证，哎，还没等你眨眼，那一整个镇子的人就都来了，玛丽小姐。他们会气冲冲地来的。"

我觉得这下算把一切都搞定了。我便说：

"就让拍卖照常举行，别担心。因为拍卖时间紧，没人会为买的东西当场付钱，都会一天以后才付，他们没拿到钱也不会离开。我们都安排妥了，最后拍卖不会作数，他们也拿不到钱。就像黑奴一样，根本就没什么买卖，所以黑奴们马上就可以回来了。哎，他们还拿不到卖**黑奴**的钱，他们可就进了最差的局了，玛丽小姐。"

"行，"她说，"我得赶紧下去吃早饭了，然后马上去罗斯洛普先生那里。"

"哎，**这**不行，玛丽·简小姐，"我说，"绝对不行，**别等**吃早饭，现在就走。"

"为什么？"

"你觉着我想让你去那里干吗呢？"

"啊，我从没想过，不过一想，我也不知道呀。"

"哎，那是因为你是那种脸上藏不住表情的人。看你的脸，就像看一本书，每个人都可以坐下来，把上头的大字儿看个一清二楚。你觉得你能去吃早饭，面对你的叔叔，他们过来亲吻你，给你道早安，而不会——"

"哎呀，哎呀，不行！好，我吃早饭前就去，我很高兴现在就去。那我把妹妹们留在他们身边？"

"是的，别担心她们。她们还得再忍忍。要是你们都离开了，他们会起疑心的。我不想你见到他们，也不想你见到妹妹，或镇上其他人，要是有邻居问你叔叔今早怎么样，你的表情肯定会露馅儿的。你谁也别见，直接走吧，玛丽·简小姐，我会搞定他们所有人的。我会告诉苏珊，让她向你叔叔代为问好，说你离开几个钟头去休息休息，换换环境，或者说去见一个朋友，今儿晚上或明儿一早就会回来。"

"去见朋友这个说法可以，但我不会向他们问好的。"

"好，那就不问好。"最好就这样告诉**她**，无伤大碍。这不过是小事一桩，很容易，这样的小事叫人顺顺当当的，也会让玛丽·简舒服，而且不费什么工夫。我接着说："还有一件事——那袋子钱。"

"唉，他们拿到了钱，一想起他们是**怎么**搞到的，我就觉得自己特别蠢。"

"你不用不好受。他们没拿到钱。"

"哎呀，那在谁手上？"

"我希望我知道，但我不知道。之前我**拿**了，我从他们那里偷来了，我偷来是要给你，我知道我把它藏哪儿了，可我恐怕它已经不在那里了。我真的很抱歉，玛丽·简小姐，非常非常抱歉，但我尽力了，真的尽力了。我差点被抓住，只好顺手一藏，然后逃走了——那不是个藏钱的好地方。"

"哦，别怪自己——这样不好，我不许你怪自己——你也没办法，那不是你的错。你藏哪儿了？"

我不想让她再烦心，可也实在说不出口，告诉她那袋子钱在棺材里那具尸体的肚子上。所以我沉默了一会儿，什么也没说，然后开口：

"我还是不想**说出来**我放哪儿了，玛丽·简小姐，要是你不介意；不过之后我会写在一张纸上，你去罗斯洛普先生家路上可以打开看。你觉得那样可以吗？"

"哦，可以的。"

于是，我写道："我放在棺材里头了。就是你那天晚上在那里哭的时候放进去的。当时我在门背后，我真为你感到难过，玛丽·简小姐。"

想起她那天晚上一个人在那里哭，那俩魔鬼就睡在她家屋顶下，羞辱她，抢她的钱，我的眼睛有点湿了，我把纸折起来交给她，看到她的眼睛也湿了，她紧紧握着我的手，说：

"**再见**了。我会按照你告诉我的去做，要是我再也见不到你了，我永远都不会忘记你的，我会一直一直想着你，我也会为你**祈祷**的！"说完她离开了。

为我祈祷！我想她要是知道我是什么货色，会选一件更适合她身份的事情的。不过，我敢说她就算知道了，也一样会为我祈祷，她就是那样的人。要是她觉得有理，她敢为犹大祈祷，我觉得她不会退缩。不管你怎么想，我觉得她比任何姑娘都胆大，我觉得她浑身是胆。这听起来有点像拍马屁，可我绝对不是吹捧。还有，说到美丽、善良，她盖过了所有姑娘。她走出那扇门后，我再也没见过她，从那以后再也没见过，但我无数次想起她，想起她说要为我祈祷，要是我相信**她**祈祷有用，我会拼死为她祈祷的。

我想，玛丽·简是从后门悄悄走的，因为没人见她离开。等碰到苏珊和兔唇，我说：

"你们有时候上河对面去做客的那家人叫什么呀？"

她们说：

"有好几家呢，不过主要是去普罗科特家。"

"就是这名字，"我说，"我差点忘了。嗯，玛丽·简小姐叫我告诉你们，她赶着去那家了，他们家有人病了。"

"谁病了？"

"我不知道，说起来我忘了，不过可能是——"

"哎呀，我希望可别是**汉娜**呀！"

"我很抱歉这么说，"我说，"但就是汉娜。"

"老天，她上个礼拜还好好的呢！情况糟糕吗？"

"糟得没法说。他们一整晚陪着她，玛丽小姐说，他们觉得她熬不过几个钟头了。"

"真是想不到啊！她得了什么病？"

我一时间想不出什么可信的理由，就说：

"腮腺炎。"

"你奶奶的腮腺炎！得了腮腺炎不用陪夜的。"

"不需要陪夜？我打赌得了**那种**腮腺炎的需要陪夜。那种腮腺炎不一样。是新型腮腺炎，玛丽·简小姐说的。"

"为啥是新型的？"

"因为还混杂了其他病症。"

"什么其他病症？"

"嗯，麻疹，还有百日咳，丹毒，肺痨，黄疸，脑热，还有我说不清楚的。"

"我的天！他们管这叫**腮腺炎**？"

"玛丽·简小姐就是这么说的。"

"他们到底为啥叫它**腮腺炎**呀？"

"因为它**就是**腮腺炎啊。就是从腮腺炎开始的。"

"我觉得没道理。一个人可能撞到了脚指头，吃了毒药，掉进了井里，摔断了脖子，脑浆都流了出来，有人过来，问他咋死的，一个白痴上前说：'哎，因为撞到了**脚指头**。'这说得通吗？**说不通**呀。**这个**也说不通。这病传染吗？"

"**传染**吗？瞧你说的。黑乎乎地方的一把**耙子**传染吗？你碰不到这根耙齿，就会碰到另一根，不是吗？你想摆脱掉耙齿，就得对付整把耙子，不是吗？可以说这种腮腺炎就像个耙子，这耙子可厉害了，你过来它就把你耙住了。"

"好吧，真是可怕，"兔唇说，"我要去哈维叔叔那里——"

"哦，是，"我说，"我**会**去。我**当然**会去了。我不会浪费一点儿时间了。"

"啊，你为啥一刻不能等了？"

"你想想就明白了。你的叔叔们不是得尽快回英国吗？难道他们会自己回去，留下你们，让你们自个儿来吗？他们有那么坏吗？**你知道**他们会等你们的。目前情况还算好。你叔叔哈维是个牧师吧？那很好，一个**牧师**会骗船员吗？他会骗**船员**，骗他们让玛丽·简小姐上船吗？**你知道**他不会的。那他会怎么做？嗯，他会说，'真遗憾，不过我的教区事务只好靠他们自己尽力处理了，因为我的侄女和得了可怕的汇集型腮腺炎的人待在一起，我得留下来，在这里待上三个月，观察她有没有染上'。不过别管我说的，要是你觉得最好告诉叔叔哈维——"

"呸，我们会傻乎乎地待在这里吗？我们可以在英国过得开开心心的，现在倒要在这里，等着看玛丽·简染上没有？哎，你说的什么蠢话。"

"哦，那最好得告诉一下邻居。"

"听着。你真是蠢透了。你不**明白他们会**到处说的吗？跟**谁**也别说，只有这办法。"

"哦，也许你是对的，嗯，我觉得你**是**对的。"

"不过我想我们得跟哈维叔叔说她出门了，不然他会担心她的。"

"是的，玛丽·简小姐就想让你这么做。她说，'叫她们代我向哈维叔叔和威廉叔叔亲吻问好，说我到对岸去见'——见那个什么先生，就是你们彼得叔叔曾经那么挂念的有钱人家，叫啥来着——我是说——"

"啊，你一定是说艾普斯洛普家，对吧？"

"就是就是，这名儿也太难记了，估计搁谁都大半记不住。是的，她说，就说她去艾普斯洛普家了，确保他们来参加拍卖，买下房子，她说她的彼得叔叔就想卖给他们家，她会缠着他们，直到他们说他们会来，然后，要是她不太累，就会回家，不然最迟明天早上就会回家。她说，别说普罗科特家的事儿，光说艾普斯洛普家就行，这也不假，她也会去他们家提卖房子的事儿，我知道，这是她亲口告诉我的。"

"行。"她们说，便离开去找叔叔们，向他们亲吻问安递口信儿了。

一切都顺利妥当。姑娘们什么也不会说，因为她们想去英国；国王和公爵呢，巴不得玛丽·简拍卖时不在场，免得受罗宾森医生影响。我也觉得很开心，这事儿干得漂亮，汤姆·索亚都干不出这么漂亮。当然，他会干得更有范儿，可我没那么能干，我天生不是那块料儿。

临近傍晚，他们在广场里举行拍卖，骗了一个又一个，那老家伙站在拍卖人身边，一副虔诚得不得了的样子，不时念叨几句《圣经》或其他什么漂亮话，公爵也在一旁假装叨叨，博取同情，不停卖弄。

不久，事情总算告一段落，东西差不多全卖光了，只剩下墓地里一小块不值什么钱的破地。他们想把这块地也卖了，我从没见过像国王这样的，恨不得把**所有东西**都吞个渣子儿不剩。正当他们忙着卖这块地的时候，一艘汽船靠岸了，没一会儿，过来一群人，又喊又叫、又笑又闹，嚷道：

"对手**来此**！这又是你们老彼得·维尔克斯的两个继承人！你们向谁付钱，自己选吧！"

第 二 十 九 章

他们带来了一个相貌堂堂的老先生，还有一个年纪轻一些的家伙，长得挺俊，右胳膊吊着绷带。哎，我的天，人们不停地又叫又笑。我没觉得有什么可笑，而且我想，有任何可笑的都会让国王和公爵很紧张吧，我猜他们该脸色发白了，可是，没，**他们**的脸色一点儿没变白。公爵一点儿也没表现出来他担心发生什么事情了，还是照样咕咕，又开心又满足，就像一罐牛乳咕噜噜往外冒；至于国王，他只是悲伤地看着那俩新来的，怎么世界上会有这样的骗子和无赖啊，他太伤心了。哎，他那样子可真是叫人肃然起敬，大伙儿都围着他，表示站在他这边。那位刚到的老先生真是完全被搞糊涂了，很快他就开口说话，我立刻发觉，他说话腔调才**像**英国人，不是国王那种，尽管国王**也算**模仿得可以了，但我说不出老先生那样的腔调，也学不来。他转身对着人群，这样说道：

"这真是没想到，不在我意料之内。我得坦率承认，我也没有为此做好准备。我兄弟和我运气不佳，他摔断了胳膊，我们的行李昨天晚上又被搞错，卸在上游一个镇子里了。我是彼得·维尔克斯的兄弟哈维，这是他弟弟威廉，又聋又哑，这会儿只剩一条胳膊，更比划不了什么了。我们就是哈维和威廉，等过一两天拿到行李，我就可以证明。在此之前，我无话可说，会去旅馆等待。"

他和新来的哑巴便动身要离开，国王笑了，开始胡扯：

"摔断了胳膊，**真像**呀，还很方便，骗子要会打手势，就是还没学会怎么打呢。丢了行李！真是太棒了！**非常聪明**的点子，眼下**情况**正合适！"

　　他又笑了，其他人也笑了，除了三四个人，或许十来个。其中一个是医生，另一个是一位精干的先生，他提着一只老式毡布包，刚刚下船，正和医生低声说着什么，他们的眼睛不时扫过国王，边说边点头，那是去了路易斯维尔的列维·贝尔律师。还有一个同来的粗犷大汉，他先听完了老先生的话，现在开始听国王怎么说，等国王也说完了，这位大汉一步上前，说道：

　　"我说，听着，要是你是哈维·维尔克斯，你什么时候到这个镇子的？"

　　"出殡前一天，朋友。"国王说。

　　"那天什么时候？"

　　"傍晚，太阳下山前一两个钟头吧。"

　　"你**怎么**来的？"

　　"我从辛辛那提坐苏珊·鲍威尔号来的。"

　　"那好，那你那天**早上**怎么会在品特的一条小划子里呢？"

　　"我那天早上没在品特。"

　　"说谎。"

　　有几个人冲出来，求他不要那样子跟一个老先生、一位牧师讲话。

　　"去他的牧师，他就是个骗子，大话王。他那天早上就在品特。我就住在那里，不是吗？好，我在那里，他也在那里。我看见他在那里了。他坐着小划子来的，跟提姆·柯林斯，还有一个孩子在一起。"

　　医生站起来，说道：

　　"要是再见到那孩子，你能认出他来吗，海恩斯？"

"我想应该吧，不过我不知道。哎呀，他这会儿不就在那里吗，我很容易就认出他来了。"

他指着的人是我。医生说：

"街坊们，我不知道新来的那俩是不是骗子，但要说**这俩**不是，那我就是白痴一个。我想，我们有责任，事情不查清楚不让他们离开。来，海恩斯，还有你们其他人，把这些人带去客栈，叫他们跟另一对家伙对质，我猜不用等事情了结，我们就会搞明白**是怎么回事**了。"

人群激动坏了，尽管挺国王那方的人并不为之所动。我们动身出发，太阳快下山了，医生一直非常温柔地牵着我的手，但没有松开过。

我们来到客栈一个大房间，点上一些蜡烛，把新来的那对家伙领了进来。医生先说道：

"我不想对这两人太苛刻，但我觉得他们是骗子，可能还有我们完全不知道的同伙。要是他们有同伙，他们带着彼得·维尔克斯留下的钱逃走了怎么办？不是没这可能。要是这俩不是骗子，他们也不会反对派人去把那钱拿来吧，叫我们保管，直到他们证明自己的清白——这样不好吗？"

大伙儿都同意。我想他们把我们这伙人一开始就看紧了。不过国王只是露出悲伤的样子，说：

"先生们，我真希望钱还在，因为我一点儿也不反对把这件可悲的事情公开、公平、彻底地调查清楚；但是，唉，钱已经不在了，你们要是想，可以派人去查看。"

"那在哪里？"

"我侄女要我保管后，我把它藏在我床的草褥子里头了，我们只待几天，考虑到床比较安全，就不想存银行了。我们对黑奴不了解，以为他们都很老实，就像英国的仆人一样，可就在第二天早上，我下楼后，黑奴把钱偷走了。我把他们卖掉的时候，还不知道钱不见了，所以他们就这样把钱卷跑了。我的仆人在这里，可以告诉你们这件事情，先生们。"

医生和其他几个人说"胡说！"，我发觉没人信他的话。有人问我是否看见黑奴偷钱了。我说我没看见，我只看见他们悄悄从房间里出来，匆匆离开了，当时我也没多想，就觉得他们怕吵醒我的主人，想在他为难他们之前赶紧离开。他们就问了我这些。医生转过身来对着我，说：

"**你**也是英国人吗？"

我说是的，他和其他人笑了，说，"胡扯"！

接着他们开始着手调查，翻来覆去地询问我们，一个钟头，又一个钟头，没人提晚饭的事儿，也似乎根本没想到，他们就这样一直查呀问呀，真**是**特别伤脑筋。他们叫国王说他的来历，又叫那位老先生说他的；除了一根筋的傻瓜，任何人都可以**看出来**，老先生在说实话，另一个在撒谎。过了一会儿，他们开始叫我说出我知道的事情。国王从眼角给我使了一个眼色，我知道该怎么说了。我开始说起谢菲尔德，我们在那里怎么生活，还有在英国的维尔克斯家的人怎么样，等等，我还没说上多久，医生就笑了起来，那个律师列维·贝尔说道：

"坐下，我的孩子，要我是你，就不那么拼了，我猜你还不习惯说谎，说得还不溜，你得多练。你说得太差劲了。"

我不在乎什么好听话，不过，不管怎么说，被放过一马，我松了口气。

医生开口要说什么，他转过来说道：

"要是你一开始就在镇上，列维·贝尔——"国王打断他的话，伸出手，插嘴道：

"哎，这就是我那可怜的死去的兄弟一直写信提到的老朋友吗？"

律师和他握了握手，脸上露出笑容，看上去很高兴，他们谈了好一会儿，然后走到一边低声交谈；最后，律师走过来，说道：

"这就搞定了。我会把你写的授权书，还有你兄弟写的授权书都送上去，这样事情就明白了。"

他们便拿来了纸笔，国王坐下来，歪着头，咬着舌头，胡乱写下些什么，他们又把笔递给公爵，公爵头一回露出了难受的表情，他拿过笔，开始写起来。律师又转向那位新来的老先生，说：

"你和你兄弟也写上几行吧，签上名。"

老先生写起来，但谁也认不出是什么字。律师看了后大吃一惊，说道：

"哎，这真是惊到我了！"然后他从口袋里掏出一沓旧信，仔细看了看，又仔细看了看老先生的笔迹，再看了看国王他们的，之后说道："这是哈维·维尔克斯寄来的信；这是这两个家伙的笔迹，谁都看得出来，信不是他们写的（告诉你吧，发觉自己上了律师的当，国王和公爵看上去又傻又蠢）"，"而这，是这位老先生的笔迹，谁都很容易看出来，信也不是他写的，事实上，他划拉的根本不是字。好了，这些信是从——"

新来的老先生说：

"对不起，请容我解释一下。没人看得懂我的手迹，除了我兄弟，所以我的信都是他誊抄的。你手里的信是他手写的，不是我。"

"**啊呀**，"律师说，"这样说也**可以**。我这里还有一些威廉写来的信，要是你能叫他写上几笔，或者我们可以——"

"他用左手可**写不了**，"老先生说，"要是他能用右手，你就看得出来，他自己写的信，和我写的信，都是他写的。你看看这些信，它们出自一人手笔。"

律师看了看，说：

"我觉得的确如此，就算不是，我之前也没见过这么相似的笔迹。哎，哎，哎！我觉得我们的路子是对的，就是有点儿跑偏了。不过，不管怎么说，有一件事得到了证明，**这俩**肯定都不是维尔克斯家的。"——他冲国王和公爵摇摇头。

好了，你猜怎么着？那驴脑袋一样的老傻瓜**到这时候**还不肯放弃！他真的不放弃。他说这测验不公平。说他兄弟威廉是世界上最爱开玩笑的人，根本就没打算好好写，**他**一看到威廉拿起笔，就知道他要开玩笑了。他又来了精神，叨叨没完，到最后**他自己**都真的开始相信自己的话了。不过没多会儿，新来的绅士就插嘴说：

"我想到了一件事。这里有人曾帮着把我兄弟——帮着安葬我去世的兄弟彼得·维尔克斯的吗？"

"有，"有人答道，"我和艾博·特纳帮着落土的。我们都在这里。"

老先生便转过来对着国王，说：

"这位先生能告诉我，他胸口的文身是什么吗？"

国王不得不赶紧打起精神，不然就会像被掏空的陡峭河岸那样一泻千里，问题来得太突然了，而且，说实话，**任何人**要没有准备，都会被这样劲爆的问题问倒的，**他**怎么会知道那男人的文身是什么？国王脸色有点控制不住地发白，周围寂静无声，每个人都微微向前，盯着他。我心想，**这下**他得认输了——输定了。那他认输了吗？真叫人没法相信，还真没有。我猜他就想一直这么扛下去，扛到所有人都疲了，散了，他和公爵就能脱身逃走了。不管怎么说，他坐在那里，很快就笑了起来，说道：

"哎哟！真是**非常**厉害的问题，可不是！**可以**，先生，我可以告诉你他胸口的文身是什么。就是一支小小的、细长的蓝箭，就是这个，要不是靠近仔细看，还看不见。好了，**现在**你还有什么要说——嗨？"

我还从没见过像这老家伙这么不要脸的。

新来的老先生猛地转向艾博·特纳和他的伙伴，眼睛发亮，心想**这回**可逮住国王了，说道：

"好了，你们都听到他说什么了！彼得·维尔克斯胸口有这样的记号吗？"

那俩都开口说道：

"我们没看见任何这样的标记。"

"太好了！"老先生说道，"你们在他胸口看到的，应该是一个小小的模糊的P和一个B（这个B他年轻时候不用了），还有一个W，中间是横线，所以就是P-B-W [P和W是彼得·维尔克斯（Peter Wilks）

的名字首字母，B是他的中间名首字母，年轻时候就不用了]。"说着，老先生在纸上这么画了出来。"过来看看，这是不是你们看到的？"

他们都再次开口说道：

"不是，我们**没看见**这样的。我们没看见任何记号。"

这下所有人都不干了，他们叫道：

"这**两**伙人都是骗子！把他们扔河里去！淹死他们！架着他们游街！"每个人都立马跟着起哄，乱成一片。不过律师跳上桌子，大声喊道：

"先生们——**先生**们！就听我说一句，就**一句**，**求求**你们！还有一个办法，我们去把尸体挖出来看一下。"

这建议把大伙儿都吸引住了。

"万岁！"他们都大喊起来，立刻准备动身，但律师和医生嚷道：

"等等，等等！抓住这四个人，还有这孩子，带**他们**一起去！"

"我们来！"他们喊道，"要是找不到标记，我们就把这伙人都私刑处死！"

这下我得说我可**真**吓坏了。可你知道，根本逃不掉。他们揪住我们几个，押着我们一起往墓地走去。墓地在河下游一英里半的地方，整个镇子的人都跟在我们后头，一来我们的动静实在太响；二来这会儿才晚上九点。

经过我们房子的时候，我真希望没把玛丽·简小姐送走，不然，这会儿我可以冲她使个眼色，她就会跑来救我，说出那俩骗子的老底。

我们像野猫那样，挤成一团，沿着河岸走去。天渐渐阴了下来，不时有闪电划过，风从树叶间吹来，叶子哗啦啦直抖，越来越瘆得慌。这是我碰到的最可怕、最危险的情境，我有点吓蒙了，这跟我之前设想的完全不一样呀，不是我可以不慌不忙地等着看笑话，有玛丽·简小姐在背后撑腰，关键时刻她会出来救我，现在，我和突然死掉之间，只隔着那些文身记号。要是他们没有找到那些记号——

我不敢去想，可又没办法去想别的事情。天色越来越暗，正是从人群里溜走的好时机，可那个粗犷大汉海恩斯牢牢抓住我的手腕，从歌利亚（传说中的巨人，有无穷的力量，所有人见到都退避三舍）手里逃走都比这还要容易些呢。他兴奋地拽着我往前走，我只好跑起来才跟得上。

他们到了那里，便一窝蜂冲进墓地，就像水漫金山那样。等到了坟墓边，他们发觉手头的铲子多得要命，却没人想到带只提灯来。不过他们立刻借着闪电的光亮开挖，并派人去半里外最近的人家那里借一盏灯来。

他们挖啊挖，天色漆黑，雨水开始掉落，风飕飕刮过，闪电越来越猛，雷声也轰隆而至，但人们似乎根本没注意到，就忙着挖坟。这一秒，人群里的每一张脸，还有铲子从坟墓里一回回铲出的土，你看得清清楚楚，下一秒，黑暗又抹掉一切，你什么也看不见了。

最后，他们抬出棺材，拧开棺材盖上的螺丝，又一伙人你推我挤地拥过来要看上一眼，真是前所未见的情形，尤其是在黑暗中，太可怕了。海恩斯拽着我的手腕往前挤，弄得我手腕生疼，看他那么兴奋，直喘粗气，我想他大概彻底忘了世界上还有一个我吧。

突然，一个闪电放出耀眼的白光，有人喊道：

"老天呀，他胸口上是那个钱袋！"

海恩斯跟所有人一样，大叫一声，甩开我的手，猛地冲了过去，要看上一眼，我立刻朝着大路飞逃，黑暗中谁也没注意到我。

路上只有我一个人，我跑得飞了起来。除了周围一片漆黑，除了时不时的闪电、哗哗的雨声和飕飕的风声，还有隆隆的响雷，路上只有我，而且，我真的跑飞了起来！

我赶到镇上，暴风雨里不见一个人影，我没找小道，直接冲主路跑去，然后跑向房子，眼睛一转不转地盯着它，那里没有光，房屋漆黑一片。不知道为啥，这叫我又伤心又失望。不过，就在我跑过的时候，看见玛丽·简小姐的窗户灯光一**闪**！我的心一下子鼓了起来，要跳出胸膛，就在那一刻，这栋房子，还有所有一切，都在我身后的黑暗中，此生再也不会出现在我眼前了。她**真是**我见过的最好的姑娘，有着最勇敢的胆魄。

等我离开镇子足够远，可以往沙洲去了，便着急借一艘船，还好闪电一亮起，我就看见一艘没拴住的船，抓过来就开始划。

那是个小划子，只用一根绳子系着。沙洲在河中央，有点远，不过我一分钟也没耽搁，等我终于划到木排那里，真是累坏了，要是可以，就想躺下来喘口气，可我没有，我跳上船，叫道：

"走了，杰姆，赶紧开船！感谢上帝，我们把他们甩掉了！"

杰姆跑出来，双臂张开向我跑来，真是高兴坏了，不过闪电中我瞥了他一眼，心一下子跳到了喉咙口，后退几步掉进了河里，我忘了他是老李尔王和淹死的阿拉伯人的合体了，简直吓得魂飞魄散。不过，杰姆把我捞了上来，要拥抱我，祝福我，说真高兴我回来了，我们也甩掉了国王和公爵什么的，不过我说：

"现在别，等早饭时候再庆祝吧，等早饭时候！赶紧松开缆绳，让船跑吧！"

于是我们立刻朝下游划去，**真是**太好了，我们重获了自由，宽阔的河面上只有我们自己，再没别人来烦我们了。我到处跑来跑去，又是蹦跳又是跺脚，我实在忍不住，不过蹦到第三回，我注意到一个声音，我太熟悉这声音了，我屏住呼吸，等待着，下个闪电在河面上亮起，嗨，果不其然，是他们来了！他们拼命划着小划子飞速赶来。那是国王和公爵。

我一下子瘫在甲板上，泄了气，唯一能做到的就是屏住不哭。

第 三 十 章

他们上船后，国王直冲我过来，提溜起我的衣领使劲摇晃，说道：

"想甩了我们开溜，是吧，你这小东西！不想跟我们做伴儿了，嗯？"

我说：

"不是，陛下，我们没这么想，**请**别生气，陛下！"

"那快点告诉我们你打的**是**啥主意，不然我就把主意从你脑袋里头晃出来！"

"我会老老实实告诉你发生了什么事情，陛下。那个抓住我的家伙对我很好，不停说他有个孩子，跟我一般大，可是去年死了，他说他很同情我这样一个小孩，处境这样子危险。发觉金子后，大伙儿都惊呆了，往棺材那里冲，这时候他悄悄说：'现在赶紧跑，不然他们肯定会把你吊死的！'他放了我，我就赶紧跑了。**我**留下来也没什么用处，我什么也干不了，要是能逃走，我肯定不想被吊死啊。所以，我一直跑啊跑，跑到小船这里，我叫杰姆赶紧走，不然他们会抓到我，把我吊死的。我说，我恐怕你和公爵已经死掉了，我真的很难过，杰姆也很难过，所以见到你们过来，真是太高兴了，你可以问问杰姆我高不高兴。"

杰姆说我很高兴，国王叫他闭嘴，说："哦，是的，说得还蛮像那么回事儿！"然后又摇晃我，说应该淹死我。不过公爵说道：

"放开那孩子，**你**这个老傻瓜！你跟他有两样吗？你脱身的时候，有没有四下里找过**他**？我可不记得有哇。"

国王松了手，开始骂那个镇子，骂镇子里所有人，可公爵说：

"你最好好好骂骂**你自己**，你最该骂。你从一开始就没干过一件有脑子的事，除了那个不要脸想出来的蓝箭头。那招**是**聪明，把他们唬住了，救了我们。要不然我敢打赌他们早把我们关起来，等英国人的行李到了，就把我们扔牢子里去了。这个点子让他们跑到墓地去，那袋金子又帮了我们更大的忙，要不是那伙傻瓜全兴奋地冲过去，要看一眼，我们今晚就得戴着领圈（这里公爵用'领圈'比喻绞架绳圈）睡觉了，肯定会戴着，而且，戴的时间可比**我们**需要的长多了。"

他们沉默了一会儿，想着那幅画面，然后国王有点心不在焉地说：

"**妈的**，还以为是**黑鬼**偷走了！"

这让我不安地扭动了一下！

"是啊，"公爵带点儿讽刺，故意有点慢腾腾地说，"**我们**是这么以为的。"

过了半分钟，国王慢吞吞地说：

"至少我是这么以为的。"

公爵也同样慢腾腾地说：

"正相反，我是这么以为的。"

国王有点儿生气，说：

"哎，布尔奇沃特，你啥意思？"

公爵相当轻快地说：

"说到这里，也许你可以允许我问一嘴，**你**是啥意思？"

"呸！"国王挖苦道，"我可不知道——也许你睡熟了，不知道自己去了哪里。"

公爵这下子头发都竖了起来，说：

"哎，少**说**这些屁话，你当我是傻子吗？你以为我不知道是谁把那钱藏棺材里的？"

"**是啊**，先生！我想你**是**知道，因为就是你干的！"

"乱说！"公爵冲了过去。国王喊道：

"放开你的手！放开我的喉咙，我收回我的话！"

公爵说：

"好了，你就坦白吧，首先，**是**你把钱藏那里的，打算这些天偷偷甩掉我，然后跑回去把它挖出来独吞。"

"等等，公爵，老老实实回答我这个问题，要是不是你把钱藏那里的，你就说，我会相信你的，而且收回我所有的话。"

"你这老混蛋，我没藏，你知道我没藏。好了，就是这样！"

"那好，我相信你。不过再回答我一个问题，就一个了，好了，**别**生气，你难道就没想过要偷走钱藏起来吗？"

公爵有一会儿没吭声，然后他说：

"哎，不管我有没有**想过**，反正我没**偷**。可你不仅脑子里想了，还动手干了。"

"要是我偷的，公爵，我发誓我不得好死。我不是说我不想偷，我是**想**偷的，可你，我意思是有人，先我一步。"

"说谎！就是你偷的，你得**坦白**是你偷的，不然——"

国王喉咙咯咯直响，气喘吁吁地说：

"行了行了——我坦白！"

我真高兴他这么说，叫我轻松许多。公爵于是松开了手，说道：

"你再否认，我就淹死你。把你扔河里，叫你像个娃娃那样又哭又叫，那跟你很配，跟你干的事儿绝配。我没见过像你这样什么都想要的老家伙。我一直相信你，就好像你是我的亲生父亲，你真该为自己感到丢脸，你就站在一边，任人把这些事儿都安到那些黑奴头上，没为他们说一句话。我还真是心软，**相信了那些胡话，真是荒谬**。该死的，我现在总算明白了你当时为啥急着要把那笔缺的钱补上，你那是想拿走我从《皇家极品》和其他地方挣的钱，**全都卷走！**"

国王还在抽鼻子，小心翼翼地说：

"哎呀，公爵，是你说的要把不够的地方补上的呀，不是我。"

"闭嘴！我再也不想听你说什么了！"公爵说道，"**现在**你看看，你**落**了个啥。他们把自己的钱都拿回去了，**还加上我们的！**只给我们剩了一两个铜板。睡觉去吧，**你这辈子再也别想从我头上补什么不够的钱了！**"

国王蹑手蹑脚地钻进了窝棚，喝酒浇愁，没多久，公爵也喝起**他的**来，没半个钟头，他们就又像小偷那样亲密起来，喝得越多就越亲热，最后枕着彼此的胳膊呼呼睡去。他们都醉得厉害，不过我注意到，国王还没醉到忘记了要记住不要再否认是自己藏了钱袋子。这让我又放心又满意。当然，他们打起鼾后，我和杰姆聊了很久，把一切都告诉他了。

第 三 十 一 章

好多好多天，我们都没有在任何镇子停留，一直沿着河漂流而下。现在我们已经在气候温和的南方，离家很远了。我们面前的树木开始长着寄生藤，就像长长的灰白胡子，从树干上垂下来。我头一回看见这样的树，林子因此显得肃静而阴沉。那俩骗子觉得已经脱离危险了，又开始着手要在新的村子里干上一票。

他们先是对戒酒作了一番宣讲，可挣到的还不够他们喝的。下一个村子，他们鼓捣了一个跳舞学校，可还没有袋鼠晓得怎么跳舞，于是刚让村民们跳起来，就被赶出了镇子。又一回，他们试图作个演讲，没讲多久观众就站起来把他们结结实实骂了一顿，只好灰溜溜地跑了。他们还试了传教、催眠、问诊、算命，样样都试了试，都没成。最后他们彻底破产了，躺在漂流的木排上，想啊想，一言不发，有时一躺躺半天，心情低落，垂头丧气。

终于，他们起身钻进窝棚，脑袋凑在一起，低声密谈了两三个钟头。杰姆和我开始有点不安。我们不喜欢这样子，他们一定是在谋划一件最坏的事情。我们反复琢磨，最后认定他们是要打劫谁家或者店铺，要么就是去造假钱什么的。我们很害怕，说好绝不能参与这样的行动，而且一有机会就要冷不丁溜走，把他们甩掉。有天一早，我们把木排藏在一个安全的地方，离一个名叫派克斯维尔的破村子两英里，国王上了岸，告诉我们所有人先藏好，他要去镇上转转，打探一下有没有人已经听到了《皇家极品》的风声。（"去打探可以打劫的人家吧，你这个**坏蛋**，"我心想，"等你打完劫，回到这里，会想我和杰姆，还有木排去哪儿了——你就想去吧。"）他说，要是他到中午还没回来，公爵和我就可以知道一切顺利，我们就可以也去镇上了。

我们便待在原地。公爵烦躁不安，叫人讨厌。我们干什么他都要骂，似乎什么也做不对，每件事他都要挑毛病。他肯定在动什么脑筋。到了中午，国王没回来，我很高兴，怎么说我们可以动一动了，没准儿就是个机会，**那个**机会。我和公爵往村子走去，找了一圈国王，没多久，就在一家低级小酒馆的后屋找到了他，他醉了，一群流氓围着他逗乐，欺负他，他拼命咒骂，威胁他们，可是他醉得很厉害，没法走路，对那伙人什么也干不了。公爵骂他是个老傻瓜，国王也回骂，看他们干起仗来，我溜了出去，撒腿就跑，像头鹿那样冲河岸跑去，我看出我们的机会来了，我打定主意，他们要再见到我和杰姆，可就不容易了。我跑到岸边，上气不接下气，但心里充满了欢乐，喊道：

"开船，杰姆！我们没事儿了！"

可是没人应声，没有人从窝棚里走出来。杰姆不见了！我大喊一声，然后又是一声，接着又是一声，我在林子里头跑来跑去，四处嚷嚷，没有用，老杰姆不见了！我实在忍不住，一屁股坐地上哭了起来。可我不能一直坐在那里啊，没多久，我就跑到了路上，想着我该怎么办才好，我看见有个男孩走过来，就问他是不是见到过一个奇怪的黑奴，是这样这样的打扮，他说：

"见到过。"

"在哪？"我说。

"在塞拉斯·菲尔普斯家，下游两英里。他是个逃奴，被抓到了。你是在找他吗？"

"我就在找他哪！一两个钟头前我在林子里碰上他了，他说要是我喊，就把我的肝挖出来，他叫我躺倒在地，待着不许动，我照办了。我一直待在那里，害怕出来。"

"哦，"他说，"那你不用再害怕啦，他们抓到他了。他是从南方什么地方跑出来的。"

"他们抓住他了，真不错呀。"

"就是，**我想就是**！有两百块钱赏金呢。就像在路上捡到钱一样。"

"可不是，我要是再壮点儿，也能挣到赏金了，是我**先**看到他的呀。谁抓住他的？"

"一个老先生，是个生人，他卖了四十块钱，因为他得往上游去，没时间等赏金。你想想！换我**就**等了，哪怕七年也等。"

"我也是，"我说，"不过他卖得那么便宜，有可能那个黑奴不值钱。也许里头有什么不清不楚的地方。"

"**可是**很清楚啊——像根绳子一样清楚。我亲眼看到传单的，上面把他的情况说得很清楚——描绘得像幅画儿那样，说了他逃出来的农场，就在新奥尔良。清清楚楚，**那笔**买卖一点儿问题也没有。我说，给我口烟草，有吗？"

我说我没有烟草，他就离开了。我跑去木排，钻进窝棚里动脑筋。可我什么办法也想不出来。脑袋都疼了，还是想不出该怎么摆脱困境。怎么说旅途漫漫，我们为这俩混蛋做了那么多事情，到最后却一场空，所有的都被他们毁掉了，他们竟然狠心想出这个诡计对付杰姆，让他这辈子又重新做回了奴隶，还在陌生人当中，就为了四十块钱。

我心想，要是杰姆**只能**当奴隶，那他在家乡当奴隶要好上一千倍，至少他家在那里呀，所以我最好还是给汤姆·索亚写封信，叫他告诉沃森小姐杰姆在哪里。可我马上又放弃了这个念头，因为以下两个原因：一是沃森小姐会为杰姆的无耻行径恼羞成怒的，他从她这里逃走了，毫无感恩之心，她会立刻再次把他卖到下游去；要是不卖，其他人也会鄙视不知感恩的黑奴，还会叫杰姆一直感受到这点，那杰姆会觉得羞愧难堪的。再想想**我自己**！消息会传开，说哈克·芬恩帮一个黑奴获得了自由，那我再遇上那个镇子来的人，该羞愧得跪下来舔他的靴子了。就是这样：一个人干了下流卑鄙之事，又不想承担后果，想着只要能瞒住，就不会丢人。这正是我的法子。我琢磨得越多，良心越是不安，也越觉得自己心眼坏、卑鄙、丢人。最后，我忽然想到，这是天意啊，这是老天一巴掌打我脸上，叫我知道他一直在天上看着我作恶，我偷走了一个可怜老太太的黑奴，那老太太从来就没有伤害过我；这是老天向我显示，他一直盯着我呢，不允许这样卑鄙的事情再次发生。我吓坏了，瘫倒在地。我使劲想出些话安慰自己，说我从小就是在邪恶的环境里长大的，也不能全怪我，可内心深处，一直有个声音在说："你可以去主日学校呀，要是你去了，那里有人会教你，像你这样帮黑奴逃跑的人，是要下地狱的。"

　　我吓得浑身发抖，决心祈祷，看看自己能不能改邪归正。我跪了下来，可祈祷的话没来嘴边。它们为啥不肯来？唉，瞒着**上帝**没用。也不用瞒着**我自己**。我知道它们为啥不肯来。因为我心术不正，因为我不正直，因为我耍两面派。我**坦白**说，我不会再行恶了，可我心底里还在坚持最大的恶。我想让嘴巴**说**，我会清白做人，要写信告诉那个黑奴的主人他的下落，可心底里我知道这全是谎话，**上帝**也知道。你可没法用谎言来祈祷不是——我明白了这点。

　　所以说，我可是麻烦大了，大了去了，真不知道该怎么办。最后我有了个主意，我说，我要先写封信，然后再看看我能不能祈祷。哎呀，我一下子觉得像羽毛一样轻盈，所有烦恼全没了，真叫我吃惊。于是，我拿出纸和笔，激动地坐下来写道：

　　　　沃森小姐，你的逃奴杰姆在派克斯维尔下游两英里的地方，菲尔普斯先生把他买下来了，要是你肯付他酬劳，他会把杰姆还给你的。

　　　　　　　　　　　　　　　　　　　哈克·芬恩

　　我觉得很开心，生平第一回觉得罪孽洗得干干净净，现在我知道我可以祈祷了。不过我没有马上这么做，而是放下纸，坐在那里思考，心想这一切多好啊，我差那么一点点就迷失了，要下地狱了。然后我又想了下去。想到我们沿河而下，杰姆一直在我眼前：白天，晚上，有时月光洒下，有时风雨交加，我们一起漂流，聊天、唱歌、欢笑。不过，不晓得为什么，我似乎想不出来有什么地方我可以硬起心肠来对待他，只有满肚子温柔。我看见他没叫醒我，而是替我守夜，让我继续睡觉；我看见我从浓雾中回来，在沙洲又看见他，他是那么高兴，沙洲上游曾经有"世仇"相斗；还有许多这样的时候；他总会喊我宝贝，疼我，为我做一切他能想到的事情，对我一直那么好；最后我还想到，我吓唬那些人船上有人染天花，救了他，他那么感激，说我是老杰姆在这个世界上最好的朋友，也是他现在**唯一**一个朋友；之后我无意中四下张望，看见了那张纸。

它离得很近。我拿起来捏在手里。我浑身颤抖，因为我要在两件事情中间做出决定，我也心知肚明。我想了一会儿，屏住呼吸，然后对自己说：

"好了，那就让我**下**地狱吧！"——我把纸撕了。

这真是可怕的想法，可怕的话语，我竟然说出口了。而且，一言既出，就再没想过收回。我抛开所有念头，说，我要继续当恶人了，这是我的道路，我就是这样长大的，我不会走别的路。这条道，起步就是要想办法再把杰姆偷出来，不让他当奴隶，要是我还能想出别的更坏的事，我也会去干的，因为既然这辈子走了这条道，那就最好一条道走到底。

接着我便开始琢磨怎么干，想了很多法子，最终整出一个跟我相配的计划。我看见河下游不远有一个郁郁葱葱的小岛，一等天黑，我就偷偷划着木排去了小岛，把木排藏在那里，然后上了岛。我在岛上睡了一晚，天亮前就起床，吃了早饭，穿上买来的衣服，把其他一些零碎东西整了个包袱，然后坐上小船往岸边划去。我估摸着在菲尔普斯家的附近上了岸，在林子里藏好包袱，然后给小船装满水，放上石头，让它沉到水下头，等要用的时候，我还找得到，就在河岸上的蒸汽锯木作坊往西大概四分之一英里的地方。

我跑到路上，经过作坊的时候，看到上头有块牌子"菲尔普斯锯木作坊"，我又向前走了两三百码远，来到农舍，偷偷张望了一下，尽管是大白天，却没见着任何人。不过我也不在乎，我也不想碰到什么人——我只想摸一摸周边的地形。根据我的计划，我应该是被人看见从镇子往农舍去，而不是从下游那里过去。所以，我看了一眼，直奔镇子而去。哎，等我到了镇子，碰见的第一个人竟是公爵。他正在张贴《皇家极品》连演三晚的戏单，就像之前那回一样。这些骗子还真有脸哪！我还没来得及避开，就直接撞上了。他看上去很震惊，说道：

"哎—呀！**你**从哪儿来？"然后，他有点高兴和激动地说，"木排在哪？藏好了？"

我说：

"啊，我还正想问阁下你呢。"

他的脸色沉了下来，说道：

"问**我**，什么意思？"他说。

"哎，"我说，"我昨天看见国王在酒馆的时候，心想，只有等他清醒点才好把他弄回去，那得好几个钟头，所以我就在镇上闲逛，边等边打发时间。有个男人过来，给我一毛钱，叫我帮他把船划到河对面，把一头羊带回来，所以我就跟他去了，可是，等我们把羊拖到船边，那男人叫我牵着绳子，自己跑羊后头赶羊，羊太壮了，猛地扯松了绳子跑走了，我们就去追羊。我们没有狗，只好自己满村子追，直到把羊追得累趴下。一直到天黑，我们才抓住它，然后带它过来，我便去下游找木排，可等我到了那里，木排不见了，我心想，'他们一定是遇上麻烦了，不得不离开，把我的黑奴也带走了，我就这么一个黑奴，现在我在一个陌生村子里，没有钱，什么也没有，怎么活呀'。我就坐在地上哭了起来。我在林子里睡了一晚。可是，木排**到底**上哪儿了？还有杰姆，可怜的杰姆！”

“我可不知道，我是说，我不知道木排的下落。那个老家伙跟人做了个交易，挣了四十块，等我们在酒馆里找到他，那伙无赖把他的钱赢走了一半，剩下的他全买了酒。昨天晚上，很晚了，我把他弄回去，发觉木排不见了，我们说，‘那个小流氓偷了我们的木排，甩了我们，顺着河跑掉了’！”

“可我不会把我的**黑奴**也甩了，是不是？我在这世上就只有这么一个黑奴，这是我唯一的财产。”

“我们没想到这个。事实上，我想，我们开始认为他是**我们的**黑奴；是的，我们的确认为他是我们的，老天晓得我们为他担了多少风险。所以，当我们发觉木排不见了，我们也彻底破产了，没有别的办法，就只好再试一回《皇家极品》。从那以后，我就忙个不停，像个火药桶那样嗓子里冒烟。那一毛钱在哪？给我。”

我还有点钱，就给了他一毛，不过求他用来买点吃的，给我也吃点，因为我就剩这点钱了，而且从昨天到现在，我什么都没吃。他什么话也没说。下一秒，他一下子转过身来对着我，说：

“你觉得那黑奴会告发我们吗？要是他那么干，就剥了他的皮！”

“他怎么会告发？他不是逃走了吗？”

“没有！那老家伙把他卖啦，还没分钱给我，钱都不知道上哪去了。”

“**卖了**？”我说着，哭了起来，“哎呀，他是**我的**黑奴呀，那是我的钱。他在哪？我要我的黑奴。”

“哎，你可**要**不着你的黑奴了，就这么回事，所以擦干眼泪，别哭哭啼啼的了。你听着，**你**敢告发我们吗？哎，我信你才怪。要是你**打算**告发我们——"

他停下嘴，我从没见过公爵的眼神那么凶狠。我继续抽抽噎噎，说道：

"我可不想告发任何人，也没时间去告发。我得赶紧去找我的黑奴。"

他看上去有点心烦，站在那里，戏单在他的胳膊上方扑棱扑棱翻动，他思索着，皱起了眉头。末了，他说：

"我跟你说。我们会在这里待上三天。要是你答应我不告发我们，也不让那黑奴去告发，我就告诉你上哪里可以找到他。"

我答应了，他说：

"那农夫叫塞拉斯·菲尔——"他停下了。看得出来，他本打算跟我说实话，可他那样停下了，又开始琢磨，我猜他改了主意。他果然改了主意。他不愿相信我，想要确保这三天我都不惹事。所以他马上说：

"买了他的那个人叫艾布拉姆·福斯特。艾布拉姆·G.福斯特，他住在离这里四十英里的地方，在去拉斐特的路上。"

"好的,"我说,"三天我就可以走到那里了。我今天下午就
出发。"

"别,你**现在**就出发,一会儿也别耽搁,路上也别乱叨叨。记
着闭紧嘴直接上路,就不会给**我们**惹麻烦了,听见没有?"

这正是我想要的命令,正是我想引他说出来的。我正想自个
儿离开,去实施我的计划呢。

"所以听明白了,"他说,"你想跟福斯特先生怎么说就怎么
说。或许你可以让他相信杰姆**是**你的黑奴,有些白痴不需要看什
么文件,至少我听说南方这里有这样的**蠢货**。你告诉他逃奴追捕
令和赏金都是假的,跟他解释你为啥这么做,也许他会相信你。
现在走吧,随便你告诉他什么,就是**路上**管住你的嘴巴。"

我便动身往后头的乡下走去。我没有回头,总感觉他在盯着
我。不过没关系,我知道我会一直走到他看累了不再看为止。我
直直地走了一英里才停下来,然后又折回穿过林子,朝菲尔普斯
家走去。我觉得最好别再瞎逛,直接实施计划,因为我想赶紧去
封住杰姆的嘴,直到那俩家伙离开。我可不想再跟他们那种人有
什么瓜葛了。这样的人我见够了,要彻底甩掉才行。

第 三 十 二 章

等我到了菲尔普斯农场，那里很安静，像礼拜天一样，天气很热，太阳很晒，农夫们都去地里干活了，苍蝇虫子在空中嗡嗡地飞，叫人觉得有点寂寞，好像所有人都死掉了，没了，一阵风吹来，树叶哗哗摇动，叫人悲伤，因为这像是灵魂——死了好多年的灵魂——在低声说话，而且你总觉得它们是在谈论**你**。一般来说，这让人希望**他**也一样死了，一了百了。

菲尔普斯农场是那种简陋的棉花种植园，这些种植园看上去都一样。围栏圈住的两亩地，锯断的圆木一根根倒扣着做成了楼梯台阶，就像高高低低的圆桶，可以登上翻过围栏，女人们要骑马时，也可以站在上头，翻身上马。大院子里稀稀拉拉长着些草，但大部分地方光秃秃的什么也没有，就像顶旧帽子，帽边儿都磨光了。两栋双层木房是白人住的，把砍下的木头垒起来，用泥巴或灰泥抹平缝，泥缝曾经刷过石灰。圆木搭建的厨房有一条宽敞、开放但带顶棚的大通道与主屋相连，背后还有一间木头熏肉房，挨着熏肉房，三间黑奴的小木屋连成一排。屋子后头，远处的围栏那里，有一间孤零零的小木屋，不远的另一头有几栋外屋，小木屋旁有灰斗（灰斗就是出灰口盛装垃圾灰尘的器具，漏斗形，下方有口）和做肥皂的大锅。厨房门口有条长凳，旁边是个水桶，上头漂着个瓢，有条小狗在那里的太阳底下睡觉，旁边还有几条狗躺着。不远角落里有三棵遮阳的大树。挨着围栏，有块地方长着一片醋栗，围栏外是个花园和一片西瓜地，然后就是棉花田，田后头是树林。

我绕了过去，爬上灰斗旁的后楼梯，往厨房走去。走了几步，隐隐听见有纺车的吱呀声，一忽儿高一忽儿低的。这会儿我确切知道，我希望我死了，这真是全世界最寂寞的声音啊。

我就这样直接跑过去，什么也没多想，一切都交给天意吧，让我到时候该说什么就说什么，因为我注意到，要是我听天由命，天意总是能叫我说出正确的话来。

走到半路，先是一条狗冲我来了，接着又是一条，我只好停下脚步，对着它们，一动不动。它们像施了魔法！没一秒钟我就像个车轴，狗就是车辐，十五条狗挤成一圈围住我，朝我伸长脖子和鼻子，汪汪乱叫，还有更多的赶来，只见它们跃过围栏，冲出角落，从四面八方跑了过来。

一个女黑奴从厨房里冲了出来，手上还拿着纺针，喊道："你走开虎子！走开豹子！走开！"她打了第一条狗一下，又打了另一条一下，赶得它们咆哮着退开了，其余的也跟着散开，不过一眨眼它们又围拢过来，围着我摇晃尾巴，向我示好。狗绝对没有什么恶意。

女黑奴身后又跑出来一个小女孩和两个小男孩，这些小黑奴只穿着粗布衬衫，他们拽着妈妈的长裙，从她身子后头害羞地偷看我，看到生人他们老是这样子。接着，从那边屋子里跑出个白人妇女，大概四十五岁或五十岁的年纪，头上没戴帽子，手里拿着纺针，后头跟着她的白人小孩，举止跟小黑奴一样一样。她笑得站不住，然后说道：

"原来是你，你可终于来了呀！"

我想也没想，就说了一声："是的，太太。"

她抓过我，紧紧抱在怀里，然后双手紧紧夹住我摇啊摇，泪水浮上她的眼睛，滚落下来，她怎么也抱不够，晃不够，不停地说:"你长得跟你娘不太像,没有我以为的那么像。不过上帝啊,我才不管呢,看到你我太高兴了。啊宝贝,宝贝,我都可以把你一口给吃了!孩子们,这是你们的表哥汤姆!向他问好。"

不过他们埋下脑袋,手指头放在嘴巴里,躲在她身子后头。她继续说:

"丽兹,快点,马上给他拿点早饭来——还是你已经在船上吃过了?"

我说我在船上吃过了。她便牵着我的手,领我进屋,孩子们跟在后头。等进了屋,她叫我坐在一张柳条椅上,自己拿过一个小板凳,坐在我面前,握着我的双手,说:

"好了,现在让我**好好**瞧瞧你,哎呀,那么多年,我就盼着这一天,盼了多少回,最后这一天终于来了!我们等你好几天了。什么让你耽搁了?是船搁浅了?"

"是的太太,它——"

"别喊我太太太太的,叫我莎莉姨妈。它在哪儿搁浅了?"

我一下子不知道该怎么说,因为我不知道船是逆流而上还是顺流下来的。不过我的直觉很准,直觉告诉我它是逆流上来的,从下游往奥尔良开。不过,这也没帮我多少忙,因为我不知道那条道上有什么浅滩。我觉得我得凭空想出个名儿,要么就说忘了搁浅的地方叫什么,要么,我忽然有了个念头,脱口而出:

"不是搁浅,那只让我们耽搁了一会儿。是船汽缸盖炸飞了。"

"老天!有人受伤吗?"

"没有,就一个黑奴被炸死了。"

"哦，那还算幸运，因为有的时候真的会伤着人。两年前圣诞，你姨夫塞拉斯坐老拉里·卢克号从新奥尔良来，它就汽缸盖炸了，还把一个人给炸瘸了。我想他后来死了。那是个浸信会教友。你姨夫认识巴顿鲁治的一家人，他们人头很熟。是的，我想起来了，他**的确**死了。他的腿伤口烂了，不得不把腿给锯了，可那到底也没能救得了他。是的，是坏疽——就是的。他浑身发青，死的时候盼着下辈子可以光荣复活呢。他们说他看着样子可惨了。你姨夫每天都去镇上等你，今天又去了，一个钟头前吧，马上就会回来的。你路上肯定碰上他了，是吧？一位老先生，戴着——"

"没，我谁也没碰到，莎莉姨妈。船是白天靠岸的，我把行李留在码头了，去镇子还有附近乡下转了一圈，不想太早到这里，我是从后道过来的。"

"你把行李托付给谁了吗？"

"没。"

"哎呀，孩子，那一定会被偷走的！"

"我藏的地方我猜偷不走。"

"这么早你就在船上吃了早饭？"

有点危险，不过我说：

"船长看我在船上闲逛，就跟我说上岸前最好吃点东西，他带我去了船长餐厅，让我大吃了一顿。"

我越来越紧张，没法好好听她说话，脑子里一直想着那些孩子，想着要把他们带到一边，好好盘问一番，搞清楚我该是谁。但我不能表现出来。菲尔普斯太太一直在说啊说，没多久我就背上冷汗直冒，因为她说道：

"不过我们说了这半天，你还没告诉我一句我姐姐还有她家里人怎么样。好了，我先歇歇，到你开始说了，把一**切**都告诉我，告诉我他们每个人的情况，怎么样，在干什么，他们叫你告诉我什么，把每一件你能想到的事情都告诉我。"

这下我尴尬了，可尴尬了。天意之前的确一直为我保驾护航，可这会儿我死挺挺地搁浅了。我发觉，继续圆谎一点儿用也没有，我打算举手投降。于是我对自己说，这会儿我也得说实话了。不过，我刚想开口，她一把抓住我，把我推到床下头，说：

"他回来了！把头低下去，好，就那样，不要让他看见你。别暴露你待的地方。我要跟他开个玩笑。孩子们，你们也不许透露一句。"

我明白自己陷入了困境。可担心也没有用，现在什么也干不了，只好静静地待在那里，等着机会来的时候，再从床下头站起来。

那位老先生进来的时候，我就瞥到了一眼，之后床就把他挡住了。菲尔普斯太太冲他跑去，说道：

"他到了吗？"

"没。"她丈夫说。

"老天**在上**！"她说，"他到底发生了什么事呀？"

"我不敢想，"老先生说，"我得说，真叫我心神不定。"

"心神不定！"她说，"我都要疯了！他肯定已经到了，你路上错过他了。我就**知道**是这样，我有这种感觉。"

"什么呀，莎莉，我**不可能**在路上错过他的，**你**知道的。"

"可是，哦，亲爱的，亲爱的，姐姐知道了**会**说啥呀！他肯定已经到了！你肯定错过他了。他——"

"哦，别再烦我了，我已经够丧气的了。我不知道到底怎么回事儿，怎么也想不通，而且我也不怕承认，我很害怕。他没来，**不可能**他来了，我却错过他的。莎莉，真糟糕，糟糕透了，那艘船肯定出了什么事！"

"啊呀，塞拉斯！看那里！路前头！是不是有人来了？"

他跳起来冲到床头窗边，菲尔普斯太太想要的机会来了，她迅速在床脚边蹲下，把我拉了出来，等他从窗边回过身，她站在那里，笑容满面，神采奕奕，我呢，又温顺又慌张地站在她身边。老先生瞪大了眼睛，说道：

"天，这是谁？"

"你猜是谁？"

"猜不出来。**是谁**？"

"是**汤姆·索亚**呀！"

我差点一头跌倒在地！不过还没来得及挣扎，那老先生就一把把我抓过去抱在怀里晃着，晃啊晃，那位太太呢，围着他蹦啊跳啊又笑又哭，然后他们连珠炮一样问起了西德、玛丽，还有家里其他人。

不过就算他们怎么高兴，也不及我开心，我就好像获得了新生，我真高兴知道自己是谁了。他们围着我问了两个钟头，我说了许多我家——我是说索亚家——的事，比实际发生的还要多，最后下巴都说酸了，实在说不动了。我告诉他们，在白河上，汽缸盖炸了，花了三天才修好。这么说完全没问题，效果一流，因为**他们**完全不懂为啥要花三天才修好。我要说是螺栓头炸了，他们也肯定会信的。

现在我一方面觉得自在多了，一方面又很不安。做汤姆·索亚当然简单得很，不费事儿，可是，等我听见有汽船轰鸣着沿河而下，就想，假使汤姆·索亚坐那条船来了怎么办？假使他随时进门，没等我冲他使眼色，叫他别出声，他就喊了我的名字怎么办？我可不能**让**那样的事情发生呀，那样就完了。我必须先上路把他拦下。于是我跟这家人说，我得去镇上把我的行李取来。老先生准备跟我一道去，我说不用，我可以自己驾马车过去，不麻烦他。

第 三 十 三 章

我便驾着马车去镇上了，半路，我看见一辆马车过来，果然是汤姆·索亚，便停下来等他。我说"停下！"，马车在路边停下，索亚的嘴巴张得像只箱子那么大，合不拢了。他咽了两三回口水，就像有人喉咙干得冒烟，然后说：

"我可没害过你呀。你知道的。那你回来找**我**做什么？"

我说：

"我不是回来——我就没**走**啊。"

他听到我的声音，振作了一点儿，但还是不够安心。他说：

"别耍我，我也不会耍你。你说老实话，你是人是鬼？"

"我说老实话，我不是鬼。"

"好吧，我——我——好吧，你当然不是鬼，可我真是搞不懂，难道你**根本**没被杀掉？"

"没。我没被杀掉，我把他们耍了。你要不信，过来摸摸。"

他过来摸了摸，这下安心了，他很高兴又见到我，激动得都不晓得该做什么。他想原原本本听我说发生了什么，因为这可是一次伟大而神秘的历险，正对他胃口，不过我说，先别管这个，慢慢我再告诉他，我叫他的马夫先等等，然后我们俩赶着马车到一边，我告诉他我现在的处境，问他觉得我们现在最好该怎么做。他说，等他一分钟，不要打扰他。于是，他转了转脑筋，然后马上说道：

"好了，我有办法了。把我的行李搬到你马车上，就说是你的，然后你慢慢往回走，等到差不多该回那栋房子的时候，就回那里去；我会去镇上，从那里重新出发，大概在你到了之后一刻钟或者半个钟头后到，你一开始不用透露你认识我。"

我说：

"行，可是等等，还有件事，除了我没人知道。就是说，这里有个黑奴，我想把他偷出来，让他不用再当奴隶了，他叫杰姆，就是沃森老小姐的杰姆。"

他说：

"什么！哎呀，杰姆是——"

他停下嘴，想了想。我说：

"我知道你要说什么。你会说这事肮脏、卑鄙，可那又怎么样？我就卑鄙了，我就打算把他偷出来，我要你保密，不要泄露，行不？"

他眼睛一亮，说道：

"我会帮你把他偷出来的！"

我像中了一枪，目瞪口呆，这真是我听到的最叫人震惊的话了，我得说，汤姆·索亚在我心里头的地位一落千丈！我真不敢相信。汤姆·索亚是个偷黑奴的贼！

"哎呀，瞎扯！"我说，"你开玩笑吧。"

"我没开玩笑。"

"好吧，"我说，"不管玩不玩笑，要是你听到逃奴什么的，不要忘了，你什么都不知道，我也什么都不知道。"

然后我们把行李搬到我的马车上，他的马车离开了，我也驾着马车回去了。不过，因为开心得要命，脑子里一直在想事情，我完全忘记了要慢点走，因此，就我跑这趟路，到家也太快了些。老先生正在门边，说道：

"哎呀，太好了！谁能想到这母马能跑那么快呀！要是记下它跑的时间就好了。而且它还一点儿没出汗，一根汗毛都没湿。太好了。这下一百块我都不卖了，说真的，我不会卖了，以前还想十五块就卖了呢，以为它就值那点钱。"

他就说了这些。他是我见过的最单纯、最善良的老人。不过倒也不吃惊，因为他就是个农夫，他也是个牧师，在种植园后头有个小小的、简陋的木头教堂，是他自己花钱造的，用作教堂和学堂，他布道从来不收钱，也值得听。在南方有很多他这样的农夫－牧师，做事都像他那样。

半个钟头后，汤姆的马车来到前门台阶，莎莉阿姨透过窗户看见了，因为离她只有十五码，她喊道：

"哎呀，有人来了！我看是谁呀？啊，我肯定是个生人。杰米（她的一个孩子），去告诉丽兹晚饭再多备一个盘子。"

所有人都冲去前门，当然啦，不是**每年**都有生人来的，所以来的时候还黄疸热还叫人好奇。汤姆走上台阶，往屋里走来，马车转过身往村子跑去，我们都挤在前门那里。汤姆穿着漂亮的衣服，吸引了众人的目光——这一直是汤姆·索亚的本事，碰到像现在这样的情况，他很容易就能摆出合适的范儿来。他不是那种孩子，像头羊羔那样怯生生地从院子里过来，不，他像公羊那样镇定，气势十足。等他到了我们面前，他优雅地举了举帽子，好像轻轻打开盒子盖，不想惊动在里头睡觉的蝴蝶，他说道：

"我想，这是阿奇博尔德·尼古拉斯家？"

"不是，我的孩子，"老先生说，"我很遗憾地说，你的马夫把你骗了，尼古拉斯家往下游走还有三英里多呢。进来吧，进来。"

汤姆回头看了一眼，说道："太迟了，他跑得看不见了。"

"是啊，他跑了，我的孩子，你进来，和我们一道吃午饭，然后我们驾车送你去尼古拉斯家。"

"哦，我可**不能**给你们添那么多麻烦，想也甭想。我会走着去，我不在乎路远。"

"我们不会**让**你走着去的，好客的南方人不会那样。快进来吧。"

"哎，**进来吧，**"莎莉姨妈说，"我们一点儿不麻烦，一点儿也不麻烦。你一定得留下来。这三英里路可远了，路上全是土，我们不能让你走着去。再说了，我一看见你就跟他们说再拿个盘子出来了，你可不能叫我们失望呀。进来，像在自己家一样。"

汤姆非常诚恳、大方地谢过了他们，听从了他们的请求，进了屋。进来后，他说自己从俄亥俄的希克斯维尔来，名叫威廉·汤普森——说着，又鞠了一躬。

哎，他说啊说，编了一大堆他能想出来的希克斯维尔和那里人的事情，我有点不安，不晓得这对我摆脱困境有什么用，到最后，他一边说着，一边探过头来，直接亲了亲莎莉姨妈的嘴，然后又舒舒服服地坐回到椅子上，继续说话。不过，她跳了起来，用手背擦了擦嘴，说：

"你这个大胆的畜生！"

他有点受伤，说道：

"我对你感到很吃惊，太太。"

"你吃——哎呀，你以为我是什么人？我真想——再说了，你亲我是什么意思？"

他看着有点谦卑，说：

"我没什么意思，太太。我不是要伤害你。我——我——我以为你会喜欢呢。"

"哎呀，你这个天生的傻瓜！"她拿起纺针，看起来在拼了命忍住不扎他一下，"什么让你觉得我喜欢了？"

"我不知道。只是，他们——他们——他们告诉我你会喜欢的。"

"**他们**告诉你我会喜欢！这么说的人**也是**疯子。我从没听说过这样荒唐的事情。**他们**是谁？"

"啊，所有人啊。他们都这么说，太太。"

她好不容易才忍住。她的眼睛冒火，手指头伸出来想抓他。她说：

"谁是'所有人'？把他们名字报上来，不然就少算一个白痴了。"

他站起身，看上去很沮丧，抖抖索索戴上帽子，说道：

"我很抱歉，我真的没想到。他们告诉我这样做的。他们都跟我说这样做。他们都说，亲亲她，她会喜欢的。他们都这么说，每个人。我很抱歉，太太，我再不会这么干了，我不会了，说真的。"

"你不会了，是吧？好，我**猜**你也不会了！"

"不会了，太太，我说的是实话，我再也不会这么做了——除非你请我这么做。"

"除非我**请**你！哎呀，我这辈子没见过这样的事情！我打赌，就算你跟玛土撒拉（《圣经·创世记》中人物，据传享年九百六十五岁）一样长寿，也活不到我请你——或者你这样的人——的时候。"

"好吧，"他说，"真叫我吃惊。我有点不明白。他们说你会喜欢的，我以为你会喜欢。可是——"他停下来，看了看四周，就好像希望能遇上一个友好的眼神，他碰到了老先生的，就说："**你**认为她喜欢我亲她吗，先生？"

"哎呀，不；我——我——嗯，不，我想她不喜欢。"

然后，他用同样的眼神看向我，说：

"汤姆，**你**不觉得莎莉姨妈会张开胳膊，说，'西德·索亚——'"

"我的老天！"她打断他的话头，向他冲了过去，"你这个放肆的小流氓，骗我这样一个——"她要拥抱他，可他把她挡开了，说：

"不，除非你先请求我。"

她立刻请求他，然后拥抱他，亲吻他，一遍又一遍，然后把他转过身子来对着老先生，老先生也抱他亲他。之后，他们安静了一小会儿，她说：

"天啊，我的老天，我没想到是这一出！我们一点儿也没料到**你**会来，只以为汤姆来。姐姐写信只说汤姆要来。"

"这是因为原先是只**打算**让汤姆来，"他说，"可我求她，求啊求，最后一刻她终于也让我来了，所以我和汤姆乘船来的时候想，要是让汤姆先来，我呢，等一等，落在后头，突然拜访，假装是个生客，那可真是出其不意，顶呱呱的惊喜呀。可我错了，莎莉姨妈。这不是生人来的好地方。"

"不是没礼貌的小崽子来的地方，西德。真该给你下巴上来一拳，我这辈子还没这么受过惊吓呢。不过我不在乎，我不在乎，只要你来，我可以忍受一千个这样的玩笑。好了，想想你干的！我不否认，你亲我那一下子，我真是惊呆了。"

我们在主屋和厨房之间那个宽敞开放的通道上吃饭，桌上的食物够七家人吃的，而且都热气腾腾，不是那种在潮湿的地窖碗柜里放了一晚上，第二天早上吃上去就像生冷人肉那样软塌塌的咬不动的肉。塞拉斯姨夫做了祈祷，很长一段话，但很值得，而且食物一点儿也没有凉掉，一般这种打断都会让食物凉掉的。

整个下午我们聊了很久，我和汤姆一直留着心眼，不过没用，他们一点儿也没提到逃奴，我们也不敢提起这个话题。不过，到了晚上吃晚饭的时候，一个小男孩说：

"爸爸，我能与汤姆和西德去看演出吗？"

"不行，"老先生说，"我觉得不会再有什么演出了，要是有你也不能去，逃奴告诉伯顿和我，那个演出全是骗人的，伯顿说，他会告诉其他人的，所以我猜这会儿他们已经把那俩无耻的无赖赶出镇子了。"

终于提到了！不过我也无计可施。汤姆和我睡一个房间，一张床上，晚饭后，我们说累了，便道了晚安，去上床睡觉，然后从窗子外头沿着避雷针爬了下来，往镇子赶去，我不信有谁会给国王和公爵通风报信，所以要是不赶紧通知他们，他们肯定会有麻烦。

路上，汤姆告诉我，他怎么以为我被杀了，我老爸怎么立刻就不见了，再也没回来，杰姆的逃跑怎么引起了骚动，我也告诉汤姆我们这伙人演《皇家极品》，还有那俩恶棍的事情，有时间就又尽可能说了些我们坐木排漂流的经过。等我们来到镇上，往镇里头走的时候，迎面来了一大伙愤怒的人群，他们点着火把，可怕地叫嚷着，敲打着铁罐，吹着号角。我们跳到一边，让他们过去，经过时，我看见他们抓住了国王和公爵，把他们架在杆子上——是了，我知道那**就是**国王和公爵，尽管他们浑身涂满柏油，沾满羽毛，看上去一点儿也不像人了，就像两根可怕的大羽毛。唉，我看了也很难受，也为这俩可悲可怜的流氓感到难过，我对他们再也硬不起任何心肠来了。这真是可怕的一幕，人类**可以**对彼此那么残忍呀。

我们明白我们到得太迟，帮不上什么忙了，就向掉队的人打听了一下，他们说，大伙儿都装着若无其事跑去看戏，默不作声，直到老国王在台上演到一半，有人给了个信号，整个场子里的人就都站起来朝他们冲过去。

我们便闲逛着回家了。我不再像去的时候那样着急，而是有点生气、低落，还有点责怪自己——尽管我什么也没干。事情老是那样，不管你做错做对，一个人的良心不会讲任何道理，**怎么样**都只会跟他过不去。要是我有条黄狗，跟人的良心一样不懂事，我就毒死它。良心占的地儿比其他所有内脏加起来都多，但鸟用没有。汤姆·索亚也这么说。

第 三 十 四 章

我们停下交谈，开始动脑筋。过了一会儿，汤姆说：

"听着，哈克，我们之前没想到这一点，多傻呀！我打赌我知道杰姆在哪儿了。"

"不会吧！在哪儿？"

"在灰斗旁那个小木屋里呀。哎呀，你想想，我们吃饭的时候，你没见着一个黑奴拿着一些吃的往那里头去了吗？"

"是呀。"

"你想那是给谁吃的？"

"给狗吃的呀。"

"我本来也这么想。可那不是喂狗的。"

"为啥？"

"因为里头有西瓜。"

"哎呀，我也注意到了。不过我压根儿没想到狗不吃西瓜。这正好说明，一个人看到什么的时候，其实什么也没看见。"

"那黑奴进去的时候，打开了挂锁，出来的时候又给锁上了。我们离开饭桌的时候，他给了姨夫一把钥匙，我打赌就是那把。西瓜说明里头有人，锁表示要关着他；而且，种植园这么小，这里的人又这么善良、好心，我觉着不会关着俩囚犯，那被关着的肯定就是杰姆了。好了，我很高兴我们用侦探的方式查清楚了，我就爱用这方式。现在你动动脑筋，想个办法把杰姆偷出来，我也会想办法的，然后哪个办法好我们就用哪个。"

一个孩子竟可以有这样的脑袋瓜呀。要是我有汤姆的脑子，我肯定不会拿去换什么公爵头衔、汽船大副，或者马戏团小丑，凡是我能想到的，我都不换。我开始想计划，不过也就是装装样子罢了，我很清楚，正确计划会打哪儿来。没多久，汤姆就说：

"想好了吗？"

"想好了。"我说。

"行——说说吧。"

"我的计划是，"我说，"我们很容易就查清楚杰姆是不是在里头。然后明天晚上，上我的小船把木排从小岛那里划过来。天黑了，等老先生睡了后，从他裤兜里把钥匙偷出来，然后带着杰姆顺河而下，白天藏起来，晚上赶路，就是以前我和杰姆跑路的样子。你觉得这计划可行吗？"

"**可行**？哎呀，当然可行，就跟老鼠打架一样。不过也太简单了，根本都不需要**去**做什么。要是一个计划没啥困难，那还有啥意思？像鹅奶那样没劲道嘛。哎呀，哈克，这就像闯进肥皂作坊，没有人在乎。"

我什么也没说，因为我就知道他会这样子回答。我可知道了，他要想好了**他的**计划，没有人会反对。

也的确没啥可挑。他告诉了我他的计划，我马上明白比我的强上十五倍，可以让杰姆就像我计划的那样成为一个自由人，外加上我们全部都被干掉。我很满意，说，就这么干。这会儿我先不用说计划是什么，我知道它不会一成不变，汤姆会在行动中间随时改变，一有机会就抛出个新主意。他一向这么干。

有件事确定无疑，那就是汤姆·索亚起劲得很，真的打算帮着把那个黑奴偷出来，让他不用再当奴隶。这件事对我来说太不好消化了。这是一个人格高尚、家教良好的男孩，有品格，家里人也都算是人物；他聪明，脑瓜不笨；有学问，并不无知；心眼好，非常善良；但这会儿他却在这里，不管体面、对错、人情、屈尊插手这件事情，在所有人面前丢自己的脸，丢家人的脸。我真是一点儿也**搞不懂**。这真是太离谱了，我知道我应该直接告诉他，作为他真正的朋友，让他到此为止，放弃这件事，保全自己的脸面。我也**的确**这么跟他说了，但他叫我住嘴，说道：

"你以为我不晓得自己要做什么吗？我不是一直都很清楚自己要做什么的吗？"

"是的。"

"我没**说**我打算帮你把那黑奴给偷出来？"

"说了。"

"那**就是**了。"

他就说了这么多，我也没有再多说。再说什么都没用，因为他说了要干什么，就会去干。我想不通他为啥会插手这件事，但还是算了，不去想了。要是他打定主意去做，我也劝不住。

等我们回到家，屋子一片漆黑，十分安静，我们便跑去灰斗旁的小木屋察看。我们从院子里跑过，想看看狗会做什么。它们已经认得我们，所以没发出任何声音，没有像乡下的狗那样，夜里不管什么经过，都会狂叫一通。我们到了小屋那里，看了看正面，又看了看两边；有一边我不太熟悉，是北边，那里有一个方形的窗洞，不算太高，横挡着一块结实的木板，用钉子钉牢在墙上。我说：

"这个可以。我们把木板撬掉，这个窗洞够杰姆爬出来了。"

汤姆说：

"这就跟井字连线一样简单，跟逃学一样容易。我**希望**我们能找到一个比**这个**复杂点的办法，哈克·芬恩。"

"好吧，那么，"我说，"像上回我被杀掉那样把他搞出来行不行？"

"那才**像话**嘛。"他说，"那个法子很神奇、费劲，也很好，"他说，"不过我觉着我们能想出一个比那个还妙上一倍的法子。不着急，再到处瞧瞧。"

小木屋背后和围栏之间，有一个木板拼成的小棚，和小木屋的屋檐连在一起。它和小木屋一样长，但窄一些，大概只有六英寸宽，门开在南头，挂着锁。汤姆跑到肥皂锅那里，四处找了一气，然后拿回来一样他们用来撬锅盖的铁器，用它把挂锁的铰链撬断了一环。锁链掉了下来，我们打开门进去，关上门，划了根火柴，看见小棚子就挨着小木屋搭的，和小木屋不通，它没有地板，什么都没有，只有一些破旧的生锈了用坏了的锄头、铁锹、铁镐和一把坏掉的犁。火柴烧光了，我们便走出去，把锁链扣好，门又被锁得好好的。汤姆很高兴。他说：

"好了，这下有了。我们把他**挖**出来。这得花上一个礼拜！"

我们回主屋，我往后门走去，只用拉一下后门的鹿皮绳子就行，他们并不把门拴紧，可这么做对汤姆·索亚来说不够浪漫，他非得从避雷针那儿爬上去。不过他爬了三回，每回都爬到一半就摔了下来，没有达到预期效果，最后他脑袋都气炸了，差一点儿要放弃，不过他休息了一会儿，打算再碰一回运气，这回他成功了。

早上，我们起来吃早饭，然后跑到黑奴住的小屋那里，和狗玩了一会儿，又跟给杰姆东西吃的那个黑奴套了套近乎，假使说他喂的是杰姆的话。黑奴们刚吃完早饭，要下田干活，杰姆的黑奴往一个锡盘里放上面包、肉，还有一些别的，其他人离开的时候，钥匙从主屋送来了。

这黑奴长着一张人畜无害的脸，看上去又呆又笨，头发用线束成一条条小辫，说是辟邪。他说这些天晚上，恶魔老来纠缠他，叫他看到各种各样奇怪的东西，听到各种各样奇怪的话语和声音，他觉得他这辈子以前没有被魔鬼缠身这么久。他太魔怔了，滔滔不绝地叨叨他的烦恼，完全忘了自己本来要干什么。所以，汤姆说：

"这些是给谁吃的？喂狗的吗？"

黑奴的脸上慢慢漾开了笑容，就好像往泥塘里头扔了块碎砖头，他说：

"是的，西德先生，是条狗。好玩的狗。你想去瞧一眼吗？"

"好啊。"

我胳膊碰了汤姆一下，小声说道：

"现在就去？大白天的？那可不在计划之内呀。"

"是啊，是不在计划之内，但这便是眼下的计划。"

就这样，该死的，我们就跟着去了，可我一点儿也不喜欢这样。我们进了小木屋，那么黑，几乎什么也看不见，杰姆果然在那里，看得见我们，他喊道：

"天啊，哈克！老天爷呀！那不是汤姆先生吗？"

我就知道会这样，我早料到了，我不知道该怎么办，而且就算知道也做不到，那个黑奴插嘴说道：

"哎呀，老天！他认识你们两位先生？"

我们相当明白自己的处境。汤姆看了看黑奴，非常镇定，还带点好奇，说道：

"**谁**认识我们？"

"啊，就是那个逃奴呀。"

"我不觉得他认识啊，是什么叫你这么觉得？"

"什么**叫**我？他刚才不是喊了几句，好像认识你们？"

汤姆有点困惑的样子，说道：

"啊，还真是奇怪。**谁**喊了？**什么时候**喊的？喊**什么**了？"他转向我，相当镇定地说道，"**你**听见有人喊了吗？"

我当然只有一句话可说，所以我说道：

"没，我没听见有人说话。"

然后他转向杰姆，低头看着他，好像从来没见过他。然后说：

"刚才你喊了？"

"没，先生，"杰姆说道，"我什么话也没说，先生。"

"一句也没有说？"

"没，先生，一句也没说。"

"你以前见过我们吗？"

"没，先生，我没觉得见过。"

于是汤姆转向黑奴，那黑奴完全摸不着头脑，垂头丧气。汤姆有点严厉地开口说道：

"你觉得你到底是怎么回事呀？什么叫你觉得有人在喊呀？"

"哦，肯定是该死的魔鬼，先生，我真希望我死了，真的。

它们老缠着我，简直要把我搞死，把我吓死呀。这件事请千万对谁也别说，先生，不然塞拉斯先生要骂我的，因为他说天底下**没有魔鬼**。我真希望这会儿他在这里，**那**他还能说啥！我打赌他**这**回说不圆了。可是事情老是这样，**糊里糊涂**的人，老是糊里糊涂，他们不会自己把事情搞清楚，可要是**你**搞明白了，告诉他们，他们又不信你的。"

汤姆给了他一毛钱，说我们不会告诉任何人，叫他再去买些线来扎头发，然后看着杰姆，说道：

"我不知道塞拉斯姨夫要不要吊死这个逃奴。要是我抓着一个没有良心的跑了的奴隶，我会吊死他的。"当黑奴往门口走去，打量那一毛钱，咬一咬看是不是真的时候，汤姆悄悄对杰姆说：

"你别表现出来认得我们。要是晚上听到动静，有人在挖什么，那就是我们，我们会救你出来的。"

杰姆只来得及抓住我们的手使劲握了握，那个黑奴就回来了，我们说，要是黑奴愿意叫我们陪他过来，我们会再来的，他说他愿意，天黑以后尤其乐意，因为魔鬼大多天黑了才来找他，那时候身边有伴儿就好多了。

第 三 十 五 章

离吃早饭还有一个钟头，我们就跑去林子里头转了转，因为汤姆说我们挖地道得有**点**光，提灯有点过了，会惹祸上身，我们要找的是一种朽木，人称狐火，你在黑暗的地方放上一些，它们会发出一点点微弱的光亮。我们找到一堆，藏在草丛里，然后坐下来休息，汤姆有点不甘心地说道：

"该死的，整件事太容易了，没劲。想出一个复杂的计划太难了。也没有要下药弄晕的看守，那儿**该**有个看守的嘛，甚至都没有条狗，好给它喂点迷药。杰姆也只有一条腿拴着十英尺长的链子，另一头拴在床脚：哎，你只用把床架抬起来，那链子不就滑下来松脱了嘛。而且塞拉斯姨夫谁都信，直接把钥匙交给那个榆木脑袋黑奴，也不派人看着他。杰姆之前就可以从窗洞里头爬出来了，只不过腿上系着根十英尺长的链子也跑不远。哎，哎呀，哈克，这可是我见过的最蠢的安排了。你还得自个儿把**所有**困难都凭空想出来。好吧，也没办法，只好用我们有的做到最好。反正要历经千难万险把他救出来才有面儿，可是那些该布置千难万险的人，一个儿也没给你整出来，全得靠你自个儿脑袋瓜想出来。就说提灯吧，我们只是**假装**提灯很危险罢了，这就是残酷的事实，说真的，我相信，我们都可以点着火把干。哎，说到这，我们得赶紧找点东西做把锯子。"

"我们为啥要锯子？"

"我们为啥**要**锯子？我们不是要把杰姆的床腿给锯了，好松开链子？"

"啊，你刚才不是还说可以把床抬起来，叫链子自己掉下来嘛。"

"哎，你就是这样，哈克·芬恩。你做事情，**就**像什么都不懂的学生娃。你从来不看书的吗？比方说特伦克男爵、卡萨诺瓦，或者本韦努托·切里尼、亨利五世 [特伦克男爵（1726—1794）是普鲁士腓特烈大帝的军官，据说与皇后妹妹通奸而被捕入狱，后在回忆录里描绘了自己的越狱经历。卡萨诺瓦（1725—1798），意大利冒险家，1753年因通奸罪名被捕入狱，后用钢钉挖通牢房天花板越狱。本韦努托·切里尼（1500—1571）是意大利文艺复兴时期的金匠、雕刻家，在自传里记录了从罗马圣安杰洛城堡越狱的经历。亨利五世（1553—1610）是法国波旁王朝第一位国王，曾有逃亡经历]，还有像他们那样的英雄故事？谁听说过解救囚犯用这样老掉牙的法子的？没有。最权威的做法就是把床脚锯断，再按原样码好，把锯末吞下去，叫别人找不到，接下来围着锯过的地方抹一些灰和油，那样最眼尖的管家也看不出被锯断的痕迹，还以为床腿完好无缺呢。然后，到了万事俱备的那一晚，你踢床一脚，床腿就断了，取下链子，大功告成。之后把你的绳梯搭在城垛上，顺着爬下去，掉进城壕，摔断了腿——因为绳梯差十九英尺，你知道的——你的马和你忠实的部下都等在那里，他们抬起你，扔上马鞍，然后你飞奔，去你的家乡朗古多克或纳瓦拉 [朗格多克（Languedoc），法国南部一个小镇，汤姆·索亚错念成了朗古多克（Langudoc）；纳瓦拉王国是一个控制比利牛斯山脉大西洋沿岸土地的欧洲王国。南部在1513年被卡斯蒂利亚征服，成为西班牙王国的一部分；北部保持独立，在1589年与法国亨利四世联盟，1620年被并入法国。亨利五世逃亡时就逃去了纳瓦拉]，或随便什么地方。我希望这个小木屋也有城壕。要是我们逃跑那晚有时间，就挖上一条。"

我说：

"要是我们打算在小木屋下头挖地道把他偷运出来，还要城壕干什么？"

可他根本不听我的。他早把我忘了，啥都忘了。他手托着下巴，思考着。不久，他叹了口气，摇了摇头，接着，又叹了口气，说道：

"不行，这个行不通——没有非得这么干的理由。"

"干什么？"我问。

"啊，把杰姆的腿给锯断啊。"他说。

"老天，"我说，"哎，这根本**没**必要啊。再说了，你锯他的腿做什么？"

"哎呀，有些大人物就这么干的。他们没办法把链子取下来，就索性砍断手逃跑了。那砍断腿不就更棒了。不过我们只好放弃这法子，我们的情况不需要那样做，再说了，杰姆是黑奴，他不会明白这么做的道理，在欧洲这可是一种风气哪，我们就只好算了。不过还有一点，他可以有绳梯，我们可以把我们的床单撕成一条条的，很容易就给他做根绳梯了。我们可以藏在馅饼里头送给他，都是那么干的，我可吃过难吃得很的馅饼。"

"哎，汤姆·索亚，你说啥呢，"我说，"杰姆要绳梯没用啊。"

"他一**定**得着。**你**说啥呢，你真是啥也不懂。他一定**得**有绳梯，他们都需要的。"

"用绳梯**干吗**？"

"用来**干吗**？他可以藏在床上，不是吗？他们都需要绳梯，那**他**也需要。哈克，你老是不想按规矩做事，老是想整出点新鲜花样儿来。就说他拿着床单啥也**不干**又会怎么样？他走了后，留在床上，不就成了一条线索了吗？你不觉得他们都想要找点线索的吗？他们当然想啦。你不给他们留任何线索吗？那他们该**怎么**

办是好，**是不是**！我从来没听说过这样的事情。"

"好吧，"我说，"要是这是规矩，他一定得有绳梯，那行吧，给他绳梯，我可不想坏了规矩，不过还有一件事，汤姆·索亚，要是我们撕破床单，给杰姆做根绳梯，莎莉姨妈肯定不会放过我们的，铁板钉钉。照我看，用桃木皮做个梯子既不花钱也不浪费，还一样可以埋在馅饼里头，藏在草垫子里头，跟别的布头梯子一样，至于杰姆，他反正没什么经验，所以也不在乎是什么样的——"

"哎呀，瞎扯，哈克·芬恩，我要是像你这么没脑子，肯定闭嘴不吭声了——要**我**就不说话了。谁听说过一个囚犯用树皮梯子逃走了的？哎呀，太扯了。"

"好好，行，汤姆，就按你的法子办，不过要是你肯听我的建议，我就去晒衣绳上借条床单吧。"

他说这样可以。这又叫他生出个点子，说：

"那也去借件衬衫来吧。"

"你要衬衫干啥，汤姆？"

"叫杰姆在上面记日记呀。"

"日你奶奶的记，**杰姆**又不识字。"

"就当他**不识字**吧，可是只要我们给他一支笔，不管是旧锡勺子做的，还是一片旧铁皮桶箍做的，他可以在衬衫上画记号呀，不是吗？"

"哎，我们还能从鹅身上拔根毛，做支更好的呢，也更快。"

"**囚犯**那里可没有鹅在城堡主楼周围跑来跑去，可以拔上几根毛做笔的，你这傻瓜。他们**总是**用最硬、最结实、最难弄的旧铜烛台或别的什么他们能到手的东西来做笔，而且要花上好几个礼拜，甚至好几个月，才能把笔锉出来，因为他们只能在墙上磨。**他们**是不会用鹅毛笔的，就算有也不会用。那不合规矩。"

"那好，我们用什么来给他做墨水呢？"

"很多人是用铁锈掺上泪水做的，不过那只是通常做法，就女人爱用，大人物都是用自己的血。杰姆也可以那么干，他要想传递任何通常的密信，叫大家知道他被囚禁在哪里，他可以用叉子写在锡盘子底上，然后从窗子里头扔出来。铁面人 (1789年摧毁巴士底狱时人们在监狱入口处发现了一行字，写着'囚犯号码64389000，铁面人'。迄今为止，人们对'铁面人'的身份仍有很多种猜测，一种观点认为'铁面人'是路易十四的亲生父亲多热) 就一直这么干，这是个他妈的好办法。"

"杰姆没有锡盘子。他们是用平底锅给他送饭的。"

"那没关系，我们给他搞一点儿。"

"可是没人能**看懂**他的盘子呀。"

"那没关系，哈克·芬恩。**他**要做的，就是写在盘子上，然后扔出来。你不用**非得**能读懂。哎呀，囚犯写在锡盘子上或者任何别的上头的东西，一半是读不懂的。"

"那这样浪费盘子有什么意义呢？"

"哎，该死的，那又不是**囚犯**的盘子。"

"可那总归是**什么人**的盘子吧，不是吗？"

"好，就算是吧，**囚犯**又管是谁的——"

说到这里，他停下了，因为我们听见吃早饭的号角响了。我们朝屋子跑去。

早上，我从晾衣绳上借了条床单和一件白衬衫。我还找到了一个旧麻袋，把它们塞了进去，然后我们出门找来狐火，也装了进去。我称之为借，因为老爹一直这么叫的，可汤姆说那不叫借，那是偷。他说我们是替囚犯干的，而囚犯才不在乎他们是怎么拿到东西的，他们就拿了，别人也不会为这个怪他们的。逃犯为了逃跑拿点用得着的东西不算犯罪，汤姆说，那是他的权利，这么着，因为我们是替囚犯做事，为了帮他逃出去，我们也完全有权利在这里偷一些有用的东西。他说，要是我们不是囚犯，那就完全是另一码事了，不是囚犯却偷东西的，只有卑鄙无耻的人。所以我们便允许自己顺手牵羊了。不过，之后有天，我从黑奴那里偷了只西瓜吃，他大发雷霆，叫我去黑奴那里，给他们一毛钱，不用告诉他们为什么。汤姆说，他的意思是，我们只能偷一切**用得着**的东西。好吧，我说，可我需要那只西瓜呀，但他说，我不需要西瓜来越狱，这就是差别所在。他说，要是我想把刀藏在里头，然后偷偷递给杰姆，让他用来杀了管家，那就可以偷。我只好算了，尽管每回我看到有机会可以偷吃个西瓜，坐下来琢磨这里头像金叶子那样细的差别，都实在想不出自己替囚犯做事有任何好处。

好了，就像我刚才说的，早上我们一直等着所有人都去干活了，院子里看不到一个人，汤姆便背着麻袋进了小棚子，我站在一边望风。没多久他出来了，我们一起进去，坐在木堆上聊天。他说：

"现在万事俱备，只缺工具，不过那很容易搞定。"

"工具？"我说。

"是的。"

"做什么的工具？"

"哎，挖地道呀。我们总不能用嘴把他**拱**出来吧？"

"那里不是有旧犁啊什么的吗？足够把一个黑奴挖出来了。"

他转过身来，怜悯地看着我，那眼神能把人看哭，说道：

"哈克·芬恩，你听说**过**有一个囚犯在牢房放着犁啊、铲子啊，还有其他一切现代的便利工具，然后挖了地道逃出来的？好了，我倒要问你，要是你还有点脑子，**那**样子让他成为一个英雄算什么呀？他们还不如直接给他把钥匙，让他走了完事呢。犁和铲子——哎，他们可不会给国王配备这些。"

"那么，"我说，"要是我们不要犁和铲子，我们要什么？"

"两把甘蔗刀。"

"然后把小屋下头的地基挖掉？"

"是呀。"

"该死的，这太蠢了，汤姆。"

"蠢不蠢的不管，这是**正确**方法——也是通常的办法。而且，我看了所有关于这类情况的书，没听说过有**别的**办法。他们都是用甘蔗刀挖的，而且挖的不是土，我得提醒你，通常都是要挖穿坚硬的石头。他们要挖上好多好多个礼拜，一直挖呀挖。啊，看看马赛港迪福城堡（大仲马《基督山伯爵》提到的情节。书里描绘法老号大副爱德蒙·唐泰斯遭到两个卑鄙小人和法官的陷害，被打入迪福城堡的地牢，十四年后越狱。汤姆·索亚夸张了，说爱德蒙三十七年后越狱）地牢里的一个囚犯，他就是那样挖呀挖的逃出来的，**他**花了多长时间，你猜猜？"

"我不知道。"

"猜猜嘛。"

"猜不出来。一个半月？"

"**三十七年**——最后钻出来的地方是中国。就是**这种**。我希望这个堡垒底下就是硬石头。"

"杰姆在中国谁也不认得呀。"

"那有什么关系? 那家伙也一个不认识。你老是跑题。为啥你不能抓住重点? "

"行, 我不管他逃出来的地方是哪, 反正他出来了, 我猜杰姆也不在乎。可不管怎么说, 有一点, 杰姆年纪太大了, 用甘蔗刀挖地道, 他可熬不到挖完呀。"

"他可以熬到的。你不会以为挖穿泥土地基要花上三十七年吧。"

"那要多久, 汤姆? "

"嗯, 我们也不能耗太久, 因为塞拉斯姨夫很快就会听到新奥尔良来的消息。他会听说杰姆不是从那里逃跑的。下一步他就会张贴逃奴杰姆的传单什么的了。所以我们不能按应该的时间来挖, 不能冒这个险。按理说, 我猜我们得挖上个几年, 可我们不能, 世事难料, 我建议这样: 我们这就开挖, 越快越好, 之后呢我们就当作要挖三十七年, 只是一有动静, 我们就把他带出来, 叫他赶紧逃跑。是的, 我想这是上策。"

"嗯, 这下说得通了。"我说, "装一装没有花销, 也不惹麻烦。而且, 说到装, 我不在乎装作要花一百五十年。等我干顺手了, 估计也不累。好了, 那我去转转, 顺几把甘蔗刀来。"

"顺三把, "他说, "要一把当锯子用。"

"汤姆, 不知道这话有没有不合规矩, 或者犯忌, "我说, "熏肉房后头挡雨板底下, 就插着一把生锈的旧锯条。"

他看上去有点疲倦和丧气, 说:

"教你点东西真教不会啊, 哈克, 去顺点刀来, 三把。"我去了。

第 三 十 六 章

晚上，我们估摸着所有人都睡熟以后，便顺着避雷针溜了下来，跑进小棚子，关上门，拿出藏的那堆狐火，开始干活。我们把挨着木头墙脚中间的所有东西都挪开，清出一条道来，大概四五英尺长。汤姆说，我们现在对着的，就是杰姆床的背后，要往下挖，挖通后，在小木屋里，谁都看不出来有个洞，因为杰姆的床单几乎垂到了地上，你得把床单掀起来，朝里头看，才能看到。我们便用甘蔗刀开始挖，差不多挖到半夜三更，累成了狗，手全起了泡，却看不出太大进展。我终于说：

"这可不是三十七年的活儿，这是三十八年的活儿呀，汤姆·索亚。"

他没吭声，不过叹了口气，没一会儿就停下不挖了。他停了好一会儿，我知道他在动脑筋。然后他说：

"不行，哈克，这行不通。要是我们是囚犯，那可以，因为我们想挖多少年就挖多少年，不着急；而且，我们只能每天换更的时候挖上几分钟，手也不会起泡，这样就可以一年年挖下去，按正道来，按规矩来。可**我们**没法磨蹭，得赶快，我们浪费不起时间。要是换一个晚上再这样子挖，那起码得歇上一个礼拜手才好，之前碰不了甘蔗刀。"

"那接下来该怎么办，汤姆？"

"我来告诉你。不是正道，也不道德，我也不乐意这样子逃出来，可只有这个法子了：我们只好用犁挖地道，不过**装作**用的是甘蔗刀，把他弄出来。"

"你**这说的**才是人话呀！"我说，"你脑子越来越在线了，汤姆·索亚。"我说道，"就该用犁，管它道不道德；至于我，我才不管什么道德呢。我动手偷一个黑奴，或一只西瓜，或一本主日学校的书的时候，才不在乎什么方式方法。我想要的就是我的黑奴，我想吃的就是西瓜，我想看的就是主日学校的书。要是铁镐最顺手，那我就用它来偷那个黑奴，或那个西瓜，或那本主日学校的书，我压根儿不在乎那些大人物怎么看。"

"好吧，"他说，"眼下这情况，用铁镐来挖，装作是用刀，也说得过去，不然我也不会同意，不会对打破规矩坐视不理，因为对就是对，错就是错，一个人不傻，头脑清楚，就不会做错事。好了，**你**可以用铁镐把杰姆弄出来，**不用**装样，因为你好坏不分，可我不行，因为我知道什么更好。给我把甘蔗刀。"

他自己有把刀，我就把我的给了他。他扔在地上，说道：

"给我把**甘蔗刀**。"

我不知道该怎么办——就想了想。我在旧工具里找了一通，找出把铁镐，递给他，他拿了便开始挖，什么也没说。

他就是那样不同寻常。讲原则。

所以，我又找了把铲子，然后我们开始又挖又铲，翻泥倒土，尘沙飞扬。我们又干了半个钟头，到了极限，不过已经挖出个大洞来了。等我上楼回了房间，从窗户往外看，汤姆正费力地攀着避雷针往上爬，不过他爬不动，手太疼了。最后，他终于说：

"不行，爬不上来。你觉着我怎么干更好？你想得出一个办法吗？"

"我有办法，"我说，"不过我猜它不合规矩。你从楼梯上来，假装那是避雷针。"

他照办了。

第二天，汤姆偷了屋里一把锡勺、一个铜烛台、六根牛油蜡烛，要为杰姆做笔，我呢，就在黑奴小屋那里转悠，找到个机会偷了三只锡盘。汤姆说不够，但我说，没人会看见杰姆扔的盘子，因为它们都会掉进窗洞下头的草丛里头——我们可以去拿回来，再给杰姆用。汤姆很满意，然后说：

"现在我们要琢磨的，就是怎么把东西给杰姆。"

"从地洞里递给他，"我说，"等我们挖通了。"

他表情轻蔑，说了几句没人听说过这么白痴的主意什么的，又动脑筋去了。没多久，他说他想出了两三个法子，现在还不用决定使哪个，先通知杰姆再说。

那个夜里，过了十点钟，我们顺着避雷针爬下，随身带了一支蜡烛，在窗洞底下听了一会儿，杰姆在打呼，便把蜡烛扔了进去，没吵醒杰姆，然后又是一通挖挖铲铲，两个半钟头后终于大功告成。我们从杰姆的床底下爬进了小屋，在地上摸索了一会儿，找到了蜡烛，点亮，然后俯身站在杰姆床边，他看上去又结实又健康，我们轻轻地一声声叫醒他。他看见我们高兴坏了，差点哭了出来。他喊我们宝贝，还有所有他能想出来的亲昵称呼，还让我们找一把凿子，立刻把他腿上的链条一切两断，赶紧跑路，一刻也不耽搁。但汤姆跟他说，这样不合规矩，他坐了下来，告诉杰姆我们的整个计划，并说要是有危险，我们可以随时改变计划；他叫杰姆别害怕，我们会护送他逃走的，那是**自然**。杰姆说好的，于是我们就坐在那里，聊起过去的时光，汤姆问了一大堆问题，杰姆说，塞拉斯姨夫每天或每隔一天会过来为他祈祷，莎莉姨妈也会过来看看他待得舒不舒服，吃的东西多不多，他俩都很善良，汤姆听了以后，说道：

"这下我知道怎么搞定了。我们会通过他们给你递些东西来的。"

我说："千万别干那样的事，这可是我听到的最扯淡的念头了。"不过他根本没注意我，继续说个不停。他心里的盘算一落定，就是这样子。

所以，他跟杰姆说，我们会把绳梯，还有其他一些大东西藏在馅饼里头，依靠奈特，就是那个给他送饭的黑奴，偷偷递给他，他得保持警惕，不能露出惊讶的表情，也不能叫奈特看见他打开它们；然后，我们会把一些小东西藏在姨夫的外套口袋里，他得悄悄偷到手；我们还会把一些东西系在姨妈的围裙带上，或者要是有机会就放进她围裙兜里，之后汤姆又告诉杰姆那些东西是什么，有什么用，还告诉他，要用他的血在衬衫上记日记，等等等等。他跟他详详细细说了一遍。杰姆大多数都听不明白，但他认为我们是白人，知道的当然比他多；所以他很满意，说他会按照汤姆说的做。

杰姆有足够的玉米芯烟斗和烟草，所以我们好好地享受了一番，然后从洞里爬了出来，回到自己床上，双手像被啃过一样。汤姆精神头儿十足，他说这是他这辈子遇上的最好玩儿的事，也是最动脑筋的事；还说要是他能想出个法子来，那么我们就可以一辈子这样干下去，然后传给孩子，让他们再接着把杰姆救出去，他相信等杰姆慢慢习惯了，他会越来越喜欢这件事的。他说，那样时间就可以拉长到八十年，打破纪录。因为我俩都有份儿，所以我们都会出名的。

早上，我们去了柴火堆，把铜烛台砍成一块块称手的大小，汤姆把它们连同锡勺都放进了兜里。之后我们去了黑奴小屋，等我引开奈特的注意力，汤姆把一块烛台塞进了杰姆盘子上的玉米饼里，然后我们跟着奈特一起去了小木屋，想看看有没有用，果然进展不错，杰姆咬了一口饼，差点把牙都崩掉了，真是顺利得不能再顺利了。汤姆也这么说。杰姆没露馅，就是又吃到了一块石头什么的，它们常常会混在面包里，你知道的，不过那之后，他不先用叉子到处戳戳，就不动嘴咬。

我们都站在昏暗光线里头的时候，从杰姆的床底下，拱出来几条狗，然后一只接一只，直到出来了十一只，挤得屋里透不过气来。老天，我们忘了把小棚子的门关好了！黑奴奈特光喊了一声"魔鬼"，便在狗中间跪倒在地，呻吟起来，像要死掉了一样。汤姆猛地打开门，扔了杰姆盘子里的一块肉出去，狗便追了出去，然后一眨眼工夫，他出去又回来了，关上门，我知道他是去把小棚子那扇门也关上了。然后他跑去对付那个黑奴，又骗又哄，问他是不是又以为自己看到什么东西了。他站了起来，眨了眨眼睛，说道：

"西德先生，你也许会说我是个傻瓜，但要是说我没看见一百条狗，或魔鬼，或不管什么，那我希望我当场死掉。我真的看到了。西德先生，我**摸到**了——我**摸到**了，先生，它们全围在我身子边上。该死，我真希望我的手可以抓住一个魔鬼，就一会儿，我就这点要求。不过我更希望它们放过我，真的。"

汤姆说道：

"好吧，我告诉你我怎么看的。是什么让它们大白天的在这个逃奴吃早饭的时候上这儿来了？那是因为它们饿了，就是因为这个。你给它们做个魔鬼馅饼吧，**你**要干的就是这个。"

"可是老天，西德先生，我怎么给它们做魔鬼馅饼啊？我不知道怎么做啊。我听也没听说过这样的东西呀。"

"那好吧，只能我亲自动手了。"

"你愿意做一个吗，宝贝？你愿意吗？我会亲大地和你的脚，我会的！"

"行，我来做，看在你的分儿上，你对我们那么好，又带我们来看逃奴。不过你一定要非常小心。我们来的时候，你要背过身去，不管我们放什么在馅饼里头，你一定不能偷看。杰姆把盘子里的馅饼拿出来的时候，你也不能看，不然可能会发生些什么事，我也说不准。最重要的是，你不要**碰**魔鬼的东西。"

"**碰**它们，西德先生？你**在**说什么呀！我不会动一根手指头的，就算是成千上亿的钱，我也绝不会碰一下下。"

第 三 十 七 章

都搞定了。我们便离开，跑去后院的垃圾堆，那里全是旧鞋子、破烂、瓶子，还有用坏了的铁器什么的，我们到处扒拉着，找出了一个旧铁盆，尽可能堵上了上面的洞眼，可以用来烤馅饼，然后去了地窖，偷了满满一盆面粉，这才去吃早饭，路上还找到了两颗钉墙板的钉子，汤姆说，这个很管用，囚犯可以用它们在地牢墙上刻上自己的名字，或刻一些伤心事。他把一颗钉子扔进了莎莉姨妈搭在椅子上的围裙兜里，又往衣柜上塞拉斯姨夫的帽檐里塞了一颗，因为听孩子们说他们爸妈今天早上要去逃奴的小屋，汤姆还把锡勺放进了塞拉斯姨夫的外套兜里，不过莎莉姨妈还没来，我们还得等上一会儿。

等她来了后，只见她满脸通红，热得冒汗，气呼呼的，都等不及祈祷，就一手冲洗咖啡杯，一手用顶针敲了敲离她最近的孩子的脑袋，说道：

"我上找下找，该死的，你另一件衬衫**去**哪儿了！"

我的心从五脏六腑里沉了下去，之后，一片硬玉米锅巴从喉咙往下，半路遇到一声咳嗽，直飞出来，越过桌子，砸到了一个孩子的眼睛，他蜷起身子，像条喂鱼的蚯蚓，爆发出惊天的哭声，汤姆也被这事吓得脸色发青，要是这里有个地洞，我立马就钻进去。但这一切总共只十五秒的工夫，马上我们又恢复了平静，只是事出突然，被吓了一跳而已。塞拉斯姨夫说：

"真是太奇怪了，搞不懂。我记得清清楚楚我脱**下来**了，因为——"

"因为你只有身**上**穿的这一件了。**听听**这人说的什么！我知道你脱下来了，也记得比你清楚多了，你的记性一团糟，它昨天挂在晾衣绳上——我亲眼看见的，可现在不见了，总之，等我有时间做一件新的之前，你就先换上那件红法兰绒的吧。这可是两年里头我做的第三件了。要让你有衬衫穿，可真是叫人忙得跳脚呀，你到底要用衬衫**做**什么？我真想不通。你这把年纪，**该**学会管一管你的衬衫了。"

"我知道，莎莉，我真的尽力了。不过，这可不全是我的错，你知道的，衬衫没穿在我身上的时候，我看不见也管不着，再说了，**没**穿身上的，我也没丢过一件呀。"

"好吧，要是你没丢，就不是**你的**错，塞拉斯；但我猜，要是你能丢，肯定就丢了。丢了的还不止那件衬衫呢。有把勺子也不见了，**那**还不算完。原来有十把，现在只有九把。我猜牛犊子把衬衫叼走了，但它从来不叼勺子不是，**那是**肯定的。"

"啊，还有什么丢了，莎莉？"

"六根**蜡烛**不见了，丢了。也许是老鼠拖走了，我猜是，我就纳闷，像你那样老说要把老鼠洞堵住，结果啥也没干，它们怎么就没把这家里的东西全都给搬走呢，它们要不是**蠢**，都会上你头上做窝睡觉，塞拉斯，而**你**永远也不会发觉；不过你不能把**勺子**赖在老鼠头上，这个我知道。"

"好了，莎莉，是我的错，我承认，是我疏忽了，我明天一定把洞给堵住。"

"哎哟，我可不急，明年都行。玛蒂尔达·安吉丽娜·阿拉明塔·**菲尔普斯**！"

顶针往下一扣，孩子缩回了伸向糖罐的爪子，不敢在那周围转悠了。就在这时候，女黑奴走上通道的台阶，说道：

"太太，有条床单不见了。"

"**床单**也不见了！哎哟老天爷呀！"

"我今天就把洞堵上。"塞拉斯姨夫说道，看上去很抱歉。

"哦，**就**闭嘴吧！老鼠都能偷**床单**了？在哪儿不见的，丽兹？"

"老天啊，我一点儿不知道，莎莉太太，昨天还在晾衣绳上晾着呢，现在不见了，没在那里了。"

"我觉得世界末日就**要**来了。我活着**从来**没见过这样的事儿。一件衬衫，一条床单，一把勺，六根蜡——"

"太太，"来了一个黄毛丫头，"有个铜烛台不见了。"

"快滚，你这臭丫头，不然我砸你个锅！"

她气疯了。我开始寻机溜走，得逃到林子里，等家里气氛缓和了再回来。她一直怒气冲冲，一个人闹翻了天，其他人都不敢吭声，最后，塞拉斯姨夫一脸懵懂地从兜里掏出了把勺子。她停下了，举起双手，嘴巴张得老大，我呢，我真希望我在耶路撒冷，或别的什么地方。但没过一会儿，她说：

"**就**跟我想的一样一样。它一直就在你兜里，其他东西也可能在你兜里。它们怎么跑你兜里去的？"

"我真的不晓得，莎莉，"他有点抱歉地说道，"你知道，要是我知道，我会告诉你的。早饭前，我在温习《使徒行传》第十七章，也许没留意就放兜里了，我本来是想把《新约》放进去的，肯定是这样，因为《新约》没在兜里。不过我会去瞧瞧，《新约》有没有在老地方，那样我就知道我没把它放进去，也可以表明我把《新约》放下了，拿起了勺子，然后——"

"哦，看在老天分儿上！让我消停会儿！都走吧，你们全都给我走，让我一个人静静，谁都不许再靠近我。"

这话就算是在她心里头想，我**也**听得见，更别说说出声了，我站起身来，我是死人也会照着她说的做的。经过客厅的时候，那位老先生拿起帽子，钉子从里头掉了出来，落在地上，他捡了起来，放在壁炉架上，什么也没说就走了。汤姆看见了，想起了勺子，说道：

"好吧，不能再靠**他**传东西了，他靠不住。"然后他又说，"可是勺子的事他帮了我们一个大忙，尽管他不知道，那我们也要帮他一个忙，不让**他**知道——帮他堵住老鼠洞。"

地窖里有好多老鼠洞，花了我们整整一个钟头，但我们的活儿干得又严实又漂亮又利索。之后我们听见楼梯上传来了脚步声，赶紧吹灭蜡烛藏了起来。来的果然是老先生，他一只手拿着一根蜡烛，另一只手拿着一捆东西，魂不守舍的样子。他转悠了一圈，先到了一个老鼠洞，再是另一个，直到所有洞都转遍了，然后站在那里大概有五分钟，把滴下的蜡烛油挑掉，开始思考。然后他慢腾腾转过身，心神恍惚地向楼梯走去，说道：

"天哪，我怎么也想不起来是什么时候干的了。我可以叫她来看看，这样她就不会因为老鼠怪我了。不过算了吧，就这样吧。我觉得也没啥用。"

他咕哝着上楼，我们便也离开了。他真的是个超好的老先生。永远是。

该拿勺子怎么办，汤姆伤透了脑筋，不过他说我们一定得拿来，所以他开始想办法。想出来后，他告诉我们该怎么做，然后就跑去，等在装勺子的篮子旁边，直到看见莎莉姨妈过来，汤姆把勺子摊在一边，开始数数，我偷出一把藏在袖子里，然后，汤姆说道：

"啊，莎莉姨妈，**还是**只有九把勺子呀。"

她说：

"玩去吧，别烦我。我比你们清楚，我自己刚数过。"

"我数了两遍了，姨妈，就是九把。"

她看着完全失去了耐心，不过她当然还是过来又数了一遍——谁都会这么干。

"我向老天发誓，真的**是**九把！"她说道，"哎呀，到底怎么回事，是谁**拿走**了，我要再数一遍。"

于是我偷偷把我藏的那把放了回去，她数完，说道：

"见鬼，现在又是**十把**了！"她又气又蒙。不过，汤姆说：

"啊，姨妈，我觉得没有十把。"

"你这笨蛋，没看见我**数**了吗？"

"我知道，可是——"

"好，那我**再**数一遍。"

我便又偷走一把，数出来是九把，跟上回一样。好了，这下她**要**哭了——她浑身发抖，气疯了。不过，她继续数，一遍又一遍，直到脑子全晕了，有几回把篮子也当勺子数了，就这样，三回数对了，三回没数对。她一把抓起篮子，扔到屋子那头，砸得猫翻了个身儿，她叫我们都出去，让她静静，要是吃中饭之前再来烦她，就剥了我们的皮。在她赶我们走的时候，我们拿了一把勺子，扔进她的围裙兜，中午前杰姆就拿到了手，还有那颗钉子。我们对此很满意，汤姆认为这件事值得花两倍的力气，因为他说，**这下**她再没办法把勺子数对了，这辈子都不行了，而且就算她**数对过**，她也不信了；他还说，接下来三天她脑袋都会数晕的，他觉得她会放弃，要是有人让她再数一遍，她会杀了他。

那天晚上，我们把床单放回了晾衣绳上，然后从她衣橱里偷了一条，接着又放回去，再偷出来，这样好几天，最后她都搞不清楚自己到底有几条床单了，不过她也**不管了**，不打算再为这个伤神，她这辈子也不会再去数了；死也不数了。

这下我们就没麻烦了，衬衫、床单、勺子和蜡烛，亏得牛犊子、老鼠和乱数数帮忙，至于烛台嘛，无关紧要，渐渐就会被忘记掉的。

不过那个馅饼可是真家伙，为了这个馅饼，我们的麻烦没完没了。我们是在后头林子里弄的，也在那里烤，最后终于烤好了，也很满意。当然这不是一天干完的，而且不得不用光了三面盆面粉，才烤出个样子。我们全身差不多都被烤煳了，眼睛也被烟熏坏了，因为你知道的，我们光需要个馅饼的脆壳，但它老是支棱不好，老陷下去。当然，最后我们想出了办法——那就是要把绳梯放在馅饼里头一起烤。于是，第二天晚上和杰姆在一起的时候，我们把床单撕成一小条一小条的，拧在一起，天还没亮我们就做了一根漂亮的绳子，都可以吊死个人了。我们假装那是花了九个月做好的。

然后，上午的时候，我们拿着绳子去了林子，可是怎么也塞不到馅饼里头，因为这条绳子是用整张床单做的，都够塞四十个馅饼的了，然后还有好多剩的，可以塞在汤里、香肠里，或任何东西里头，可以整一桌子。

但我们不需要呀，我们只要够塞在馅饼里头的就行，就把剩下的扔了。我们没有在水盆里烤，生怕水盆焊锡的地方会烤化掉；不过塞拉斯姨夫有一只贵重的黄铜暖盆，他很看重，因为是老一辈留下来的，是跟着征服者威廉坐五月花或早先的船从英国来的，它有个长长的木把手，跟其他一些旧罐子和贵重东西一起藏在阁楼里，这些东西不是说值钱，它们不值钱，而是说它们是古董，你知道的。我们偷偷拿了出来，带到林子里，但一开始烤的馅饼都没做好，因为我们不知道该怎么烤，最后一只烤成功了。我们先在暖盆里侧糊上面粉，放在煤上，然后把破绳塞进盆里，顶上再糊一层面粉，盖上盖子，放了一些热木炭在上头，离开五英尺远站着，捏着那根长长的木把手，又凉快又舒服，过了十分钟，它就变成了一只馅饼，看着赏心悦目，但谁要吃，就得带几包牙签，他要是不吃得肚子绞痛，算我胡说，而且会一直痛到下回再吃东西。

我们把魔鬼馅饼放进杰姆盘子里的时候，奈特根本没看我们，我们就又把三个锡盘放了进去，食物盖在上头；这些东西杰姆全拿到了，只剩他一个人时，他马上撕开馅饼，把绳子拿出来藏在草垫子里，又在一个锡盘上胡乱画了一些记号，从窗洞扔了出去。

第 三 十 八 章

做笔可真是一件叫人丧气的费劲活，做锯子也是，杰姆呢，说刻字最难。当囚犯，就一定得在墙上刻字。汤姆说了，他一定**得**刻，没听说哪个州囚犯没有留下一些他刻的东西，还有他的家徽，就跑了的，所以杰姆一定得干。

"瞧瞧简·格雷女王，"汤姆说，"再瞧瞧吉尔福德·达德利，瞧瞧老诺森伯兰公爵！ [简·格雷（1537—1554）是英国历史上首位被废黜的女王，十六岁时在伦敦塔内被秘密处死。老诺森伯兰公爵是简·格雷丈夫吉尔福德·达德利的父亲约翰·达德利，是第一任诺森伯兰公爵，曾说服爱德华六世立简·格雷为王位继承人，后被判处死刑。] 啊，哈克，你还觉得这算件难事吗？你会怎么办？避开不干了？杰姆一**定**得刻些什么，还要刻下家徽。他们都这么干。"

杰姆说：

"哎，汤姆先生，我可没外套袖子（家徽的英文是 'coat of arms'，从字面来看就是外套袖子，杰姆不理解它的含义）啊；我什么也没有，只有那件旧衬衫，你知道的，就是我记日记那件。"

"哎，你不明白，杰姆，家徽是另一回事。"

"好了，"我说，"不管怎么说，杰姆说得对，他说他没有'外套袖子'，他是没有嘛。"

"我知道，"汤姆说，"可我敢说，他从这里跑出去之前就会有了，因为他要**按规矩**跑掉，他的记录里不能有任何污点。"

所以，等我和杰姆在砖头上磨笔——杰姆磨铜烛台，我磨勺子——的时候，汤姆开始想家徽图案。过了一会儿，他说，他想出来好多个图案，都不知道用哪个好，但他决定用其中一个。他说：

"我们要在盾徽下方画上对角纹，然后横贯带上有个深红色十字，一条蹲着的狗，一般纹章都有，狗脚下是条链子，象征奴隶，然后上头是锯齿波纹，上方有一个绿色∧形标志，中间是天蓝色块，上头有三条弧线，再上头全是盾脐点；顶上是个黑黢黢的逃奴，肩上扛着包裹，包裹挂在一根邪恶的棍子上；还有两根红色直线，就是你和我了；最下方是箴言'越想快，就越慢'。这句话是我从书里头看来的——意思是欲速则不达。"

"天啦噜，"我说，"那其他的那些都是什么意思？"

"没时间纠缠那个了，"他说，"我们得像其他挖地道的那样赶紧干活。"

"好吧，不过，"我说，"那里头**有一些**是什么意思？什么是横贯带？"

"横贯带——横贯带就是——**你**不需要知道横贯带是什么。等他做的时候，我会告诉他怎么弄。"

"你就胡扯吧，汤姆，"我说，"我觉着你得讲一讲。什么叫邪恶的棍子？"

"哎，我不知道。反正他得有盾徽。所有贵族都有。"

他就是这样子。要是他不想解释一件事情给你听，他就不解释。你可以追着他问上一个礼拜，也没有用。

他把家徽这件事情搞定后，开始了结那部分工作的其余部分，就是想出一段伤心的文字，他说杰姆得刻上一段，他们都这么干。他想了一堆，写在纸上，念了出来，是这样的：

　　1. 这里囚禁着一个心碎了的囚犯。

　　2. 一个可怜的囚犯，被全世界和朋友们所遗弃，可悲的生命在这里白白消耗。

3.这里有颗寂寞心碎、备受折磨的灵魂，在三十七年的孤独囚禁后，将要安息。

4.无家可归，无亲无故，这个高贵的陌生人，路易十四的私生子，在三十七年的囚禁之后，终于凋亡。

汤姆念的时候声音发抖，差一点儿哭出声来。念完后，他打不定主意要让杰姆把哪条刻在墙上，它们都那么美；不过最后他认为，他会让他把所有句子全刻上。杰姆说，要用一颗钉子把这么多废话都刻在木头墙上，他得刻上一年，而且，再说了，他也不会写字，可汤姆说，他会帮他先写上，到时候他照着线条描就行了。然后他又接着说：

"想想，木头不行，地牢里的墙不是木头的，我们得把字儿刻到石头上。我们去拿石头。"

杰姆说石头比木头还难刻，他说，像他这样一个囚犯，在石头上刻字得花多长时间呀，估计到最后他都出不去了。可汤姆说他会帮他的。然后他看看我和杰姆笔做得怎么样了。这真是又麻烦又乏味又漫长的工作，我的手疼得不行，干的活似乎也没有任何进展；于是，汤姆说：

"我知道怎么搞定了。我们得找块石头刻家徽和伤心话，这块石头砸得死两只鸟。磨坊里有一个很大的磨盘，我们去偷来，在那上头刻东西，也在上头磨笔和锯子。"

这主意一般般，那个磨盘也不怎么样，不过我们认为我们还是得偷来。这会儿还没到午夜，我们溜进磨坊，让杰姆一人干活。我们偷出了磨盘，打算推着它滚去小屋，可这活儿真心不容易，不管我们怎么扶住，它总会倒下来，每回都差一点儿把我们压扁。汤姆说，这样子没等我们干完，它倒把我们中的一个给干掉了。我们推到半路就筋疲力尽，浑身被汗湿透，这不是办法，得去把杰姆叫来。杰姆抬起床，让链子从床腿滑落，再把它一圈圈绕在脖子上，然后我们从那个洞里爬出来，到了磨盘那里，杰姆和我一起推磨盘，轻轻松松往前走，汤姆在一旁指挥。随便什么孩子他都可以指挥。什么他都知道怎么做。

我们挖的洞虽然不小，但还没有大到可以把磨盘给滚进去，不过杰姆拿来了铁镐，很快就把它挖得足够大了。然后，汤姆用钉子在上头画出了要刻的东西，让杰姆用钉子当凿子，用在小棚子破烂堆里找出的铁螺栓当锤子接着刻，直到剩余的蜡烛熄灭，才可以上床，而且要把磨盘藏在草垫子里，睡在上头。然后，我们帮他把链子拴回床脚，自己也准备回去睡觉。不过，汤姆想到了什么，说道：

"杰姆，你这儿有蜘蛛吗？"

"没有，先生，感谢上帝这里没有蜘蛛，汤姆少爷。"

"好，那我们给你搞一些来。"

"但是谢谢你们，宝贝，我不想**要**蜘蛛。我怕蜘蛛。要它还不如要响尾蛇呢。"

汤姆想了一会儿，说道：

"好主意。我猜有过蛇。**一定**有过，这合乎道理。啊，真是个超好的主意。你可以把蛇养在哪里？"

"养什么，汤姆少爷？"

"什么，响尾蛇呀。"

"老天爷啊，汤姆少爷！要是有条响尾蛇在这里，我会直接撞破这堵墙的，我会的，用头撞。"

"哎，杰姆，过一会儿你就不害怕了。你可以调教它嘛。"

"**调教**它！"

"是啊——容易得很。你对动物好，宠爱它们，它们都会很感激的，它们不会**想到**要伤害宠爱它们的人的。书里头就是这么说的。你就试试，这就是我的请求，先试试两三天。你可以叫它听话，它就会爱上你了，和你一起睡觉，一分钟也不离开你，会让你把它绕在你脖子上，把它的头放你嘴巴里。"

"求求你，汤姆少爷，**别**说啦。我可**受不了**了！它会**让**我把它的头放在我嘴巴里，就为了讨好我？我想，它等多久我都不会**要**它这么做的。还有，我可不**想**让它和我一起睡觉。"

"杰姆，别犯傻了。是囚犯都**得**有个安静的小宠物，要是没人试过响尾蛇，那你作为开风气第一人，就更有面儿了，比你能想到的其他任何法子都好。"

"哎呀，汤姆少爷，我可不想**要**这样的面儿。那蛇会把杰姆的下巴给咬掉的，到时候还有**啥**面儿？不，先生，我不要这样的东西。"

"该死，你就不能**试一试**？我只**想**叫你试试——行不通就算了。"

"但是我试着养的时候，蛇咬我一口，麻烦就**大**了。汤姆少爷，只要事情讲得通，我都会做的，可要是你和哈克搞条蛇到这儿来，叫我调教，我就**离开**这里，我说**真的**。"

"好，好，算了，要是你这么死脑筋，就算了。我们可以给你弄点花纹蛇，你可以在它们尾巴上系点纽扣，就当它们是响尾蛇，我想这总可以了吧。"

"**这**我还受得了，汤姆少爷，不过说实话，没有会更好。我以前从来不晓得，当个囚犯还有那么多麻烦哪。"

"哎，当囚犯当得正，就**得**这样。你这里有老鼠吗？"

"没有，先生，没看见过。"

"那好，我们会给你弄一些来。"

"啊，汤姆少爷，我也不想**要**老鼠。它们最烦人了，在人身边窜来窜去，睡觉的时候就咬他的脚指头，我见过。别，先生，要是一定要给我什么，就给我花纹蛇吧，我不要老鼠；要它们没用，真的。"

"可是，杰姆，你**得**有老鼠呀——他们都有老鼠。别再大惊小怪了。没有囚犯没老鼠的。从来没有这样的例子。他们会调教老鼠，宠爱它们，教它们一些小把戏，它们就像苍蝇一样跟人你来我往的。不过你得给它们弹奏音乐。你有什么可以弹奏音乐的吗？"

"我只有一把破梳子和一张纸，一个口琴，但我觉得它们不会喜欢口琴的。"

"它们会喜欢的。**它们**不在乎是什么音乐。对老鼠来说，口琴就够好的了。所有动物都喜欢音乐，在监牢里，它们爱得不行。尤其喜欢痛苦的音乐，口琴吹的正好就是这个调调。这会吸引它们的，它们就会跑出来看你怎么了。好了，你不会有事的，都给你安排好了。你就睡觉前和大清早坐在床上，吹吹口琴，就吹

《缘分已尽》吧，最讨老鼠喜欢；你吹上两分钟，就会看见所有老鼠啊、蛇啊、蜘蛛啊，还有其他那些担心你的动物，都跑过来了。它们全都爬到你身上，享受美好的时光。"

"是啊，**它们**会的，我想，可是汤姆少爷，**杰姆**这过的是啥日子呀？我要能明白就好了。不过要是必须这么做，就这么做吧。我想，最好叫动物们满意，别在房间里添乱。"

汤姆没动，想了一会儿，看看是不是还漏掉了什么，没多久他说：

"哦，我还忘了件事。你可以在这里养花，你觉得呢？"

"我不知道，或许可以，汤姆少爷；可这里很黑啊，再说我养花也没用，养花多麻烦哪。"

"嗯，不管怎么说，你试试。有些囚犯养花的。"

"我觉得可以在这里种那种长得像猫尾巴的毛蕊花，汤姆少爷，不过它不但不值钱，还抵不上它惹来的一半麻烦。"

"别这么想。我们会给你弄一小朵来，你就种在那边角落里，好好养。别喊它毛蕊花，叫它皮奇奥拉（《皮奇奥拉》是当时流行的一部小说，讲一棵植物维持了囚犯的生命），监牢里它就该叫这个名儿。而且你得用眼泪水浇花。"

"啊，我有的是泉水啊，汤姆少爷。"

"你不会想要泉水的；你要用泪水浇花。他们都是这么干的。"

"哎，汤姆少爷，别人用泪水养毛蕊花，刚**开始**养，我用泉水就可以养两茬了。"

"可计划不是那样的。你**得**用泪水浇。"

"那它会死在我手上的，汤姆少爷，肯定的，我很少哭。"

汤姆被难住了。但是他琢磨了一会儿，说，不用担心，拿点洋葱来就会哭了。他答应他早上会去黑奴小屋偷偷放一只到杰姆的咖啡壶里头。杰姆说，"那还不如把烟草放咖啡里呢"；他发了一堆牢骚，嘟囔这事，还有其他事情，要种毛蕊花呀，给老鼠吹口琴呀，逗蛇啊蜘蛛啊，还有其他动物，哄它们开心，所有这些事情里头，最麻烦的就是要磨笔、刻字、写日记什么的，做个囚犯太难了，有那么多麻烦，操这么多心，担这么大责任。汤姆听得不耐烦，说杰姆有那么多机会可以扬名天下，世界上还没哪个囚犯运气比他好呢，他却不懂得感激，白白浪费了这些机会。杰姆觉得不好意思，说他不会再这样了，我和汤姆就回去睡觉了。

第 三 十 九 章

早上，我们起来去了村里，买了一只铁丝老鼠笼，放在一个没堵住的老鼠洞口，没半个钟头就逮了十五只，然后把笼子放在莎莉姨妈床底下一个安全的地方。不过，等我们去抓蜘蛛的时候，小托马斯·富兰克林·本杰明·杰弗逊·亚历山大·菲尔普斯发现了老鼠笼，把笼子门打开了，看老鼠会不会出来，它们当然出来了；后来莎莉姨妈进屋了，我们回来，只看见她站在床上又跳又叫，老鼠们该干吗干吗，正帮她解闷儿呢。她抓住我们，用棍子揍了我们一顿，我们只好又花了两个钟头，再抓了十五六只老鼠，全怪那些爱管闲事的小神兽，而且这拨老鼠跟之前抓的一点儿也不一样，因为第一拨才是鼠中精华。我再也没见过像第一拨老鼠那么好的了。

我们还抓了各种蜘蛛、虫子、青蛙、毛毛虫什么的，一大堆；还想弄个大马蜂窝，但没弄成，这窝蜂都在家呢。不过我们没有马上放弃，而是守在一边，因为我们觉得，不是它们熬不过我们，就是我们熬不过它们，最后它们赢了。我们找了些土木香，涂在被蜂蜇过的地方，没什么大事，就是坐下来不太方便。我们又去找蛇，抓了十几条花纹蛇和草蛇，装进袋子，放在我们屋里，这时候已经到吃晚饭时间了，这一天的活儿干得可真不赖：饿吗？哦，没，我都不觉得饿！不过，等我们回屋，该死的蛇一条都不见了，我们袋子口儿没扎紧，它们不知怎么钻了出来，全溜走了。不过也没关系，它们总归在这栋屋里什么地方嘛，完全可以再抓几条回来。哎，这栋房子这段时间可没少碰到蛇。你会时不时地看见它们挂在房梁或别的什么地方；它们温柔地在你的盘子上着陆，或者顺着你的后脖颈溜下，大多数都是你不想它们出现的地方。好吧，这些蛇都很漂亮，花纹很美，来上一百万条都没什么关系，可对莎莉姨妈来说就大不一样了。她讨厌蛇，不管什么品种，她都受不了，你一点儿办法也没有，每回有条蛇扑通掉她身上，不管她在干什么，她都会一下子扔掉手头的事情，跳脚逃走。我没见过女人这样子。你可以听见她尖叫着，恨不得跑到阿拉斯加去。你没法让她用钳子夹住一条，而且，要是她在床上翻个身，看到一条，她会连滚带爬，乱喊乱叫，你还以为是房子着火了呢。她总是弄醒姨夫，老先生说，真恨不得世界上没生出来那么多蛇。前后大概花了一个礼拜，最后一条蛇也终于被清出了屋子，可莎莉姨妈还是惊魂未定，离定差得远呢，要是她坐在那里想什么事情，你用根羽毛轻轻划过她的后脖颈，她会直接跳起来。真是很有意思。不过汤姆说，所有女人都那样。也许因为这个原因，也许因为那个原因，反正她们就生成这样。

　　每回有蛇在她面前出现，我们就会挨一顿胖揍，她还说，要是我们再往屋子里弄蛇进来，就不光是挨几下揍了。我倒不在乎被揍个两下，算不了什么，我在乎的是再要搞来这么多条蛇可就费事了。不过我们还是弄来了，加上所有其他东西；当杰姆开始吹口琴，所有动物都向他爬过去的时候，那可真是开心的一幕。杰姆不喜欢蜘蛛，蜘蛛也不喜欢杰姆，所以它们老是吓唬他，叫他心惊肉跳。他说，老鼠、蛇和磨盘挤得他没地儿睡觉，再说了，就算找到地方睡，周围也热闹得很，而且也总是很热闹，因为**它们**从来不在一个时间点睡觉，而是轮流睡，所以，蛇睡着的时候，老鼠来守夜，等轮到老鼠睡了，蛇又出来看更，于是，他身子底下、眼面前、身子上头，永远挤着一堆家伙，假使他起来另外找个地方睡，那他一挪窝，蜘蛛就逮着机会上手。他说，等他脱身后，他再也不要当囚犯了，给薪水也不干。

好了，三个礼拜过去，一切都非常完美。衬衫早放进馅饼里头送过去了，每回老鼠咬他一下，杰姆就爬起来，趁血没干赶紧写一点儿日记。笔全磨好了，要刻的字什么的都刻在了磨盘上。床腿被锯成了两段，我们把锯末吞了下去，肚子疼了老半天。我们以为自己要死了，但没死掉。这真是最难下咽的锯末，汤姆也说是。

不过，就像我说的，最后大功告成，我们也都累坏了，杰姆最累。那位老先生给奥尔良南面的那个种植园写了好几封信，让他们过来把他们的逃奴接走，但一直没有回音，因为根本就没这个种植园。他认为应该在圣路易斯和新奥尔良的报纸上登广告，他提到圣路易斯报纸的时候，我打了个寒战，明白已经不能再耽搁了。汤姆说，现在该写匿名信了。

"匿名信是啥？"我说。

"就是提醒人们有事发生的警告。有时候用这种方式，有时候是另外一种。不过总有个人会偷偷四处侦察，把情况汇报给城堡总督。路易十六要逃出杜伊勒里宫的时候，就是一个女仆通风报的信。这是个很好的办法，匿名信也是。我们双管齐下。通常是囚犯的母亲跟囚犯互换衣服，她留下，囚犯穿她的衣服偷偷溜走。我们就这么干。"

"可是，听着，汤姆，我们为啥要**警告**别人有事发生？让他们自己发觉不就得了，那是他们自己该留心的事呀。"

"是啊，我知道，可你不能指望他们。他们一开始就这德性，把**什么**都留给我们来干。他们轻信别人、脑瓜不灵，根本什么也注意不到。所以，要是我们不**给**他们提个醒，就不会有任何人任何事来干扰我们，那么，我们费了那么大劲、花了那么大力气，逃出去却轻轻松松，那还有什么意思？**什么**意思也没有。"

"啊，我倒喜欢这样，汤姆。"

"胡扯！"他说，看上去很不高兴。我便说：

"我也不是要抱怨。你说可以的我都觉得可以。说起女仆，你打算怎么做？"

"你来当女仆。你半夜悄悄溜进去，把那个丫头的裙子给钩出来。"

"哎呀，汤姆，那第二天早上会惹麻烦的，她很可能就那一条裙子。"

"我知道，不过你只需要借个一刻钟嘛，穿上，把匿名信塞进前门底下。"

"那行吧，我去，可我可以穿着自己的衣服去塞信的呀。"

"**那**你看上去还是女佣吗？"

"可是，**不管怎么说**，那时候没人见着我啥样儿呀。"

"这跟这一点儿没关系。我们要做的事情，是我们的**责任**，不要去关心有没有人**看见**我们做。你就没一点儿原则的吗？"

"行行，我什么也不说了，我就是那个女佣。杰姆的妈妈是谁？"

"我来做他妈。我会从莎莉姨妈那里偷一件长袍出来。"

"那好，我和杰姆走后，你要留在小屋里。"

"不用。我会往杰姆衣服里塞满稻草，放在他床上，假装那是他乔装打扮的妈妈，然后杰姆会脱下我身上莎莉姨妈的长袍穿上，我们一起越狱。囚犯逃跑，被称为越狱。都这么叫，比方国王逃走就是。国王的儿子也是，不管他是亲生的，还是私生子。"

于是，汤姆写了匿名信，那晚我偷来那个丫头的裙子，穿上，按照汤姆告诉我的办法把信塞进了前门。信上写道：

小心。大祸临头。务必提防。

不知名的朋友。

第二天晚上，我们在前门贴了张图，上头是汤姆用血画的骷髅头和交叉的腿骨；接下来那个晚上，我们又贴了一张在后门，上头画着一具棺材。这家子吓坏了，我没见过人会这样害怕，好像家里全是鬼，每样东西后头都藏着鬼，床底下也是，空气里也是。要是门嘭的一声，莎莉姨妈会跳起来大叫"妈呀"，有什么东西掉下来，她会跳起来大叫"妈呀"，要是她没留意的时候，你碰巧碰了她一下，她也会跳起来大叫"妈呀"。她脸对着哪都不安心，因为老觉着有什么东西在她身子后头，所以不停地突然转身，喊着"妈呀"，刚转了大半圈儿，就又转了回去，再喊一声"妈呀"。她不敢上床，又不能坐上一晚。所以，事情进行得很顺利，汤姆说。他还说，他还没见过什么事情做得这么令人满意。他说这表明做对了。

所以，他说，现在该实施宏伟大计了！于是，第二天早上，天蒙蒙亮，我们就又准备好了一封信，只是不知道该怎么办更好，因为前一天吃晚饭的时候我们听到他们说，打算让黑奴整夜守在前后门。到了晚上，汤姆从避雷针上爬下，四处侦察了一番，守在后门的黑奴睡着了，他便把信贴在他背上，跑了回来。信是这么写的：

不要背叛我，我希望当你们的朋友。今晚，有一伙割喉取命的亡命之徒，要从印第安人领地过来偷走你们的逃奴，之前他们一直在吓唬你们，就是为了让你们待在家里不去打扰他们。我是他们一伙的，但我有信仰，不想干了，想重新做人，所以就把这个穷凶极恶的计划透露给你们。他们会在半夜从北边沿着围栏偷偷进来，拿着一把配好的钥匙，进黑奴的小屋带走他。我负责望风，应该待在不远的地方，看到任何危险就吹号角报警。但其实他们一进屋，我就会像羊那样叫一声，根本不会吹哨；等他们松开他的链子时，你们就溜进去，把他们抓起来，高兴的话杀了也行。就照我说的办，不然他们会起疑心，闹出大动静。我不要任何回报，只要知道自己做得对就行。

不知名的朋友。

第 四 十 章

吃过早饭后，我们很高兴，取了我的小船，划出去钓鱼，当午饭，过得很开心，然后又去看了一眼木排，它好好的，便回去吃晚饭，结果发觉他们慌里慌张，恨不得东西南北也分不清了。我们一吃完晚饭，他们就打发我们上床，不肯告诉我们出了什么事，也没透露一句新来的信的事儿，不过倒也不需要，我们跟其他人一样知道得很清楚。楼梯上到一半，我们看莎莉姨妈转过身去，便偷偷跑去地窖的碗橱那里，装了好多吃的，拿去我们的房间，然后上床睡觉。差不多到了十一点半，汤姆穿上他偷来的莎莉姨妈的袍子，拿上那些吃的，但他说道：

"黄油呢？"

"我在玉米饼上放了一大块啊。"我说。

"那你肯定**留**那儿了，没在这儿。"

"没有黄油也行的吧。"我说。

"但是**有**也行，"他说，"你就悄悄去地窖里拿来，然后直接从避雷针那里下去，再过来。我会先去，把稻草塞进杰姆的衣服里，装成他乔装打扮的妈妈，等你到了，就像羊那样叫一声赶紧跑。"

他便出门了，我下楼去了地窖。那一大块黄油，像人手腕那么厚，就在我落下的地方，我便拿起上头盖着黄油的那片玉米饼，吹灭了蜡烛，悄悄上楼。到了一楼，一切都很顺利，但莎莉姨妈拿着支蜡烛过来了，我赶紧把吃的塞帽子里，帽子盖头上，下一秒莎莉姨妈便看到了我，说道：

"你到地窖去了？"

"是的，姨妈。"

"你下去干啥？"

"没干啥。"

"没干啥！"

"是没干啥，姨妈。"

"那是什么让你这个点儿了还下去？"

"我不知道，姨妈。"

"你不**知道**？别那样回答我。汤姆，我想知道你在下头**干什么**。"

"我什么也没干，莎莉姨妈，我希望老天可以作证！"

我猜她会让我走了，照说她会的，可大概因为发生了那么多奇奇怪怪的事情，她对每件不对劲的小事情都胆战心惊，所以她很坚决地说：

"你给我到客厅去，待在那里，直到我回来。你肯定在鼓捣什么跟你不搭界的事情，我会搞清楚的，到时候**我**饶不了你。"

她离开了，我开门进了客厅。哎呀，那里有一堆人！十五个农夫，每个都拿着枪。我吓晕了，摸到把椅子赶紧坐下。他们都坐着，有的不时低声说一会儿话，所有人都烦躁不安，但又装着很平静的样子。不过，我知道他们很紧张，因为他们老是摘下帽子又戴上，不停地挠头、扭动身子、摸索纽扣。我自己也不轻松，但没有摘下帽子。

我真希望莎莉姨妈快点进来对付我，要是愿意就揍我一顿，然后让我离开，那我就可以去告诉汤姆，这件事情我们做过头了，捅了个大马蜂窝，必须马上停止胡闹，在这伙人失去耐心过来抓我们之前，带着杰姆赶紧开溜。

她终于来了，开始问我一些问题，但我**没法**回答清楚，我的脑子已经找不着北了。那些人烦躁得不行，有些想**立马**出发，伏击那伙亡命之徒，说离午夜也就几分钟了；另一些想让他们再等等，等着羊叫的信号；姨妈又絮絮叨叨问个没完，我全身发抖，吓得快瘫倒在地；这地方越来越热，黄油开始融化，顺着我的脖子，在我的耳朵后头往下淌，没多久，他们有个人说："**我打算现在**就去那个小屋，**先**藏在里头，等他们来了，就把他们全抓起来。"我几乎晕倒在地，一抹黄油顺着我的前额滴下，莎莉姨妈看见了，脸色一下子像床单一样煞白，说道：

"老天啊，这孩子**是**怎么啦？他一定是得了脑热了，脑浆都流出来了！"

每个人全跑过来看我，她一把抓掉我的帽子，露出了玉米饼，还有剩下的黄油，她拉过我拥在怀里，说道：

"啊呀，你吓死我了！还好事情没那么糟，太好了，谢天谢地！老天爷现在跟我们作对，不是下雨，而是砸雹子，看见你那样，我还以为你要死掉了呢，因为从颜色看，多像是你的脑浆呀——啊呀，啊呀，你为啥不**告诉**我你下楼就是去拿吃的呀，我不会怪你的啦。好了，赶紧上床去，到明儿早上都别叫我再瞧见你！"

我这秒上楼，下秒就顺着避雷针溜下，在夜色中直奔小木屋。我急得说不出话来，但还是尽可能快地告诉汤姆说，我们这就得跑，一分钟也不能耽搁啦，那边屋子里全是人，都带着枪！

他两眼放光，说道：

"不是吧！**真是那样吗**？太妙了！哎，哈克，要是从头儿再来一遍，我打赌我可以引两百个人过来！要是我们可以把事情拖到——"

"快点儿吧！**赶紧的**！"我说，"杰姆呢？"

"就在你胳膊肘旁边呢，你要是伸出胳膊，就可以碰着他了。他已经穿戴好了，一切就绪。现在我们就溜出去，学羊叫给信号。"

但我们听到一群人来到门边，他们开始摆弄那个锁，有人说：

"我就**说**了，我们来太早了，他们还没到呢——锁是锁着的。听着，我会放你们一些人进去，把你们锁在小屋里，你们就埋伏在暗处，等那些人来了，就把他们都杀了，其余的分散开包围这个地方，仔细听好他们来了没。"

他们进了屋，黑暗中，他们没看见我们，我们匆匆躲到床底下，差一点儿被他们踩着。不过我们全爬到了床下头，然后悄悄地迅速从那个洞里爬了出去——根据汤姆的命令，先是杰姆，再是我，最后是汤姆。现在我们在小棚子里，听见外头的脚步声很近。我们便爬向门边，汤姆叫我们停住，自己把眼睛凑近门缝，但什么也看不清，外头太黑了。他低声说，他会听着，等脚步声走远，他一推我们，杰姆就必须先溜出去，他殿后。他把耳朵贴着门缝，听呀听，听了很久，外头一直有沙沙的脚步声，最后他推了我们一下，我们溜了出去，低着身子，不敢呼吸，一点儿声音也没出，一个跟着一个偷偷朝着围栏跑去，事情很顺利，我和杰姆先翻了出去，可汤姆的裤子被栏杆上的一根木刺挂住了，他听见脚步声跑近，只好使劲拉扯想松脱，结果木刺被折断，发出了一点儿声响，他掉下来后便来追我们，有人喊道：

"是谁？快回答，不然我开枪了！"

但我们没回答，只管撒腿飞奔。马上便有人冲了过来，然后砰！砰！砰！子弹从我们身边嗖嗖飞过！我们听见他们大喊：

"他们在这里！要往河边逃！快追，伙计，放狗！"

他们猛追过来。可以听见他们的声音，因为他们穿着靴子，大喊大叫；我们没穿靴子，也没发出声音。我们朝锯木作坊跑去，等他们追得很近时，便一头钻进林子，让他们仍然朝前跑，我们跟在后头。之前他们把狗都关了起来，这样它们不会把强盗吓跑，但这会儿，它们全被放了出来，汪汪乱叫，好像千军万马，可它们全是认得我们的狗，所以我们停住，等它们追上来，它们一看只有我们，顿时兴味索然，朝我们打了招呼，就冲那些又叫又嚷的人跑去了。我们便又朝河边跑，跟在它们后头，直到靠近作坊，然后钻进林子里，跑到系着小船的地方，跳上小船，拼了老命往河中间划去，没有发出一点儿声音。接着，我们就轻松自在地往藏着木排的小岛划去，先是还可以听见岸上有人来回在跑，冲对方叫，狗也狂叫，后来，我们划得很远了，声音便渐渐轻了、远了，听不见了。等我们上了木排，我说：

"**好了**，老杰姆，你又是自由人了！我肯定你再也不会当奴隶了！"

"啊，干得真漂亮啊，哈克。计划得非常好，干得也非常好，**没谁**能想出比这个更复杂、更精彩的计划了。"

我们都非常开心，尤其是汤姆，因为他小腿中了颗子弹。

我和杰姆知道后，就没刚才那么高兴了。他伤得很厉害，还在流血，所以我们让他在窝棚里躺下，撕开公爵的一件衬衫，给他当绷带扎上，不过他说：

"把布头给我，我自己能干。别停下，别在这儿闲逛，越狱行动真是漂亮；划起桨，松开缆！伙计，我们干得太棒了！真是太棒了。我真希望**我们救的**是路易十六，那样**他的**传记里就不会有'圣路易之子，升天吧！'（据说这是路易十六上断头台被砍头之前神父对他说的话）这句话了；没有了，因为我们护送他出了**边境**——我们肯定会这么帮**他**的——而且干得非常漂亮非常老练。快划桨——划桨！"

但我和杰姆还是在商量——在想办法。我们想了一会儿，我说：

"说吧，杰姆。"

他便说：

"嗯，那么，我是这么想的，哈克。要是被救出来获得自由的是**他**，可伙计们有一个挨了枪子儿，他会说，'继续救我的命要紧，干吗要找个大夫救这个呀'？这还像汤姆·索亚少爷吗？他会那样子说吗？**肯定**不会，那还用说！**那好**，那**杰姆**

会那样说吗？也不会，先生——不找个**大夫**来，我就不离开这个地方，哪怕待上四十年！"

我晓得他的心跟白人一样，我也知道他会说出刚才那番话——所以没问题了，我告诉汤姆，我要去找个大夫来。他跟我们大吵起来，但我和杰姆坚持我们的想法，不肯让步，他要爬出去，自己去松开木排，但我们不让他去。他又出了个主意，可我们谁都不听。

因此，当他看见我在准备小船，便说：

"好吧，要是你一定要去，我会告诉你进了村子怎么办。你关上门，又快又狠地蒙住大夫的眼睛，让他发誓保密，到死也不说，然后把装满金币的钱包塞在他手里，带他在后巷和其他暗处转上几圈，再用小船带他在小岛中间绕来绕去，最后才上这儿来，你要搜他的身，把他的粉笔全拿走，一直到带他回村再还给他，不然他会给木排做标记，好日后找到我们。他们都那样干。"

我说我会照办的，便离开了，等杰姆看到大夫过来，他会躲到林子里去，等大夫走了再出来。

第四十一章

我叫醒了大夫，他是位老先生，看着慈眉善目。我跟他说，我跟我哥昨天下午去西班牙岛打猎，然后晚上在我们找到的一条木排上扎营，到了半夜，他肯定做梦乱动，踢到了枪，枪走火打中了他的腿，我们想请他过去瞧瞧，处理一下枪伤，而且对这件事只字不提，不叫任何人知道，因为我们想今晚就回家，给家里人一个惊喜。

"你是谁家的？"他说。

"菲尔普斯家，就下头那家。"

"哦。"他说。过了一会儿，他又说：

"你说他是怎么中枪的？"

"他做了个梦，"他说，"枪就打中他了。"

"好怪的梦啊。"他说。

他点亮提灯，拿上药箱，我们便动身了。不过，当他看见小船的时候，不太中意它的样子，说只够坐一个人，坐两个不太安全。我说：

"哦，不用害怕，先生，它能坐三个人呢。"

"什么三个人？"

"啊，我和西德呀，还有——还有——还有**枪**嘛，我是这意思。"

"哦。"他说。

可他踩上船舷，晃了晃小船，便摇头，说还是去找艘大点的船来。大船都拴着，上了锁，于是他上了我的小船，叫我在岸上等他回来，或者可以跑远一些去找船，要不就回家，去给家里人一个惊喜。可我说我不会那么做的，我告诉他怎么找到木排，他便动身了。

我很快就有了个主意。我心想，要是他没法像俗话说的那样手到病除怎么办？要是他得花上三四天呢？那样我们怎么办？就干等着，直到他泄露了消息？不行，先生，我知道我**要**怎么做了。我会等，等他回来，要是他说他还要再去，我会跟他一道去，哪怕游着也要去，到时候我们就抓住他，把他绑起来，看着他，然后我们沿河而下，等到汤姆的伤被他治好了，我们会付相应的钱，或者把我们的财产全都给他，再让他上岸。

接着我便爬进一堆木头堆，打算睡会儿觉，可等我醒过来，太阳已经老高了！我跳起来往大夫家跑去，但他们告诉我，他晚上出门后一直没回来。我想，唉，看来汤姆伤势不妙啊，我得立刻赶到小岛那里去。我便跑起来，转过街角，一头撞在了塞拉斯姨夫的肚子上！他说：

"哎呀，**汤姆**！你去哪儿了，你这个小混蛋？"

"没去哪儿啊，"我说，"去追逃奴了，和西德一起。"

"啊，那你们去了哪里追？"他说，"你们姨妈都快急疯了。"

"她不用担心，"我说，"我们没事儿。我们跟着那伙人和狗，不过他们跑得比我们快，我们跟丢了。我们听见他们在河边，就找了个小船，跟在他们后头，划到了对岸，但连他们的人影儿都没见，便又沿着河往上游划，最后累得不行，就系好小船睡觉了，大概一个钟头前才醒过来。我们又划船回到这里，想听听有什么新消息，西德去邮局打听了，我呢去找点东西来吃，然后就打算回家的。"

我们便到邮局去接"西德"，不过就像我料到的，他没在那里，老先生进去拿了封信，我们又等了一会儿，西德还是没来。老先生说，走吧，等西德逛够了，让他自个儿走回家吧，或者划小船回去——我们可以坐马车回去。我没办法说服他让我留下来等西德，他说我说什么也没用，我得跟他回去，让莎莉姨妈知道我们都没出什么事儿。

等我们到家，莎莉姨妈看到我高兴坏了，又哭又笑，一会儿搂住我，一会儿又揍我几下，不过比鸟啄米还轻，她说，等西德回来，也要给他一顿胖揍。

家里头挤满了农夫和农夫的老婆，在吃饭，满是叽叽喳喳的说话声。霍奇基斯太太最吵，她的嘴巴一直没停。她说：

"好了，菲尔普斯妹妹，我把那个小屋搜了个底朝天，我相信那个逃奴肯定是疯了。我跟达姆瑞尔妹妹说——我是不是跟你说了，达姆瑞尔妹妹？——我说，他疯了，我这么说的，看样子就知道了，我说。你看看那磨盘，我说。谁告诉**我**，有哪个脑子正常的人会在磨盘上头刻那些个乱七八糟的东西，嗯？我说，什么有谁谁谁的心碎了，什么这里有个人被囚禁了三十七年，全是那样的话——什么路易的亲孙子，全是这些废话。他完全疯了，我说，我一开头就这么说，后来还这么说，到现在也是这么说，那个黑奴疯了，疯得跟尼布甲尼撒皇帝（即尼布甲尼撒二世，新巴比伦王国第二任君主。《圣经·但以理书》记载了他的事迹，他认为新巴比伦国由他一手创建，但上帝把他逐出人群，与野兽同居，吃草如牛七年，直到他承认是神在掌权）一样，要我说。"

"再看看那破布头做的梯子，霍奇基斯妹妹，"达姆瑞尔老太太说，"看在老天分儿上，他怎么**会**想要——"

"我刚才就这么跟厄特巴克妹妹说的，不信你问她自己。她说，瞧瞧那布头绳梯，她说，我说，是啊，**瞧瞧**，我说——他要它干啥用啊，我说。她说，霍奇基斯妹妹，她说——"

"可是他们**到底是**怎么把磨盘弄到屋子**里头**去的啊？谁给挖的洞？是谁——"

"我就是**这样**说的呀，彭诺德兄弟！我说——把那个糖罐递给我好吗？——我对邓拉普妹妹说，就刚才，他们**怎么把磨盘弄**进去的啊？我说。没人**搭手**，你们注意了，没人**搭手**！问题就出在**这里**。别跟**我**说，我说，没人帮忙，我说，肯定有人帮**大忙**了，我说，得有**十来个**人在帮那个黑奴，我说，要是**我**查出来是这里哪些黑奴干的，我就剥了他们的皮，我说，而且，我说——"

"你说**十来个**！我看**四十个**都干不了那么多事情。瞧瞧那些刀啊锯子什么的，他们干得多辛苦，再瞧瞧锯断的床腿，那得六个人干上一礼拜。再瞅瞅那个用稻草做出来的黑奴，瞅瞅——"

"谁说**不是**啊，海陶玮兄弟！我就是这么跟菲尔普斯兄弟说的。他说，**你怎么想**，霍奇基斯妹妹，嗯？想什么，菲尔普斯兄弟？我说。就是那个床腿被锯成那样，嗯？**想**这个？我说，那肯定不是床**它自己**锯断的呀，我说，是有人把它锯断了，我说，我就是这么想的，没什么好多说的，不可能有别的解释，我说，就是这样，这就是我的看法，我说，要是有人能想出更好的说法，我说，就让他**想**去吧，我说，就这样。我对邓拉普妹妹说，我说——"

"哎，见鬼，那屋子里肯定全是黑奴，每天晚上干活，干了四个礼拜，才做完这些事情，菲尔普斯妹妹。看看那衬衫，到处用血写着看不懂的非洲字符！肯定有好多黑奴在那儿几乎一刻不停地写啊写。哎，我愿意出两块钱，叫人跟我解释一下那些符号是什么意思，至于那些写字的黑奴，我一定要打他们一顿——"

"肯定有人**帮**他了，马普尔斯兄弟！我想要是你去那里待上一会儿，也会这么**想**的。哎，只要能偷，他们什么都偷，而且，要说，我们还一直看着呢。他们把衬衫直接从晾衣绳上偷走了！还有他们做绳梯的床单，都说不出来他们**偷**了多少回。还有面粉、蜡烛、烛台、勺子，那个旧暖盆，大概有一千样东西，我都记不起来了，还有我那件新的印花布裙子。我和塞拉斯，还有我们的西德和汤姆，我们一直守着，**没日没**夜的，我跟你说，我们没有一个人能搞清楚他们藏在哪里，抓不着他们一根汗毛，看不见一个影子，听不到一点儿动静。可到末了，你瞧，他们就从我们眼皮子底下溜走了，把我们全耍了，而且不仅把**我们**耍得团团转，还把印第安区的强盗也耍了，顺顺溜溜地把那黑奴给弄**走**了，那时候，还有十六个大男人加上二十二条狗跟在屁股后头追呢！我告诉你，我还从来没**听说**过这样的事。啊，**鬼**都没他们干得好，没他们聪明。我想肯定**是鬼**，因为，**你们**知道我家的狗的，它们最厉害了，可它们也没有闻到一丁点味儿！**这**你们谁给我解释解释！——**谁**！"

"是呀，这的确——"

"老天，我从来——"

"哎呀，我不会——"

"还是**闯空门**的小偷——"

"老天了个爷，我真不敢住在这样一个——"

　　"不敢住！啊，我吓得要死，睡也不敢睡，起又不敢起，躺也不敢躺，**坐**又不敢坐，里奇韦妹妹。他们说不定还会偷——天啊，老天爷，你们可以想想，昨晚半夜我都吓成啥样儿了。老天爷，我真怕他们偷我们家里什么人哪！我吓得要命，根本顾不上说不说得通了。**现在**，大白天的，看起来是太傻了，可我心想，我还有两个可怜的孩子孤零零地在楼上睡觉呢，我吓死了，就偷偷上楼，把他们锁屋里了！我**真那么干了**。谁都会那么干的。因为，你们知道，吓成那样子，而且事情一直没消停，还越来越糟糕，你脑子就乱了，会做出各种各样的疯狂事情，然后你会心想，假使我是个孩子，在楼上，门没锁，而你——"她停下了，看上去是在想什么事情，然后脑袋慢慢转过来，眼睛落在我身上——我站起身就走开了。

　　我心想，要是我走到一边琢磨一下，也许可以想出个办法来解释为啥今儿早上我们没在房间里，所以就跑开了。不过也没走远，不然她会叫人来找我的。等到晚些时候，人都走光了，我就进屋，告诉她昨天晚上外头很吵，还有枪声，把我和"西德"吵醒了，我们想去看热闹，可门锁上了，就顺着避雷针爬下楼，我俩都受了点小伤，以后再也不会**那样**干了。接着，我又告诉她之前我告诉塞拉斯姨夫的那些话，她说她原谅我们了，也许这样也是万幸，话说回来谁又能指望男孩子怎么样呢，要她说，男孩全是冒失荒唐鬼，现在这样，总算没啥大碍，她觉得最好还是感激老天爷我们活得好好的，她没把我们弄丢，而不是再叨叨那些已经过去的事情。于是她亲了我一下，拍了拍我脑袋，接着好像想到了什么，没一会儿，她跳起来，说道：

"啊呀，老天爷，那么晚了，西德还没回来！这孩子**怎么回**事呀？"

我看到机会来了，跳起来说道：

"我去镇上把他找回来。"我说。

"不行，你别去。"她说，"你就待在这里，这会儿有一**个**不见就够受的了。要是吃晚饭他还没回来，你姨夫会去找他的。"

好吧，他可不会来吃晚饭；于是，晚饭过后，姨夫就出门了。

十点钟左右他回来了，有点不安，没见到汤姆的影子。莎莉姨妈急得**要死**，可塞拉斯姨夫说，不用担心，男孩子就是男孩子，他说，明天早上你就可以看到他冒出来了，好好的啥事儿也没有。她只好安下心来。但她说，她还是要坐在那里再等他一会儿，留支蜡烛，那样他进屋就看得清了。

等我要上床睡觉时，她拿上蜡烛，和我一起上楼，替我掖好被子，像妈妈那样疼爱我，我觉得自己很坏，不敢看她的脸。她坐在床边，和我聊了很久，说西德是个很棒的孩子，她说啊说，没有要停下来的意思，还时不时地问我他是不是走丢了，或受伤了，要么淹死了，或许这会儿正躺在什么地方，受折磨，要么已经死了，她却没有在他身边帮助他。眼泪从她脸上默默滚了下来，我便告诉她西德没事儿，到早上就肯定回来了，她握紧我的手，要么亲亲我，要我再说一遍，一遍又一遍，这叫她好受些，她心里太苦了。等她离开的时候，她低下头，定定地、温柔地看着我的眼睛，说道：

"门不会给你锁上的，汤姆，窗也开着，避雷针就在那里；但你会很乖的，**是吧**？不会乱跑的，是吧？看在**我**的分儿上。"

老天知道我有多**想**去看汤姆，而且一直打算要去，不过她说了那话以后，我不会去了，皇宫也不去。

可我心里还是放不下她，也放不下汤姆，睡得很不安稳。夜里，我顺着避雷针溜下去两回，偷偷跑到前门，看见她还是坐在蜡烛旁边，靠着窗，眼泪汪汪地看着道路。我盼着自己能为她做点什么，但做不到，只有发誓再也不做让她伤心的事情了。天蒙蒙亮，我第三回醒过来，溜了下去，她还在那里，蜡烛快要灭了，她灰白的脑袋枕在手上，睡着了。

第 四 十 二 章

早饭之前，老先生又去了回镇上，但还是没找着汤姆；他和莎莉姨妈坐在桌子旁，满怀心事，都没吭声，他们的表情很难过，咖啡也凉了，什么也没吃。过了一会儿，老先生说：

"我把信给你了吗？"

"什么信？"

"我昨天从邮局拿回来的信呀。"

"没有啊，你没有给我什么信。"

"啊呀，我肯定忘了。"

他在口袋里摸索了一通，然后去了他放下信的地方，拿来给她。她说：

"天啊，这是从彼得斯堡来的信呀——是姐姐的信。"

我想，我得再次走开一会儿，对我有好处，可我不敢动。不过，还没等她打开，她突然扔了信就往外跑——她看见什么了。我也看见了。是汤姆·索亚，躺在床垫上，还有那位上了年纪的大夫，还有杰姆，穿着印花布裙，手被绑在身后，还有一伙人。我把信顺手藏了起来，然后就冲了出去。莎莉姨妈朝汤姆奔去，哭着喊道：

"啊，他死了，他死了，我就知道他死了！"

汤姆微微转过了头，咕哝了些什么，听上去脑子不太清楚。她扬起双手，喊道：

"他还活着，感谢上帝！这就行了！"她飞快地亲了他一下，然后往屋里飞奔，要去把床铺好，一路上，她不停地下命令，指挥黑奴，还有所有其他人干这干那。

我跟着那伙人，想要知道他们准备拿杰姆怎么办，老先生和塞拉斯姨夫跟着汤姆进了屋。那伙人怒气冲冲，有几个还想把杰姆吊死，杀鸡给猴看，叫这里的其他黑奴都好好瞧瞧他的下场，那样他们就不敢像杰姆那样逃走了，闹出了这么大个麻烦，叫这家子每天每夜吓得要死。可其他人说，别这么干，这不是法子，他也不是我们的黑奴，到时候他的主人肯定会来要我们赔偿的。这让他们冷静了一点儿，因为那些急着要吊死犯错黑奴的家伙，可不想图了痛快却要赔钱。

不过，他们还是使劲骂杰姆，时不时给他一巴掌，但杰姆什么也没说，也一点儿没泄露认识我。他们把他带回原来那个小木屋，让他穿上自己的衣服，把他重新锁了起来，这回链条不是拴床腿上，而是拴在木头墙基上的一个大钉子上，还把他的手也铐了起来，还有双腿，说每天只给他面包和水吃，一直到他主人来，假使主人老长时间不来，就拍卖，卖掉他。他们填上了那个洞，说要派几个扛枪的农夫，每天晚上在小木屋看守，白天就在门边拴条恶狗。事情安排得差不多了以后，他们骂骂咧咧地准备走，那位大夫来了，看了一眼，说道：

"要是可以，别对他太狠了，他不是个坏黑奴。我到那里的时候，看到了那个男孩，但没人帮我的话，我自个儿没办法把子弹取出来，他的伤情又让我不能离开去找人帮忙。他的情况越来越糟，一段时间以后，他脑子开始糊涂了，不再让我靠近，说，要是我用粉笔在他木排上做记号，他就杀了我，他一直说这些胡话，我根本拿他没办法；所以我说，我一定得去找**帮手**来，我刚这么说，这个黑奴就不知道从哪里冒了出来，说他会帮我，他也真的帮了我，帮了大忙。当然，我猜他肯定就是那个逃奴，我能**怎么**

办！剩下的时间，我就一直守在那里，守了整晚。我告诉你，真是把我难住了！我还有几个发烧的病人，我当然很想到镇上给他们看病，但我没法去，因为要是黑奴趁机逃走，到时候你们就会怪我了；而且，经过的船也没有一艘近得可以叫得应的。我只好守着，等着天亮，我没见过哪个黑奴比他照顾人更细心更忠诚，而且他是冒着失去自由的危险在照顾那孩子，他累坏了，我一眼就看出他最近一直很辛苦。因为这个，我很欣赏这个黑奴；我告诉你们，先生们，这样的黑奴值一千块——而且也值得温柔以待。我需要什么他都找给我，那孩子也像在家里那样乖，也许更乖，因为他很安静，但我**怎么办**，两个人都在我手上，我一直守到天亮。然后有个小船经过，上头有几个人，也是运气好，那个黑奴坐在草褥子旁边，头埋在膝盖里睡得正熟，所以，我悄悄地向他们打手势，他们溜上船，扑过去抓住了他，没等他反应过来就把他绑起来了，一点儿没费事。那个孩子睡得昏昏沉沉，我们蒙住了长桨，不让它发出声音，然后把木排系在后头，静悄悄地划起船来，黑奴从一开始就一点儿没闹，什么话也没说。他不是个坏黑奴，先生们，我是这么看他的。"

有人说：

"那好吧，大夫，我得说，你的话很感人。"

其他人的情绪也缓和了一些，我很感激那位大夫那样为杰姆说好话，也很高兴我没看错人，因为我头一回见他的时候，就觉得他心地善良，是个好人。他们都认为杰姆做得不错，应该另眼相待，还要给他奖赏，而且每个人都由衷地答应，再也不骂他了。

他们离开了，把他锁在了屋里。我本希望他们会说，他可以解下一两根链子，它们都锈了，又很重，要么除了面包，还可以吃点肉和蔬菜；但他们一点儿也没想到这些，我觉得这时候我要说一嘴也不合适，不过只要扛过眼前的风浪，我会想办法把大夫的话传给莎莉姨妈，我的意思是说，解释一下为啥我忘了提，在那个该死的晚上，我们划船追逃奴的时候，西德中枪了。

不过，我的时间还很充裕。莎莉姨妈一整个白天都守在汤姆的房间里，接着又守了一晚上，而每回我看见塞拉斯姨夫在附近转悠，就都赶紧躲开了。

第二天早上，我听说汤姆好多了，他们说，莎莉姨妈要去小睡一会儿，我便悄悄溜进病房，要是他醒着，我们可以想想怎么给这家子把故事编圆了。但他还在沉睡，睡得非常安详。苍白的脸庞已经不像回来时候烧得那么通红了。我坐了下来，等他醒来。大概过了半个钟头，莎莉姨妈悄悄走了进来，哎，我又被困住了！她示意我别动，在我身边坐下，然后低声说，我们都可以放心了，因为所有症状都好转了，他已经那样子睡了很长时间，而且睡得越来越踏实、越来越平静，十有八九，他醒过来的时候脑子就清楚了。

我们便坐在那里守着，过了一会儿，他动了动，然后非常自然地睁开眼睛，看了一眼，说道：

"嗨！——哎，我怎么在家里！怎么回事？木排呢？"

"木排没事。"我说。

"杰姆呢？"

"也没事。"我说，但不敢说得太明白。可他没注意到，接着说：

"太好了！太棒了！**这下**我们都没事了，都安全了！你告诉姨妈了吗？"

我想说是的，但她插嘴说："说什么，西德？"

"哎呀，当然是说整件事我们是怎么干成的呀。"

"什么整件事？"

"哎，就是**这**整件事啊。只有这一件事啊，我们怎么放了那个逃奴——我和汤姆。"

"老天爷啊！放了那个逃——这孩子**到底**在说什么呀？天啊，天啊，他脑子又坏掉了！"

"**没有**，我**脑子**没坏，我知道我在说什么。我们**真的**把他放了——我和汤姆。我们计划好了干这件事，我们**干成**了。也干得很漂亮。"他开始讲起来，她也没有阻拦，就坐在那里，盯着他看，让他一路讲下去，我看得出来，我插嘴也没有用了。"哎呀，姨妈，我们可费了老大功夫了，干了好几个礼拜呢，真的干了好久好久，每天晚上，你们睡着的时候都干。我们还得偷蜡烛呀、床单呀、衬衫，还有你的袍子，还有勺子、锡盘，还有甘蔗刀、暖盆，还有磨盘、面粉，没完没了，你想不到做锯子、磨笔、刻字，这件或那件事要花多少工夫，而且你也想不到它们有**多少乐子**！我们还要画棺材还有其他东西，还要写强盗发来的匿名信，沿着避雷针爬上爬下，挖洞通到小屋，做绳梯，还做了个馅饼把绳梯放在里头，把勺子什么的放到你围裙兜里——"

"老天爷啊！"

"——还有往小木屋里塞满老鼠呀、蛇呀什么的，给杰姆做伴；可是你让汤姆待在屋里，帽子里藏着黄油，待了那么久，几乎把事情搞砸了，因为那些人没等我们出小木屋就来了，我们只好跑，他们听见了我们的动静，追了上来，我这才挨了枪子儿，我们在路上躲到一边，让他们先过去，等狗追来的时候，它们对我们一点儿兴趣也没有，而是朝着最吵的地方追过去了，我们就上了小船，往木排划去，一切都很顺利，杰姆成了自由人，全是我们自己干成的，**了不起**吧，姨妈！”

“哎哟，我这辈子从来没听过这样的事儿！那么说，是你们，你们这俩小混蛋，这些事儿全是**你们**整出来的，把我们所有人都搞得晕头转向，还吓得要死。我恨不得这会儿就揍你们一顿出出气。想想我没日没夜地，啊——等**你**好了，你这小坏蛋，我会打得你老老实实的！”

汤姆**是**那么骄傲，那么高兴，根本屏不住，舌头**停不下来**，她又老插嘴，一直发脾气，两个人都说个不停，像猫冲彼此呼呼。她说道：

“**好了**，你**这下**是乐够了，你小心了，要是被我发觉，你又跟他混到一起——”

“跟**谁**混在一起？”汤姆说，收起了笑容，一脸惊讶。

“和**谁**？哎呀，当然是那个逃犯啦。你以为是谁？”

汤姆相当严肃地看着我，说道：

“汤姆，你刚不是跟我说他没事儿吗？他没逃掉吗？”

“**他**？”莎莉姨妈说道，“那个逃奴？当然没有。他们把他抓回来了，毫发无伤，现在已经重新关回到那个小屋里头，每天就给面包和水，用链子锁上，直到他主人来认领。要么就把他卖了！"

汤姆一下子在床上坐直了，眼睛发红，鼻翼像鱼鳃一样一张一合，他冲我大嚷：

"他们没有**权利**把他关起来！**赶紧去**！一分钟也别耽搁。把他放了！他不是奴隶了，他和这世界上所有自由自在的人一样自由！"

"这孩子**在**说什么呀？"

"就是我**说**的意思，莎莉姨妈，要是没人去放他，我**就**去。我早就认识他，汤姆也认识他。沃森小姐两个月前死掉了，她很羞愧她本来打算把他卖到河下游去，她这么**说**了；而且也在遗嘱里写了，说给他自由了。"

"既然知道他早就是自由人了，**你们**为啥还要去救他？"

"嗯，我得说，这的确**是**个问题，不过这只是妇人之见罢了！哎，我就想尝尝**冒险**的滋味嘛；就是血到了脖子那么深，也要拼命去——我的天呀，**波莉姨妈**！"

要不是她就站在那里，刚踏进门，看上去又甜蜜又满足，就像个天使，我真不敢相信！

莎莉姨妈跳起来朝她冲去，搂住她，差点把她的头都搂断了，她搂着她哭着，我赶紧跑床底下躲好，因为事情看来对我们不妙啊。我偷偷瞥了一眼，没多会儿，汤姆的波莉姨妈从莎莉姨妈的怀中挣脱了出来，站在那里，从眼镜上头看着汤姆——那眼神像要把他磨成粉似的，你知道的。然后她说道：

"是呀，你**还是**把头转过去吧——要我是你，我就会转过去的，汤姆。"

"啊，老天啊！"莎莉姨妈说，"他**变**了那么多吗？哎呀，那不是**汤姆**，那是西德呀；是汤姆的——汤姆的——哎，汤姆去哪儿了？刚才还在这儿的呢。"

"你说的是**哈克·芬恩**吧——你说的是他！我想我这些年把汤姆这个小混蛋养大，不可能**看到**他还不认得他的。那可**真是**大笑话了。从床底下出来吧，哈克·芬恩。"

我出来了。但没觉得有什么光彩。

莎莉姨妈一副莫名其妙的表情，我没见过第二个这样的——除了塞拉斯姨夫，他进屋后，她们把事情原委都告诉他了。之后他那副样子，你可以说就像喝醉了一样，那天剩下来的时间，他一直晕晕乎乎的，晚上做的祈祷会布道让他名声大振，因为这世界上年纪最大的人也一点儿都听不懂。汤姆的波莉姨妈告诉他们我是谁，是什么样的人；我也只好说出来，当菲尔普斯太太把我错当成汤姆·索亚的时候，我怎么会把自己弄到这般田地——这时，她插嘴说道，"哎呀，还是叫我莎莉姨妈吧，我习惯了，不用改"——就是说，莎莉姨妈把我错当成汤姆·索亚了，我也只好这样错扮下去——没别的办法，而且我知道汤姆不会在意的，因为他一定会觉得这样神神秘秘很好玩，还可以冒险，肯定很满意。结果他就假装自己是西德，还尽可能帮我把事情理顺了。

他的波莉姨妈说，汤姆说得没错，沃森小姐是在遗嘱里给杰姆一个自由身了；这样，汤姆·索亚还真是费了老大劲去给一个已经自由了的奴隶自由呢！我以前不理解，按他的教养，他怎么**能**帮一个奴隶获得自由，现在听了这话，才算明白了。

波莉姨妈说，当莎莉姨妈给她写信，告诉她汤姆和**西德**都安全到了她家，她心想：

"瞧瞧！我应该料得到，让他一个人来，没人看着他，会怎么样。因为一直也没收到你的回信，这下我也得来，长途跋涉，一路顺着河下来，一千一百英里路呢，来瞧瞧这家伙**这回**又干啥了。"

"啊，我从来没收到你的信啊。"莎莉姨妈说。

"哎，我说呢！我给你写了两回信，问你你说西德也在这里是怎么回事。"

"我没收到过信，妹妹。"

波莉姨妈慢慢转过身来，严厉地说道：

"你，汤姆！"

"啊——**怎么了吗**？"他有点使性子地说道。

"别跟**我**叨叨怎么了，你这个小鬼——把信交出来。"

"什么信？"

"就**那些**信。要被我抓住，我一定就——"

"它们就在箱子里。给你行了吧。我从邮局拿到后就放那里了，没动过。没打开看。碰也没碰。不过我知道它们会惹麻烦，我想，要是你不急，我会——"

"好呀，你还**真是**欠剥皮呢，绝对的。我还写了一封信，告诉你们我要过来，我看他也——"

"那不是他。信是昨天到的，我还没看呢，**它**没丢，我拿到了。"

我敢出两块钱，打赌她没拿到，不过我想还是不说为妙。所以我啥也没说。

最　　　后　　　一　　　章

　　我逮到机会，只有我和汤姆两个人，便问他越狱的时候他心里是怎么计划的。——就是说，要是越狱成功了，他设法救出了一个早已经自由了的奴隶，他接下来要干什么。他说，他一开始脑袋里头想的是，要是我们把杰姆成功救出来了，就跟他一起乘着木排往下游跑，然后在河上漂流几个月，享受各种冒险，然后告诉他，他早就是自由人了，再坐汽船带他风风光光回家，给他钱补偿他失去的时间，然后提前写信，让所有黑奴都出来举着火把列队夹道欢迎，再叫上铜乐队，他就像英雄凯旋，我也一样。不过，我觉着现在这样也挺好的。

　　我们立刻给杰姆松开了锁链，当波莉姨妈和莎莉姨妈，还有塞拉斯姨夫听说他那么细心地帮大夫照顾汤姆，大大夸奖了他一通，让他穿戴得漂漂亮亮的，还给他吃所有他想吃的东西，尽情享受，什么也不用做。我们让他上楼去了汤姆房间，让他们畅快聊了一会儿；汤姆给了杰姆四十块钱，因为他那么耐心地为我们扮演囚徒，做得那么好，杰姆高兴得要死，脱口说道：

　　"啊呀，你瞧，哈克，我说啥来着？——我在杰克逊岛上跟你说了啥来着？我跟你**说**了，我胸上长毛，那是兆头啊；我还跟你**说**，我曾经阔过，以后还会**再**阔的；我说得没错吧，都应验了！**啊呀**，好了，别跟**我**说——兆头就是**兆头**，我跟你说，我就知道我会再阔的，我就说了！"

　　然后汤姆又不停地说啊说，他说，我们仨这些天找个晚上溜出去吧，拿上装备，去那边印第安领地冒冒险，玩上几个礼拜；我说，行，听上去不错，可我没钱买装备，而且从家里也拿不到钱，因为老爹很可能这会儿已经回家了，他应该已经从撒切尔法官那里拿了钱，全拿去换酒喝了。

"没，他没有。"汤姆说，"都还在那里——六千多块，你爹打那以后也一直没回来。至少我离开的时候他没回来。"

杰姆有点儿郑重其事地说：

"他不会再回来了，哈克。"

我说：

"为啥，杰姆？"

"别管为啥了，哈克——他就是不会回来了。"

但我不停追问，末了，他说：

"你记不记得河上漂的那栋房子，里头有个男人，脸被布蒙了起来，我过去揭开了布头，然后没让你靠近？好吧，只要你想，就可以去拿你的钱了，因为那个人就是他。"

汤姆好得差不多了，他把子弹系在表链上，当成表挂脖子上，还老去看时间。其他没什么可写的了，我心里很高兴，因为，要知道写书这么麻烦，我根本不会动笔，以后我也不会再写了。不过，我想我得比他俩先走一步，溜到印第安领地那里去，因为莎莉姨妈想领养我，教我当个文明人，这我可受不了。我知道那是啥样儿。

终。你真诚的，哈克·芬恩。

新编新译
世界文学
经典文库

作者
小传

Mark Twain

1 8 3 5 — 1 9 1 0

马克·吐温小传

严蓓雯

本小传综合维基百科"马克·吐温"词条及专著
*Mark Twain : A Literary Reference to His Life
and Work*（by R.KENT RASMUSSEN, 2007）撰成

　　塞缪尔·兰霍恩·克莱门斯 (1835.11.30—1910.4.21)，笔名马克·吐温，是美国有史以来最伟大的幽默作家，被誉为"美国文学之父"。他最著名的小说包括《汤姆·索亚历险记》及其续集《哈克贝利·芬恩历险记》，后者被视为"美国小说经典杰作"。

　　1835 年，马克·吐温出生于密苏里州的佛罗里达，四岁时全家搬去附近的汉尼拔小镇，这个河边小镇也是《汤姆·索亚历险记》和《哈克贝利·芬恩历险记》中的虚构小镇"圣彼得斯堡"的原型。马克·吐温是家中七个孩子中的第六个，因为早产，小时候病恹恹的，出过麻疹，得过霍乱，还几次差点淹死。他的父亲约翰·克莱门斯是一位乡村律师，深受当地人敬重，但不幸于 1847 年四十九岁时染肺炎去世，让原本拮据的家庭雪上添霜。当时马

十五岁的排字工马克·吐温，手里拿着排印的字母

克·吐温十二岁，读五年级，第二年他不得不辍学，去当地印厂当学徒。1851 年，他开始做排字工，偶尔也为哥哥奥莱恩·克莱门斯创办的报纸写一些报道和幽默小品。十八岁，马克·吐温离开汉尼拔，辗转圣路易斯、纽约、费城等地印厂当排字工，晚上就去公共图书馆自学。

　　当时，汽船水手是最炙手可热的行业，薪水高，管膳宿，舵手的声望甚至超过船长。1857年，马克·吐温跟随舵手霍拉斯·比

科斯比学习，熟悉了密西西比河的各种地理特征，学会了如何航行，并花了两年时间取得了舵手资格。马克·吐温这个笔名也来自于他的航行经历。"马克·吐温"即"测标两浔"(Mark Twain)，水深两浔(约3.7米)是轮船安全航行的必要条件，马克·吐温在船上经常听闻这个测量水位的专业术语，日后便用作笔名。在当水手期间，马克·吐温还说服弟弟亨利跟他一起上船工作。1858年6月13日，汽船锅炉爆炸，亨利受伤，一周后去世。马克·吐温深感自己对弟弟的惨死负有责任，一生都被负疚感折磨。

1861年，美国南北内战爆发，密西西比河的商业贸易运输被截断，马克·吐温只好放弃舵手这门职业。恰逢哥哥奥莱恩被林肯总统派去西部内华达领地政府任秘书，他便跟随前往，试图在那里采矿，做木材生意，但均告失败。其间，马克·吐温一直在给报纸写旅行报道，其中几篇引起了内华达州弗吉尼亚城大报《企业报》编辑乔·古德曼的注意。自认在"淘金"方面毫无运气，马克·吐温接受了古德曼的提议，去《企业报》当记者，负责撰写当地各种新闻，没有什么新闻可写时，就自己编些故事，比如《石化的人》《大屠杀恶作剧》等。古德曼不太干涉马克·吐温的工作，马克·吐温由此有了更多的写作自觉，也锻炼了自己的写作技能。1863年2月3日，他首次用"马克·吐温"作为笔名，撰写了一篇幽默游记《卡森来信》。

1864年，马克·吐温搬去加州旧金山，在《旧金山新闻呼声报》当记者，同时还给《陆路月刊》《黄金时代》和《加利福尼亚人》等杂志写稿。1865年，幽默故事《卡拉韦拉斯县的著名跳蛙》在纽约《星期六快报》发表，这是马克·吐温根据自己在西部采矿时听来的故事写成的。这篇短篇小说一经发表，便引起广泛关注，"马克·吐温"一名也始为人知。1866年，马克·吐温乘坐美国第一艘跨太平洋商业蒸汽船"阿贾克斯号"前往桑德维奇岛(即今天的夏威夷)，替美国西海岸最具影响力的《萨克拉曼多联合报》做采访考察。他在群岛逗留四个多月，发回二十五篇书信报道。这些报道引起了强烈反响，被视为了解夏威夷的第一手真实材料。回加州后，马克·吐温作了一场关于群岛的演讲，大获好评，随之开启了加州北部和内华达州西部的巡回演讲，评论界和作家同行都欣赏马克·吐温的睿智与才华，肯定他创作和演讲中的幽默。

　　1866年年底，马克·吐温离开加州，去东海岸为《上加利福尼亚省旧金山报》撰写旅行书信(这些书信在马克·吐温去世后，以《马克·吐温与布朗先生的旅行》为名结集出版)。他听说布鲁克林著名牧师亨利·沃德·比彻计划带团乘坐"贵格号"汽船去欧洲和圣地巡游，便说服《上加利福尼亚省旧金山报》出资让他同行前往，他将为报纸撰写五十封旅行书信。1867年6月开始的欧洲之行是马克·吐温日后二十五次跨大西洋之旅的首航，抵达了法国、意大利、希腊、土耳其、俄国、巴勒斯坦和埃及等地。旅行途中，马克·吐温与乘客查尔斯·兰登结识，兰登给马克·吐温看了自己妹妹奥利维亚的照片，马克·吐温一见倾心。

　　马克·吐温此次航行发回的书信写得十分生动，在美国广为传播，名气大增。1867年11月底，"贵格号"回到纽约第二天，出版商以利沙·布利斯便前来拜访马克·吐温，请他为美国出版公司撰写此行游记，即日后出版的《傻子旅行记》。1869年8月，《傻子旅行记》出版一个月后，奥利维亚的父亲借钱给马克·吐

Be good & you will be lonesome.

Mark Twain

Clemens

3-15

温买下了《布法罗快报》三分之一的股份，他也由此担任《布法罗快报》的编辑和记者。1870年2月，马克·吐温与奥利维亚在纽约埃尔迈拉成婚，岳父为新婚夫妇在布法罗购买了住宅，配备了家具和仆佣。《傻子旅行记》出版后销量奇佳，也带动了马克·吐温其他作品的销售。

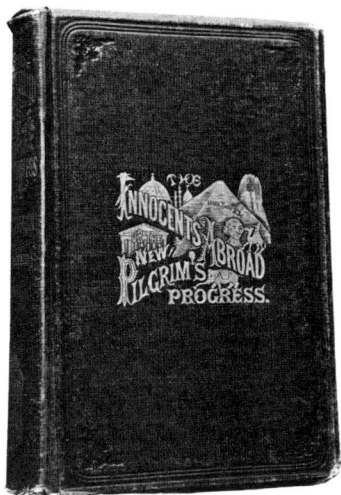

《傻子旅行记》

1870年是克莱门斯夫妇最辛苦、最多事，也最艰难的一年。该年春天，马克·吐温答应给《星系》杂志撰写专栏，布利斯也追着他要签下一本书_(即1873年出版的《镀金时代》)。此时，既要经营《布法罗快报》，又要给杂志撰稿，还要创作新书，再加上新添的家庭责任，马克·吐温疲于奔命，而岳父又身患胃癌，奥利维亚不得不花很多时间留在埃尔迈拉照顾。8月，奥利维亚父亲去世，此时她已怀有身孕，身体状况很差，恰好老友艾玛·奈前来拜访，便留在布法罗照顾她。可是，奈感染了伤寒，9月底在奥利维亚家里去世。11月7日，奥利维亚早产诞下头生子，取名兰登。

在布法罗居住的十三个月，克莱门斯夫妇被接二连三的悲剧所打击，决定离开这座城市。1871年3月，他们挂售房子和《布法罗快报》的股份，去奥利维亚姐姐苏珊·克兰恩位于纽约埃尔迈拉的克利农庄暂住。9月，他们在康涅狄格州哈特福特的法明顿大街购买了一处地产，建造了新屋_(后成为马克·吐温纪念馆)。1872年

3月，夫妇俩的大女儿苏珊出生，该年6月，他们唯一的儿子兰登不幸夭折。克莱门斯夫妇还育有两个女儿，次女克拉拉（1874年出生）和三女简（1880年出生）。三个女儿都是在克利农庄出生的，19世纪70年代和80年代，马克·吐温一家经常在克利农庄度夏。苏珊在农庄主楼之外造了一个别屋，方便马克·吐温在里面安静写作。马克·吐温的大部分小说，包括《汤姆·索亚历险记》（1876）、《王子与贫儿》（1881）、《密西西比河上的生活》（1883）、《哈克贝利·芬恩历险记》（1884）和《亚瑟王宫廷的康涅狄格州美国佬》（1889）等，都是在哈特福特的十七年（1874—1891）以及在克利农庄度过的二十多个夏天里写成的。

1873年，马克·吐温与他在哈特福特的邻居查尔斯·杜德利·沃纳合作撰写的《镀金时代》出版，这部由多个家庭传奇故事构成的长篇小说，大胆揭露了美国南北战争以后的腐朽黑暗，辛辣讽刺了当时流行全国的投机贪婪，揭露了美国当时政治腐败、崇尚粗鄙实利主义的社会状况，而南北战争结束后的美国这段历史时期由此也被定名为"镀金时代"。

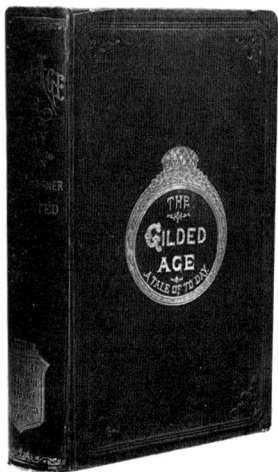

《镀金时代》

1874年，马克·吐温开始创作他个人独立撰写的第一部小说《汤姆·索亚历险记》，这个以马克·吐温在汉尼拔童年生活为原型的故事，为美国文学史留下了"汤姆·索亚"这个调皮捣蛋但善良正义的经典儿童形象。1875年年初，《大西洋月刊》发表了马

THE ADVENTURES
OF
TOM SAWYER
BY
MARK TWAIN.

THE AMERICAN PUBLISHING COMPANY.
HARTFORD, CONN.; CHICAGO, ILL.; CINCINNATI, OHIO.
A. ROMAN & CO., SAN FRANCISCO, CAL.
1876.

《汤姆·索亚历险记》

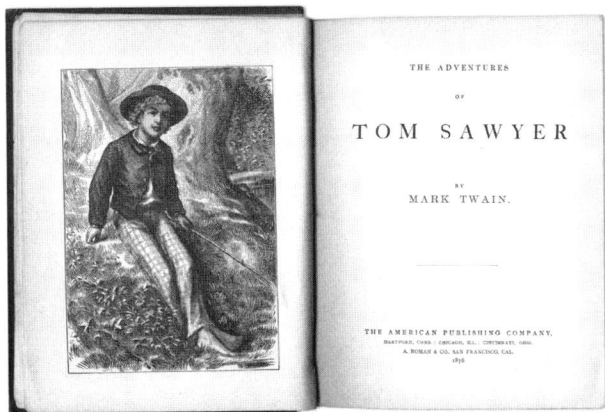

Adventures
of the
HUCKLEBERRY
FINN
(Tom Sawyer's Comrade)
BY
MARK TWAIN.
ILLUSTRATED

THE ADVENTURES
OF
HUCKLEBERRY
FINN

《哈克贝利·芬恩历险记》

克·吐温的系列文章《密西西比河上的往日时光》。1876年，马克·吐温开始创作他最重要的作品《哈克贝利·芬恩历险记》，小说赞扬了男孩哈克贝利的机智和善良，谴责了宗教的虚伪和信徒的愚昧，同时，塑造了美国早期文学史上一个富有尊严的黑奴形象。

　　1878—1879年，马克·吐温一家去国外旅行，马克·吐温大部分时间待在西欧，为下一部游记寻找素材，其成果便是《国外旅行记》(1880)。1881年，马克·吐温开始创作新作《王子与贫儿》，这部以16世纪英国社会状况为背景的小说开启了马克·吐温创作的新方向，尽管贫民窟穷孩子汤姆与英国王子爱德华互换身份的童话故事还是保留了当时19世纪密苏里男孩生活的一些元素，但马克·吐温开始尝试创作非当代现实主义题材。

1882年年初，马克·吐温去密苏里、明尼苏达等地旅行，回家后，他将这次旅行见闻与之前《密西西比河上的往日时光》那组文章结合在一起，于1883年出版了《密西西比河上的生活》。这部自传体游记不仅记录了马克·吐温对早年水手经历的回忆，还表达出他对底层人物苦难生活的同情及对其命运的深切关注。密西西比河沿岸的罪恶和黑暗，美国上层社会的趋炎附势、下层社会的痛苦呻吟，种族关系的日益紧张以及工业化和城市化对密西西比河河流生活的野蛮入侵，在书中尽数展现。1889年，马克·吐温发表了他19世纪80年代最重要的作品《亚瑟王宫廷的康涅狄格州美国佬》，这是部科幻小说，描绘了当代美国人汉克·摩根穿越时空，来到公元6世纪的英格兰，想要将美国现代科技和共和制度传授

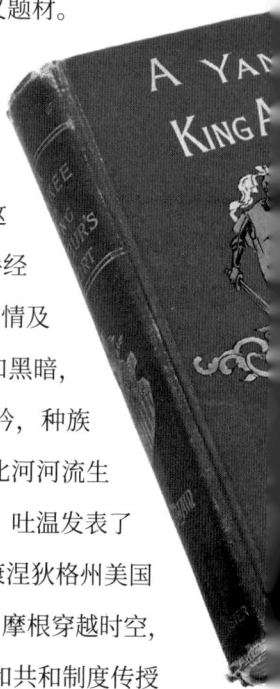

给英国人的故事，鲜明地展示了两个时代不同的社会风貌和语言特色，被称为"穿越小说鼻祖"。

马克·吐温一生都很迷恋科学技术和新发明，"康涅狄格州美国佬"向亚瑟王时代的英格兰传授现代科技知识的情节并非无心设计。马克·吐温说自己曾在梦中预见了弟弟亨利的惨剧发生，这也引发了他对通灵学的兴趣，之后他加入了心理研究协会，是早期会员之一。他也与塞尔维亚裔美籍发明家、物理学家、电机工程师尼古拉·特斯拉保持着终身友谊，两人经常在特斯拉的实验室里一起鼓捣各种发明。马克·吐温本人拥有多项专利权，比如"可调节可拆卸肩带"(可以替换掉吊裤带)；最赚钱的则是一种自带黏性的剪贴簿，用之前只要唾沫沾湿即可粘贴剪报，卖出了25000本。马克·吐温还热衷于投资各种新技术、新发明，他惊讶于佩奇机械排字机大大超越人工的排字速度，投资生产，结果这款机器过于复杂，工艺不够精细，没多久即被莱诺排字机淘汰，令马克·吐温血本无归，不仅自己的写作及演讲收入几乎全砸在里面，还动用了奥利维亚的遗产，另外还欠了不少债。

19世纪90年代，一方面因为上述投资失利，难以负担哈特福特住宅的开销，另一方面，马克·吐温夫妇与女儿苏珊都身体欠佳，他们遂搬去欧洲生活，希望那里的日照有益身体健康。在1895年之前，马克·吐温一家基本待在法国、德国和意大利。其间马克·吐温四次回纽约处理财务问题，好在《纽约太阳报》和麦克卢尔报业集团答应出版六辑

《欧洲来信》，同时他又受邀开启了长达一年的全球巡回演讲，有了不菲的收入，再加上好友利·罗杰斯的帮助，终于还清了债款，摆脱了财务困境。其间，马克·吐温完成了短篇小说《美国索赔人》、长篇小说《傻瓜威尔逊》，以及有生之年最后一部长篇小说《圣女贞德私人回忆录》等作品。1896年全球巡回演讲结束后，马克·吐温一家又在英国和奥地利等地待了四年。1897年，马克·吐温完成了《赤道旅行记》，这是他环球演讲旅行的见闻札记，书里批判了帝国主义对殖民地的剥削。之后，马克·吐温又开始创作其他长篇小说，但这些作品在他生前均未能完成，包括《侦探汤姆·索亚》《此梦为何》《年轻撒旦编年录》《伟大的黑暗》《山丘校舍》等等。

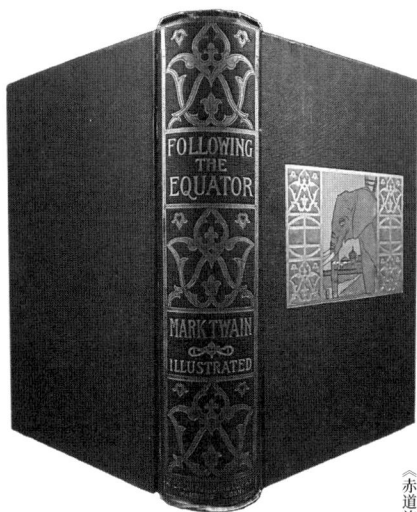

《赤道旅行记》

　　1900年，马克·吐温回到美国。1902年，马克·吐温最后一次去了密苏里，接受密苏里大学荣誉学位，这次旅程也是他最后一次深情回访汉尼拔。1903年，因为奥利维亚身体欠佳，一家人又重返意大利弗洛伦萨，但奥利维亚于次年去世，马克·吐温带着女儿回到美国。自从心爱的长女苏珊于1896年死于脑膜炎后，马克·吐温一度陷入抑郁，而妻子奥利维亚、三女简、挚友罗杰

斯于1904、1909、1909年相继去世，更是让他悲恸万分。生命的最后几年，马克·吐温不断出版一些短篇作品，如《狗的故事》《亚当日记摘选》《夏娃日记》《人是怎么回事？》《基督教科学》《马的故事》等等。1908年，马克·吐温听从其传记作者的建议，在康迪涅格州雷丁郊外建造了一栋别墅，名为"斯托姆菲尔德"，取自他生前出版的最后一本书《斯托姆菲尔德上校天堂一游》中的虚构人物、海军上校斯托姆菲尔德。1910年，马克·吐温因心脏病发在斯托姆菲尔德去世。

马克·吐温一生的写作虽然从轻松幽默的文章开始，但创作日渐成熟后，他将丰富的幽默与扎实的记叙、严厉的社会批判结合在一起，展现了人类社会的虚荣伪善，也展示了高尚心灵的善良美好。马克·吐温的口才非常好，这也帮助他形成了自己的创作特色，既通俗易懂，又言浅意深。

1835年，哈雷彗星出现后不久，马克·吐温降临人间。他曾预言，自己会随着它的下次出现而一起消逝，果然，七十六年后，1910年，彗星再次出现的第二天，这位著名作家去世了。他葬在纽约埃尔迈拉伍德劳恩公墓内的兰登家族墓地。墓地有座两浔高的墓碑，以纪念马克·吐温之名。

马克·吐温墓地

马克·吐温年表

1835年   11月30日，塞缪尔（塞姆）·兰霍恩·克莱门斯出生于密苏里州佛罗里达小镇。父亲约翰·马歇尔·克莱门斯，母亲简·兰普顿·克莱门斯，塞缪尔是他们的第六个孩子。

1835—
1846年   克莱门斯夫妇经济并不富裕，但身为律师，约翰·克莱门斯是社区中坚力量。

1839年，他们搬去佛罗里达附近的汉尼拔小镇，约翰同样成为当地核心人物。

1847—
1852年   1847年，约翰·克莱门斯因肺炎去世。塞姆在当地约瑟夫·P.阿门特印厂当学徒。

为哥哥奥莱恩的报纸《西联》撰写了速写《英勇的救火员》。

1852年5月1日，在波士顿幽默周刊《手提包》上发表了处女作《拓殖者大吃一惊的花花公子》。

1853—
1857年   在圣路易斯当印厂排字工和记者。

之后辗转纽约、费城、爱荷华吉奥塔克和辛辛那提等城市工作。

在《吉奥塔克邮报》上以"托马斯·杰斐逊·斯诺德格拉斯"为笔名，发表了三封书信。

1857—
1861年   在"保罗·琼斯"号船上当水手，跟随高级舵手霍拉斯·比科斯比学习航海技术，并于1859年4月获得了舵手执照。可惜联邦封锁河道，禁止商业贸易，只好放弃了这一新职业。

1861—
1864年   在一个名为"马里恩流浪者"的南方民兵组织里当了两个礼拜的兵。

奥莱恩被林肯总统派去西部内华达领地政府任秘书，他随哥哥一同前往，试图在木材业与矿业经营中发财致富，但均未成功。

希望破灭后，做回老本行，在内华达弗吉尼亚城的《企业报》当记者。

1863年2月，开始以笔名"马克·吐温"发表文章。

1864—1866年

搬去旧金山，在《旧金山新闻呼声报》担任记者。

1865年11月18日，纽约《星期六快报》刊登了他撰写的幽默故事《卡拉韦拉斯县的著名跳蛙》，风靡全国，由此成名，此后经常为报刊撰写幽默作品。

1866年，去夏威夷采访，待了四个月后，回到旧金山，作了关于"桑德维奇岛"的讲演。

后作为《上加利福尼亚省旧金山报》通讯记者前往纽约。

1867—1868年

乘坐"贵格号"轮船去欧洲和圣地巴勒斯坦旅行，这次航行启发了《傻子旅行记》的创作。

作了关于此次游历的讲座。

1869—1871年

住在纽约布法罗。

1870年2月，与商业伙伴的女儿奥利维亚·兰登成婚。

11月，独子兰登·克莱门斯未足月出生。

编辑发行《布法罗快报》，一年后因赔钱过多而出让。

1871—1877年

举家迁往康涅狄格州首府哈特福特。

1872年3月，大女儿苏珊·奥利维亚·克莱门斯出生。

独子兰登于该年晚些时候夭折。

次女克拉拉·克莱门斯于1874年出生，全家搬去位于哈特福特努克农场的新家。

发表了《艰难历程》（1872）、《镀金时代》（与查尔斯·杜德利·沃纳合著，1873）、《新旧札记》（1875）及《汤姆·索亚历险记》（1876）。

1878—
1879年　与家人去欧洲旅行。

1879—　对佩奇自动排字机感兴趣。
1890年　1880年7月，三女简·克莱门斯出生。
发表《国外旅行记》(1880)、《王子与贫儿》(1882)和《密
西西比河上的生活》(1883)、《哈克贝利·芬恩历险记》
(1885)、《亚瑟王宫廷的康涅狄格州美国佬》(1889)。

1890—　19世纪90年代，马克·吐温一家基本在欧洲生活。
1900年　1893年，佩奇排字机的投资失利破产。
1895年，六十岁的马克·吐温开始环球巡回讲演，以偿还债务。
1896年8月，大女儿苏珊死于脑膜炎。
1898年，还清债务。
发表《美国索赔人》(1892)、《傻瓜威尔逊》(1894)、《汤
姆·索亚在海外》(1894)、《圣女贞德私人回忆录》(1896)
和《赤道旅行记》(1897)。

1900—
1903年　回到美国，受到全国人民热烈欢迎，成为文艺界领袖。

1903—　为了奥利维亚·克莱门斯的健康，重返意大利。
1908年　1904年6月奥利维亚去世，马克·吐温回到美国。
1906年匿名出版《人是怎么回事？》。

1908—　迁居康涅狄格州雷丁的斯托姆菲尔德。
1909年　次女克拉拉嫁给了一位钢琴家兼指挥奥西普·加布里洛维奇。
三女简去世。

1910年　4月21日去世，葬于纽约埃尔迈拉伍德劳恩公墓。

马克·吐温主要作品

中英文名称对照表

23

中文名称	英文名称	出版年份
《卡拉韦拉斯县的著名跳蛙》	The Celebrated Jumping Frog of Calaveras County	1864
《傻子旅行记》	Innocents Abroad	1869
《竞选州长》	Running for Governor	1870
《艰难历程》	Roughing It	1872
《镀金时代》	The Gilded Age: A Tale of Today	1873
《汤姆·索亚历险记》	The Adventures of Tom Sawyer	1876
《国外旅行记》	A Tramp Abroad	1880
《王子与贫儿》	The Prince and the Pauper	1882
《密西西比河上的生活》	Life on the Mississippi	1883
《哈克贝利·芬恩历险记》	Adventures of Huckleberry Finn	1885
《亚瑟王宫廷的康涅狄格州美国佬》	A Connecticut Yankee in King Arthur's Court	1889
《美国索赔人》	The American Claimant	1892
《百万英镑》	The Million Pound Note	1893
《傻瓜威尔逊》	Pudd'nhead Wilson	1894
《汤姆·索亚在海外》	Tom Sawyer Abroad	1894
《圣女贞德私人回忆录》	Personal Recollections of Joan of Arc	1896
《赤道旅行记》	Following The Equator	1897
《人是怎么回事？》	What Is Man?	1906

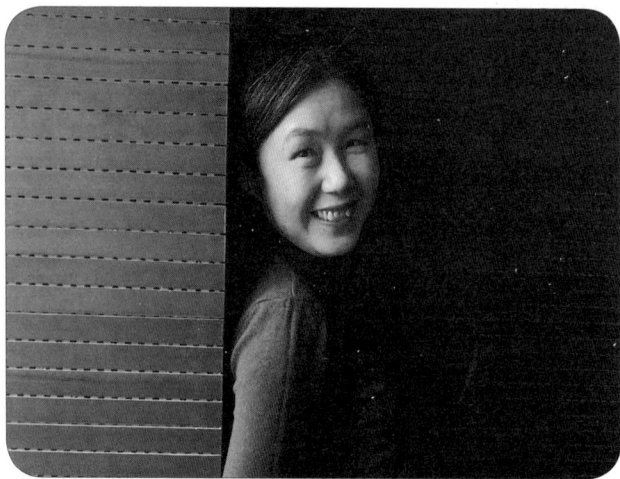

严蓓雯

女，1971年出生，北京大学中文系本科及硕士毕业，现为中国社会科学院外国文学研究所《外国文学评论》编审。译有文学作品《时间的噪音》《雾都孤儿》《十六岁的夏天》《双城记》；学术译著《资本主义文化矛盾》《后殖民理性批判》《虚拟的寓言》等。

图书在版编目（CIP）数据

哈克贝利·芬恩历险记／（美）马克·吐温著；严蓓雯译.- 北京：作家出版社，2022.8

（新编新译世界文学经典文库）

ISBN 978-7-5212-1849-7

Ⅰ.①哈… Ⅱ.①马… ②严… Ⅲ.①儿童小说 - 长篇小说 - 美国 - 近代 Ⅳ.① I712.84

中国版本图书馆 CIP 数据核字（2022）第 060576 号

哈克贝利·芬恩历险记

作　　者：[美] 马克·吐温
译　　者：严蓓雯
责任编辑：袁艺方　王　烨
特约编辑：赵文文　孙玉琪
装帧设计：潘振宇
封面绘画：潘若霓
出版发行：作家出版社有限公司
社　　址：北京农展馆南里 10 号　　邮　　编：100125
电话传真：86 -10 - 65067186（发行中心及邮购部）
　　　　　　86 - 10 - 65004079（总编室）
E - mail: zuojia @ zuojia. net. cn
http: // www. zuojiachubanshe.com
印　　刷：北京盛通印刷股份有限公司
成品尺寸：138×205
字　　数：265 千
印　　张：11.75
版　　次：2022 年 8 月第 1 版
印　　次：2022 年 8 月第 1 次印刷
ISBN 978-7-5212-1849-7
定　　价：60.00 元